사막에서 사는 법

사막에서 사는 법

이선 소설

민음사

차례

사막에서 사는 법 1 ·················· 7
사막에서 사는 법 2 ·················· 42
사막에서 사는 법 3 ·················· 74
사막에서 사는 법 4 ·················· 101
사막에서 사는 법 5 ·················· 126
사막에서 사는 법 6 ·················· 155
사막에서 사는 법 7 ·················· 181
사막에서 사는 법 8 ·················· 212
사막에서 사는 법 9 ·················· 236

사막에서 사는 법 1

 애당초 풀어보나마나 정답은 이미 내 손 안에 쥐어져 있었다. 이제 나는 마음에도 없는 아가씨와 어정쩡하게 시간을 보낼 만큼 넉넉한 참을성을 갖고 있지 않았고, 다행하게도 오늘 만난 아가씨는 그런 알량한 대접이라도 받아야겠다는 쓸데없는 자존심을 갖고 있지 않았다. 그래서 나는 담담하게 호텔을 빠져나왔지만, 고모는 그 어느 때보다 실망한 눈치였다.
 "도무지 조카자식 키운 공이 없구나. 네 아버지도 네 어머니도 염치 좋게 제삿밥만 날름날름 받아먹었지 뭐냐. 귀신도 아무 쓸모가 없다니까."
 대학교를 졸업하기 전부터 결혼 문제를 들먹거리던 고모는 내가 서른다섯 살을 넘기자 두 손을 들었다. 고모가 다시 내 결혼 문제를 입에 올리기 시작한 것은 아우님이 종길이네와 살게 된

작년부터였다. 사흘이 멀다 하고 전화를 해대는 종하 형에게 고모는 내 결혼 문제를 핑계로 내세웠다.

야마, 영훈아. 제발 우리 어머니를 보내다오. 그동안 모시지 못한 것만으로도 더할 수 없는 불효가 아니더냐. 칠순을 바라보는 어머니 연세를 생각하면 도무지 잠을 이룰 수가 없다.

지난달, 자동 응답 전화기에서 흘러나오는 종하 형의 목소리는 자못 비장하게 들렸다. 고모는 종하 형이 그렇게 말하는데도 수화기를 잡으려는 나를 손짓으로 말리더니 전화기에 귀를 바싹 들이대고 열심히 듣기만 했다. 그러고는 종하 형의 목소리가 사라지자 한동안 꼼짝 않고 앉아 있더니 내게 제의했다.

―일이 성사가 되든지 안 되든지 딱 한 번만 더 맞선을 보자. 그러면 더 이상 꾸물거리지 않고 떠나마.

한때는 나도 남들처럼 아내와 아이들과 함께 올망졸망한 재미를 맛보며 살아가리라 생각했었다. 그러나 서른여덟 살이 된 나는 생각한다. 사람이라는 간사한 동물이 만들어내는 이 세상의 모든 관계라는 것이 얼마나 삭막한가를. 철저히 계산되는 것. 그것이 이 세상에서 이루어지고 있는 모든 관계의 정체였다. 심지어 가장 자연스럽다는 남자와 여자의 만남조차도 지극히 이기적인 계산에 의해서 만들어지는 게 아닌가. 그렇지 않다면 남자와 여자가 만나 함께 살아가면서부터는 외롭지 않아야 하며, 슬프지 않아야 하며, 그래서 불행하지 않아야 한다. 그러나 결혼한 사람들도 여전히 쓸쓸하고 여전히 불행하다고 말한다. 세상의 모든 관계는 한순간의 환상에서 만들어진다. 사막 한가운데에서 지친 끝에 만나게 되는 신기루일 뿐이다. 신기루에 의해

한동안 기쁨은 충만해지고 마음은 더할 나위 없이 풍요로워지겠지만, 그로 인해 오히려 갈증은 몇 곱으로 불어날 것이며, 서로의 끝없는 갈증에 생채기는 더욱더 숫자를 늘릴 것이다. 차라리 홀로 가리라. 서로에게 부대끼며 괴로워하는 일 없이 홀로 터벅터벅 걸어가리라.

"그래, 관두자. 귀신도 못하는 일을 어쩌겠누."

집에 도착하도록 아무 말이 없던 고모는 낯익은 아파트가 보이자 봄기운이 완연한 차창 밖을 내다보며 그렇게 중얼거렸다. 나는 고모의 눈초리에 매달려 있는 세월의 두꺼운 주름을 훔쳐보며 새삼스럽게 고모의 나이를 생각했다. 그리고 남은 여생을 계산해 보았고, 문득 다시 이처럼 고모 옆에 앉아 있을 수 없으리라는 서글픈 느낌을 맛보았다. 그러나 고모는 이제 비로소 가족과 함께 안락한 삶을 누릴 수 있게 된 것이다. 나는 짐짓 명랑한 얼굴로 택시에서 내리는 고모를 부축하며 회사에 나가는 대로 비행기 표를 사야겠다고 말했다. 고모는 더 이상 말이 없었다. 저녁 식사를 하면서도, 나란히 앉아 텔레비전을 보면서도, 내가 자야겠다고 일어서는데도 고모는 아무 말이 없었다. 왠지 찜찜했지만, 내 앞일에 대한 걱정 때문이거나 낯선 이국땅에 대한 두려움 때문일 것이라고 생각했다.

그런데 다음 날, 일요일 아침에 고모는 내 방문을 빠끔히 열고 고개를 디밀더니 느닷없이 종길이네를 가보자고 말했다. 그제야 나는 지난밤 깊도록 심상치 않았던 침묵의 정체를 알아차렸다. 고모가 아직도 아우님과의 싸움을 끝내지 않았다고 생각하자 왈칵 짜증이 솟구쳤다.

"그냥 한번 가보려는 게야. 가보나 마나 그 여편네가 거짓말한다는 건 뻔하지만 하루 이틀도 아니고 매일 팔자가 늘어졌다고 허풍을 떨어대니 지겨워 죽겠다. 흥, 갑자기 내가 들어서면 기절초풍할 게다. 종길이 그 망종이 개과천선했다 한들 얼마나 사람 꼴이 되었을라고. 아우님인지 뭔지 하는 빌어먹을 여편네, 짝 달라붙은 인중으로 여태껏 살았으니 순전히 내 덕이지. 그런 공도 모르고 모가지 빳빳이 쳐들고 제 잘났다고 우겼지."

애써 내 시선을 피하며 고모가 중얼거린 말이었다.

아우님은 고모부의 두 번째 부인이었다. 고모부는 세 번째 부인에게서 임종을 맞았다. 고모부가 죽은 뒤 선선히 고모네를 들락거리던 아우님은 세 번이나 더 새살림을 차렸다.

―한동안 오기가 어렵겠고만요.

어느 날 아우님이 그렇게 말하면 고모는 냉큼 알아들었다.

―할 수 없지.

그러다가 어느 날 불쑥 아우님이 다시 찾아오면 고모는 하얗게 눈을 흘기며 말했다.

―한번 짜개진 바가지에 무슨 수로 물을 담을꼬. 이제 또 먹고살길이 막막하겠네.

고모 말대로 아우님은 끝내 바가지에 물을 담지 못했다. 세 번째 차린 새살림도 망가져서 오갈 데 없는 신세가 된 아우님은 면목이 없었던지 한동안 고모네에 나타나지 않았다. 그러자 아우님 대신 종길이가 고모네를 들락거렸다. 고모도, 종하 형도, 싫은 기색 없이 살갑게 대해 주자 종길이는 이내 고모를 어머니라고 불렀다. 종길이는 고모가 아우님의 안부를 물으면 시큰둥하게 대답했다.
—그 웬수가 죽었는지 살았는지 내가 어떻게 알아요.
—이놈아, 누가 제 어미를 그렇게 부르라고 가르치더냐.
—팔자 고친다고 자식 버린 년이 무슨 어미요.
—이놈아, 그래도 네가 이 세상에 나온 것은 어미가 있어서야. 아무리 천하에 몹쓸 년이라고 사람들이 욕해도 어미는 어미야. 제 자식 버린 어미도 좋은 꼴은 없지만, 그렇다고 제 어미 버린 놈만큼 불상놈이 있을까.
—내 어머니는 여기 이렇게 계시는데 누가 누구를 버렸다는 겁니까.
종길이가 그렇게 말하면 고모는 흐뭇해하는 표정을 감추지 않았다. 그러나 종길이가 돌아가고 나면 고모는 대문 밖을 흘겨보며 말했다.
—천하에 망종 같으니라고. 그래 가지고 어디 사람 노릇을 하나 봐라.
정말 종길이는 좀처럼 사람 노릇을 하지 못했다. 정처 없이 떠돌아다니며 온갖 행패를 부리다가 파출소를 수시로 들락거렸고, 그럴 때마다 고모와 종하 형이 보호자로 나서서 일을 처리해 주었다. 고모는 아예 드러내놓고 종길이를 망종이라고 불렀다. 그래도 종길이는 망종이라는 말을 예사로 들으며 제 맘대로 고모네를 들락거렸고, 명절 전날이면 꼬박꼬박 정종 한 병을 들고 들어섰다.
종하 형의 운수업이 제대로 돌아가자 고모의 신색은 나날이

환해졌다. 어느 날, 종길이가 오랜만에 들어서더니 고모의 신색을 인사거리 삼았다.

―돈이 좋구만요. 어머니 신색이 달덩어리처럼 훤하십니다요.

―이 망종 보게나. 어미한테 말버릇이 그게 뭐냐.

―종하 형님 사업이 어머니 덕분에 잘되는가 봅니다. 여자는 모름지기 신색이 훤해야 한다구요. 그 웬수는 신색이 확 구겼어요. 그러니 갈 데까지 간 거죠.

―에그머니나. 그건 또 무슨 소리냐. 아우님 소식을 들었어?

―식당을 차렸다기에 가 봤지요. 우라질, 식당은 무슨…… 손바닥만 한 술집을 차려놓고. 게다가 주모 노릇 한답시고 알량한 상판에 기러기 한 쌍 그리고 시뻘겋게 연지 곤지 칠하고.

―뭐야? 술집을 해?

―먹고살라면 무슨 짓인들 못하겠어요. 그만하면 점잖지요.

―아이구, 집안 망신이구나.

고모는 그날로 종길이를 윽박질러 앞세우고 아우님을 찾아갔다. 종길이 말대로 나이에 어울리지 않게 날아갈 듯이 눈썹을 그리고 입술을 붉게 칠한 아우님을 직접 눈으로 보고 돌아온 고모는 내키지 않아 하는 종하 형을 끈질기게 설득했다.

―영훈이까지 네게 떠맡긴 처지라 말이 안 나오지만 어떡하니.

―영훈이야 제 친동생이나 다름없으니 당연히 우리랑 살아야지요. 하지만 작은어머니는 경우가 다르지요. 저보다도 어머니가 불편하실 텐데요.

―내가 왜 불편해. 생각해 보면 그 여편네나 나나 느 아버지한테 설움당하기는 마찬가지 아니냐. 그리고 나야 자네 같은 아

들이 있지만 그 여편네는 아들이라고 있는 것이 제 어미하고 얼굴 마주치기도 싫어하는 망종 아니냐. 게다가 오래 살지도 못할 거다. 인중이 좀 짧니. 그러니 살아 있는 동안 우리 집안 망신이나 안 시키게 내가 데리고 있으려는 게지. 솔직히 말해서 그 여편네만 보면 생전에 이쁜 짓만 골라서 하셨던 자네 아버지 생각나서 울화가 치밀어 오른다마는 어쩌겠나.

　—며느리 입장도 생각해 주셔야죠.

　—누가 시어머니 대접하라드냐. 그저 오갈 데 없는 사람 하나 먹여준다고 생각하면 돼. 먹여주고 재워주는 것만으로도 황송해할 거야. 내가 아무도 신경 안 쓰게 단속을 할 테니 그저 살아 있는 동안만 데리고 있자. 마나님을 셋이나 거느리고 살면서도 온갖 체면을 다 챙기신 자네 아버지를 생각해 보시게나. 저승에 계신다고 체면 구길 일을 그냥 넘기실 것 같은가. 아이구, 이제 꿈자리마다 나타나서 그 여편네 단속 못한다고 성화를 하실 것이네.

　종길이도 아우님이 들어오면 고모네에 발을 끊겠다고 앙알거렸지만 고모는 들은 척도 하지 않았다. 고모는 식구들을 죄다 불러들인 자리에서 아우님을 극진한 예우로 맞아들였다.

　—군식구라고 생각하지 말고 한 식구려니 생각하면서 편히 살라구.

　고모가 거만한 자세로 아랫목에 앉아 아우님에게 말했다. 나란히 앉아 있는 두 사람은 우선 외모로 보아서 묘한 대비를 이루었다. 고모는 키나 몸집이 작은 편이었고, 아우님은 신체의 모든 골격이 컸다. 고모는 살결이 희고 이목구비가 작은 편이어서 유난히 길게 내려간 인중이 아니라면 꽤 고전적인 미인형인데, 아우님은 까무잡잡하고 거친 피부에 이목구비가 죄다 큼직한 데다가 유난히 인중이 짧아서 코와 입이 달라붙은 것처럼 보였다. 그래서인지 여섯 살의 나이에도 두 사람은 동갑내기 같았다. 여자다운 면은 조금도 보이지 않는 아우님이 왕방울만 한 눈을 끔벅거리며 방 안의 사람들을 둘러보더니 퉁명스럽게 내뱉었다.

—군식구가 많아서 눈치 보고 자시고 할 것도 없겠네.

그 말에 종하 형의 처제가 얼굴을 붉혔다.

—애들 이모는 아범 사무실에서 월급 받고 일해요.

형수가 조금 새초롬해진 얼굴로 냴름 아우님의 말을 받았다. 그러나 아우님은 들은 척도 하지 않았다. 식구들은 물론 고모조차도 그런 아우님의 뻔뻔스러움에 놀라는 눈치를 보였다. 종하 형의 얼굴에 낭패한 표정이 드러났다. 애써 태연해하는 고모의 얼굴을 훑끗거리면서 나는 고모가 후회할 일을 한 것이라고 생각했다. 그러나 이미 엎질러진 물이었다. 다음 날 아침이었다.

—당최 이해할 수가 없네.

동그란 밥상에 둘러앉아 밥을 먹고 있던 식구들이 고모를 빤히 바라보았다.

—꼭 털 뽑힌 장닭 같은 여편네가 어디가 맘에 들었을꼬.

고모의 시선은 밥그릇에 박혀 있었지만 모두 아우님을 홀끔거렸다.

—그 양반이 허우대는 멀쩡하셨잖니. 어디에 내놓아도 빠지는 인물이 아니었는데 도무지 알 수가 없네.

고모의 말투가 점점 퉁명스러워지고 있었다. 종하 형 내외와 나는 서로 불안한 눈길을 나누었다. 그러나 아우님은 천연덕스럽게 수저를 움직이더니 입 안 가득 음식물을 넣은 채로 말했다.

―음양의 조홧속이야 아무나 아는 게 아니지요. 궁합만 맞으면 다 살게 마련 아닙디까. 궁합도 겉궁합은 말짱 헛것이고 속궁합이 좋아야지요. 형님 보시기엔 털 빠진 장닭이지만 그렇다고 그 양반하고 사는 동안 소박맞은 날은 한번도 없었구만요.

―그렇게 속궁합이 좋은데 어째서 또 다른 속궁합을 찾아 나가셨을까.

―그 양반 사주에 불여우를 만나 제명을 못 채우는 횡액이 있던 게지요.

그러자 고모가 갑자기 목소리를 높였다.

―오늘 아침에는 왜 이리 반찬이 많으냐. 원 성가셔서 젓가락질을 맘대로 할 수가 없네.

고모는 벌게진 얼굴로 밥상에서 물러났다. 그러거나 말거나 아우님은 쉽사리 채워지지 않는 배를 불리느라 여념이 없을 뿐이었다. 종하 형이나 나는 아우님의 그렇듯 만만치 않은 태도가 오히려 식구들을 덜 불편하게 한다고 생각했다. 고모와 아우님이 일방적인 수직 관계로 살게 된다면 그에 따라 식구들은 사소한 언행까지도 일일이 두 사람 몫으로 나누어야 하니까. 말 한마디라도 손해 보지 않으려는 아우님 덕분에 난처해진 사람은 고모뿐이었다. 고모는 이제 고스란히 아우님의 맞상대가 된 것이었다. 전혀 예기치 않은 상황에 맞부딪힌 고모는 자신의 결정을 후회하는 눈치가 역력해 보였다. 차마 입 밖으로 내놓지 않앉을 뿐, 그날부터 전에 없이 변덕스러워지는 고모는 후회하는 것이 분명했다.

식구들은 처음과 달리 이내 희극을 보는 것처럼 은근히 두 사람의 싸움을 즐기기 시작했다. 두 사람은 사사건건 부딪쳤다. 의도적으로 부딪친다는 느낌을 받기도 했지만, 확실하게 대비되는 외모처럼 두 사람은 입맛이며 성격이 모두 정반대였으므로 마찰은 불가피하게 여겨졌다. 두 사람의 유일한 공통점은 가슴에 불덩어리가 들어앉아 있어서 문고리가 쩍쩍 손에 달라붙는 한겨울에도 이가 시리도록 차가운 냉수를 마신다는 것뿐이었다. 두 사람이 화기애애해지는 때는 고모부를 흉볼 때였다.

—아우님은 아는가 모르지만, 그 양반이 허우대만 멀쩡하지.

—그럼요. 겉으로 보아서야 어디 생전 속옷을 안 벗으라고 하는 사람 같습디까?

—아이고, 말도 마. 내가 처음 시집 와서 그 양반 속옷 갈아 입히려고 얼마나 애를 먹었는지 몰라.

—발 냄새는요. 당신 손으로는 죽어도 양말을 안 벗었다니깐요.

—진지 드실 때는 어떻고. 나는 아직 반도 못 먹었는데 게트림하고 물러나면서 한 모금 마신 숭늉을 한 시간도 넘게 우물우물하지.

—그러기만 하면 좋게요. 이 틈새로 저 틈새로 찍찍거리고…… 그 소리 들으면 아무리 맛있는 반찬도 소용없다니깐요. 그 소리 때문에 매일 입덧하는 사람마냥 속이 느글거리고 구역질이 나더라구요. 그래도 그만이면 양반이지요. 방귀 소리라니.

십 리 밖에서 들어도 영락없이 우리 집 구들 꺼지는 소리지요. 어느 땐 자다가 인민군 따발총 소리가 나서 또 난리가 난 줄 알고 그냥 이불 속에 대가리를 쑤셔 넣었다니깐요.

―호호호…… 방귀쟁이 영감하고 살면서 덕 본 것도 있지. 내 방귀 소리는 여간해서 들리지 않았다니까.

―나는 노상 뒷구멍을 열어놓고 살았어요. 그런데 형님은 암전하신 양반이 의뭉스럽기는, 호호호…….

그런 때는 온 집안이 춘삼월 화창한 봄날이었다. 그런 반면에 고모와 아우님이 가장 첨예하게 부딪치는 부분도 고모부에 관한 일이었다. 두 사람은 서로 고모부를 잘못 알고 있다고 주장했다.

―유난히 짜게 잡쉈어요.

―무슨 말이야. 조금만 간이 들어가도 국 대접이 날아다녔는데.

―무슨 말씀이오. 새우젓 한 종지만 있으면 설거지할 것도 없이 밥그릇을 비우십디다.

―먹고 싶어 먹었을까. 입에 맞는 반찬이 없으니 그렇게라도 억지로 배를 채우자 하셨겠지. 그 도둑놈같이 생긴 손으로 아무리 맛난 찬거리를 주무른들 소태 맛이지. 새우젓은커녕 비린내가 조금만 나도 비위가 상하는 양반이신데.

―그럼 입맛이 변하신 게지요. 하기는 맘이 편하면 간장도 설탕 맛이지요. 나야 속 시끄럽게 한 일이 없었으니까.

―나는 그 양반이 딴살림 차렸다는 소문을 듣고도 믿지를 않았어. 도무지 그럴 까닭이 없으니 믿어져?

―그렇게 영감님 속을 모르셨으니. 하기는 그 양반이 가끔 형

님 흉을 보십디다. 여자가 대가 세고 쓸데없이 고집만 세서 백 년 묵은 참나무 가운데 토막같이 뻣뻣하기만 하다고 허십디다.
―아이고, 그렇게 지껄이는 아낙네는 얼마나 나긋나긋해서. 그래, 오뉴월 찰랑거리는 버드나무같이 낭창낭창하구나. 그런데 어째서 또 시앗을 보셨을꼬.
―그래도 나는 시앗이 하나지만 형님은 둘이 아니오.
―그래도 나는 영감이 하나지만 아우님은 넷이 아닌가.
그렇게 되면 아우님은 베개를 들고 사돈 처녀 방으로 건너갔다. 도무지 식객 분수를 깨닫지 못하는 아우님 때문에 고모는 점점 입 밖에 내지 못하던 말들을 서슴없이 내뱉기 시작했다.
―그래, 사람 거둔 공은 없지. 강아지를 키웠어 봐라. 황소만 해진 몸집으로 온갖 재롱을 다 떨면서 꼬리를 흔들어댈 텐데. 그저 신세가 가여워서 거두어 주니 공밥 얻어먹고 편히 자빠져서 할 일이 없으니 온갖 기운이 입으로만 붙어서 분수도 모르고 나불거리는 꼴이라니.
그렇다고 가만히 듣고만 있을 아우님이던가.
―나 혼자 맘 편히 벌어먹고 사는데 쫓아와서 같이 살자고 안달복달한 양반이 누군데. 집안 망신 핑계 대고 영감님한테 원한 맺힌 설움이나 실컷 풀어보자는 속셈을 모를까 봐. 오죽하면 소박을 맞았을꼬.
두 사람 때문에 집안이 시끄러워지면 종하 형 내외가 분주해졌다. 각각 한 사람씩 붙들고 화해를 시키느라 애를 썼다. 두 사람이 화해를 하는 장면은 언제나 눈물 바다가 배경이었다. 종하 형과 형수가 두 사람 다 똑같은 피해자라는 사실을 일깨워주면 이내 마주 앉아 설움을 토해냈다. 두 사람이 한바탕 울고 나면 종하 형은 지프차에 두 사람을 태우고 청요리집이 마지막 코스인 드라이브를 나섰다. 그러나 다음 날이면 고모와 아우님은 또다시 날카로운 칼을 들이대고 서로의 상처를 겨누었다. 처음에는 고모가 너무 유리한 입장을 이용한다고 생각했으므로 식구들은 은근히 아우님에게 동정표를 던졌으나 날이 갈수록 아우님은 불리해졌다. 타고난 본성이 그런지 아우님은 도무지 듣기 좋은 말을 하는 일이 드물었다. 왕방울만 한 눈으로 엉뚱한 구석만 보는지 용하게 식구들마다 트집을 잡아 시비를 붙이는 데다가(심지어 어린 손자들에게도) 집안에서 일어나는 일은 사사건건 간섭을 하는 바람에 얼마 지나지 않아 아우님은 깡그리 동정표를 잃게 되었다. 그렇다고 해서 아우님의 기가 꺾이지는 않았다. 아우님의 기가 꺾이는 날은 고모부의 제삿날뿐이었다. 제삿날이 되기 며칠 전부터 한층 더 의기양양해지는 고모는 형수와 단둘이서만 음식을 만들며 제삿날에는 아우님을 방 안에서 꼼짝 못하도록 매섭게 단속을 했다. 갑자기 의기소침해져 종일 조용히 방 안에 갇혀 있는 아우님을 가엾게 여긴 형수가 그런 기색을 내비치면 고모는 단호하게 도리질을 했다.

—그런 설움도 없으면 세상천지에 과부로 살 사람이 어디 있어. 먹고살길이 까마득하다고 서방 얻어야 한다면 이 세상에 남아나는 서방이 없겠다. 흥, 일부종사는 아무나 하는 줄 아니?

고모는 끝내 아우님의 그림자도 얼씬거리지 못하게 했다. 그러나 다음 날 아침 밥상머리에서는 여전히 건재한 아우님을 만날 수 있었다.

―기왕지사 만드는 음식, 간이라도 좀 제대로 맞추지. 오늘 밤에 따로 간장 종지 하나 올리고 제사 다시 지내야겠네.
　그러면서도 아우님은 제사 음식으로 풍성해진 밥상에서 좀처럼 물러나지 않았다. 목구멍으로 잘도 넘어간다 하고 고모가 비아냥거려도 없어서 못 먹는다며 열심히 수저질을 했다.
　고모와 아우님의 싸움은 식구들에게 일상처럼 익숙한 일이 되었다. 그래서 오히려 두 사람이 조용히 있으면 식구들은 어리둥절해했다. 아무리 두 사람의 관계가 악화되어도 나가라거나 나가겠다는 말을 들을 수 없는 점도 식구들은 이해할 수 없었다. 그러나 종하 형이 이민을 가게 되었을 때 두 사람이 보여준 처신만큼 식구들을 어리벙벙하게 만든 일이 있었을까.
　종하 형은 운수업이 기울기 시작하자 미국으로 이민을 작정했다. 세탁소를 차려 제법 살 만해진 친구가 아르헨티나를 거쳐 미국으로 건너갔던 경험을 털어놓으며 같은 방법을 넌지시 권유했던 것이다. 종하 형은 처음부터 고모를 모시고 갈 수 없는 형편 때문에 망설였다. 형수로부터 귀띔을 받은 고모는 아들의 고민을 잽싸게 눈치 챘다.
　―어차피 나는 남아 있어야 해. 영훈이가 이제 취직을 했는데 하숙 생활을 하게 되면 무슨 수로 저축을 해서 장가를 들겠니. 그리고 아우님은 어떡하라구. 그 망종은 벌써 몇 년째 제 어미 꼴을 안 보겠다고 우리 집에도 발을 끊은 놈인데 이제라고 어미 꼴을 보겠으며, 본다고 한들 제 놈이 무슨 수로 밥을 먹고살겠니. 나도 지긋지긋하다만 그렇다고 다 늙은 여편네를 술장사하라고 내보낼 수는 없잖니. 먹고사는 재주라야 그 짓밖에 없는걸.

종하 형을 위하는 고모의 마음을 이해하지 못하는 사람은 없었지만 고모가 그런 상황에서 아우님을 챙기는 까닭은 아무도 이해할 수 없었다. 하지만 고모의 생각이 그렇다 할지라도 이제는 어쩔 수 없이 아우님 스스로 제 갈 길을 찾아 나설 것이라고 생각했다. 그러면 고모에게도 자연스럽게 아우님을 떨쳐버릴 수 있는 좋은 기회가 될 것이었다. 그런데 고모는 기어이 아우님을 챙겼고, 아우님은 비루먹은 강아지 꼴로 집 안을 돌아다니며 흘끔흘끔 식구들 눈치를 살피기만 할 뿐 오지랖 넓은 평소와 달리 입을 꽉 다물고 있었다. 그러자 종하 형이 차라리 이민을 가지 않겠다고 말했다. 종하 형은 내심 일이 그렇게 되면 아우님이 "내 걱정 마시고 떠나시게. 그동안 함께 살아준 것만으로도 과분해. 나야 어떻게든 못 살라고."라는 말을 하게 되리라 계산했던 것이다. 그러나 아우님은 여전히 귀머거리였고 벙어리였다. 오히려 아무 눈치도 모르는 고모가 펄쩍 뛰었다.

―쓸데없는 소리. 빚쟁이한테 시달리는 아들 꼴 보기는 쉬운 줄 아니? 한 푼이라도 더 건질 수 있을 때 정리해야지 남한테 피해도 덜 가고 망신도 덜 당하는 게야. 그리고 오래 떨어져 있지 않아. 그 여편네 인중을 좀 봐라. 얼마나 짧냐. 이만큼 산 것도 천운이야. 인중으로 보면 벌써 급살 맞았을 팔자야. 비행기가 그 말하기도 얄궂은 나라에 내려앉기도 전에 부고장 보낼지도 몰라.

―하지만 어머니, 영훈이 생각도 하셔야죠. 영훈이가 작은어머니하고 무슨 상관이 있습니까. 이제 영훈이가 벌어오는 돈으로 사셔야 할 텐데요.

—아이고, 큰일 날 뻔했구나.

고모는 부리나케 두 손을 휘휘 내저었다. 내가 아우님을 모셔야 할 이유는 없었지만, 그렇다고 모시지 않아야 할 이유도 없었다. 고모가 불편해하지 않으면 그만이었고, 하숙생이나 다름없을 나 때문에 매일 적적하게 사시게 될 고모에게 아우님 이상 좋은 말동무는 없을 것이었다. 종하 형이 미국으로 들어가 자리 잡을 때까지라도 고모는 나와 있어야 하고, 고모가 원한다면 아우님도 모실 수 있다고 말하자 비로소 아우님의 귀와 입이 열렸다.

—나도 남의 신세 지면서 살 생각은 당최 없는 사람이오. 그동안 이 집 식구들에게 신세 진 것이야 내가 원했던 일이 아니지. 그래서 이제라도 차라리 혼자 사는 것이 맘 편하겠지만 가만히 생각해 보니 내 편리만 주장할 일이 아니구만. 조카님 말마따나 형님 혼자 얼마나 적적할 것이오. 게다가 형님이 편찮으시면 누가 돌봐드리겠소. 그러니 이렇게 생각하십시다. 집은 형님 집이고, 생활비는 조카님이 내시고, 나는 몸으로 때우지요. 나도 공짜 밥은 당최 질색이니까.

고모가 기를 쓰고 등을 떠밀기도 했지만, 갑자기 곤두박질친다는 운수업을 하루라도 빨리 정리해야 그나마 돈을 손에 쥘 수 있다는 초조함을 견디지 못하고 종하 형은 더 이상 고집을 부리지 않았다. 종하 형은 그 대신 남은 식구들에게 열세 평짜리 아파트를 남겨주었다. 이사하기 전날, 고모가 내게 아우님 몰래 속살거렸다.

—아무래도 너한테 면목이 없구나. 하지만 저 여편네 말대로

식모 둔 셈 치자. 게다가 저 여편네 인중이 좀 짧니. 송장 칠 때야 그 망종더러 하라지. 아무리 그래도 사람 껍데기 뒤집어썼으니 초상이야 제 손으로 치루겠지.

아우님도 고모 몰래 내게 속삭였다.

―언제라도 공밥 먹인다 싶으면 숨기지 말고 말을 하소. 맥없이 조카님한테 눈칫밥 얻어먹을 생각은 없소. 하지만 고모님 생각을 하자면 식모는 두어야 할 것이고, 내 살림같이 알뜰살뜰 해줄 테니 걱정하시지 말게나.

아우님이 서운하시지 않도록 진지하게 듣는 시늉을 하며 나는 아우님의 유난히 짧은 인중을 바라보고 있었다.

종하 형이 떠난 뒤 고모는 한동안 심란한 마음을 견디지 못하고 불면증에 시달렸다. 아우님은 잠시도 고모 곁을 떠나지 않고 비위를 맞추며 고모를 위로했다. 나는 두 사람이 함께 살게 된 것이 다행이라고 생각했다. 내게도 다행스러운 것이, 아니었다면 고모는 온전히 내 몫이었을 테니까. 두 사람은 이제 더 이상 싸우지 않을 듯싶었다. 나는 채 벗겨지지 않은 이른 새벽의 어둠 속에서 두런거리는 두 사람의 이야기를 들으며 잠을 깼고, 애국가가 끝나도록 나란히 앉아 텔레비전을 보며 구시렁거리는 두 사람의 졸음 가득한 목소리를 들으며 잠이 들었다. 그러나 평화는 오래 지속되지 않았다. 한 달이 채 못 되어 두 사람은 다시 칼을 들었다. 싸움의 빌미는 내가 제공한 셈이었다. 월급 봉투를 고모에게 건네주고 아우님에게 따로 용돈을 드리자 아우님은 큰 입을 활짝 벌리며 웃었고, 고모는 눈초리를 치켜세우며 입을 오므렸다. 나는 얼른 변명을 했다.

─얼마 되지 않아요.

그러나 아우님은 도무지 눈치가 없었다.

─아이고, 액수가 문제요. 조카님이 나한테까지 마음을 쓰는 것이 중요하지. 암, 그게 중요한 것이지.

─살림해 주시느라 얼마나 애를 쓰셨는데요.

─고마우이. 돈을 줘서 고마운 것이 아니라 애쓰는 것을 알아주니 감사하네.

─애를 쓰기는 누가 애를 써. 그리고 누구 조카님이야. 무식한 여편네 같으니라구.

드디어 고모가 먼저 포문을 열었다는 것을 나는 단번에 눈치챘다.

─기껏해야 밥 세 끼 해먹는 것이고, 그것도 저 먹자고 하는 일이지. 공밥 먹고 편히 따뜻한 잠자리에서 자는데 그 정도도 꼼지락거리지 않으면 그게 어디 사람이냐. 돈을 내고 살아도 시원찮을 판에 정말 염치도 좋네.

아우님도 질세라 잽싸게 포문을 열었다.

─주는 돈을 왜 안 받누. 궁하면 도둑질도 해먹고 사는 세상인데.

─그게 도둑질이지. 공연히 왜 남의 돈을 축내.

─왜 공연히요. 내가 식모살이하는 값을 치자면 어림도 없는데.

─누가 식모살이를 해. 실컷 자고, 실컷 먹고, 누가 잔소리를 하나, 간섭을 하나. 인물이나 반반하면 기생놀음이나 한다고 하지.

―해드리는 밥 꼬박꼬박 다 자시고 엉뚱한 데로 기운이 뻗치셨구만요.

―하이고, 그 알량한 음식 솜씨. 나나 우리 영훈이나 미안해할까 봐 찍소리도 안 하고 먹어준 것이지. 살림 솜씨 하고, 마땅찮은 것 가려내자면 남는 게 하나도 없어서 입 다물고 있었더니 저 잘난 줄 아네.

―그렇게 마땅찮으시면 멀쩡한 수족 가지고 정경부인 마님처럼 버티고 앉아 있지만 말고 입맛대로 해 잡수시지요. 그동안 편히 앉아서 받아 드시고 살 오른 것만으로도 안 드셔도 삼 년은 버티시겠소.

그렇게 다시 시작한 싸움은 날이 갈수록 훨씬 더 치열해졌다. 고모는 내게 신세를 진다는 부담감 때문인지 전보다 더 위세를 부리는 것 같았고, 아우님은 두 사람의 신세가 이제 그리 다를 바 없다고 생각했는지 더 기세등등해진 것 같았다. 열세 평 아파트에 살게 되면서부터 두 사람의 시빗거리는 주로 내게서 비롯되었다. 그러나 일단 사소한 시비가 본격적인 싸움으로 번지면 여전히 고모부가 등장했고, 고모부를 가운데 세우면 걷잡을 수 없이 치열해졌다. 나는 고모 편을 들 수도, 그렇다고 아우님을 두둔할 수도 없었다. 어느 한 사람에게 기울어질 수가 없어서가 아니라 어느 한쪽의 잘못이 아니라고 생각했기 때문이었다. 전에는 주로 고모가 싸움의 동기를 만들어냈지만 이제는 시새움하듯이 앞을 다투어 시비를 걸었다. 그래서 전에는 들을 수 없었던 험한 말들이 함부로 날아다녔다.

―그렇게 잘난 사람이 왜 이 집에 붙어사누. 당장에 보따리

챙겨들고 나가지. 나가서 그 잘난 상판대기에 기러기 한 쌍 그리고 쥐 잡아 먹은 주둥아리를 만들고 꼬랑지 흔들면서 서방을 얻든지 술을 팔든지 해보지그래.

―나가란다고 무서울까. 흥. 내가 서방 얻으면 배 아파서 돌아가실 양반은 누군데. 서방은 아무나 얻는 줄 아시네.

―그래. 아무나 서방질하냐. 오죽하면 자식놈한테 무시당할까.

―나는 그래도 자식놈 귀찮게 안 했소. 오죽 성가셨으면 늙은 어미 내버리고 비행기 타고 달아났을꼬.

―달아나기는 누가 달아나. 내가 성가셔서 싫다고 했지.

―성가셔서 싫다고 한 양반이 그렇게 잠을 못 자고 애통해하셨수. 내 눈에 흙이 들어가기 전에 형님이 비행기 탈 일이 있다면 손에 장을 지질 것이오. 서방 복 없는 팔자가 무슨 염치로 자식 복을 바라시누.

―착 달라붙은 인중으로 오래도 산다고 했더니 이제 저승사자가 문 앞에 와 있구나. 죽으려고 환장을 하면 무슨 소리인들 못 해.

싸움은 언제나 고모가 아우님의 이부자리를 마루에 내팽개치는 것으로 끝이 났다. 이제는 싸움 끝에 한바탕 우는 사람도 없었고, 변죽 좋게 끼어들어 화해시켜 주는 사람도 없었으므로 살벌한 분위기는 좀처럼 사라지지 않았다. 시도 때도 없이 엉클어지는 두 사람에게 짜증이 나서 애써 못 본 척 못 들은 척 하던 내가 견디다 못해 마루의 이부자리를 안방으로 옮겨다 놓고 아우님의 등을 떠밀면 그제야 두 사람은 못 이기는 척 한 밥상에서 식사를 했다. 그러나 두 사람의 앙금은 없어지는 것이 아니라 잠시 가라앉는 것이라서 똑같은 일을 반복해야만 했다. 나는 점점 두 사람이 함께 살 까닭이 없다는 생각을 갖기 시작했다. 처음에 고모가 아우님을 불러들일 때만 해도 나는 고모를 이해할 수 있을 것 같았다. 한 남자에게 버림을 받은 처지라는 동료 의식이 작용했을 것이고, 비록 버림받기는 마찬가지지만 그래도 술집 여자가 되어버릴 수밖에 없는 형편없는 여자에게 남편을 빼앗겼다는 사실을 용납할 수 없었으리라. 어쩌면 고모는 그렇게라도 자존심을 지키고 싶었는지도 모른다고 생각했다. 아우님이야 보다 더 안락한 생존을 택했을 터였다. 그렇다면 이제 굳이 두 사람이 함께 살 이유는 없는 것이다. 고모가 얼마나 더 오래 사실지 모르지만, 나와 있든지 종하 형과 살게 되든지 이제는 자존심 따위로 시간을 낭비할 만큼 남아 있는 세월이 넉넉하지 않다고 생각하자 마음이 급해졌다. 그러나 아우님의 처지가 난감했다. 그렇다고 내가 아우님을 따로 모실 만한 여유는 없었고, 그럴 의무도 책임도 없었다. 가장 좋은 방법은 종길이가 아우님을 모시는 것이었다. 당연한 일이면서도 결코 쉽지 않은 일이지만.

내가 두 사람과 같이 살게 된 후로 종길이는 가끔 고모를 찾아왔다. 종길이는 들어설 때마다 똑같은 말을 떠들어댔다.

―형님도 안 계시는데 내가 이렇게라도 들러봐야 어머님이 덜 적적하실 것 아니오.

종길이가 처음으로 열세 평 아파트에 들어섰을 때에는 고모와 아우님이 다 반색을 했다. 그러나 이내 종길이가 아우님의 존재를 깡그리 무시한다는 사실을 깨닫자 고모의 반가움은 배로 불어났고, 풀이 죽은 아우님은 슬그머니 밖으로 나갔다. 종길이의 고모에 대한 태도는 전보다 더 극진했고, 고모는 전처럼 종길이를 망종이라고 부르지 않았다. 고모는 진지하게 종길이의 인생을 걱정했다.

—또 갈아 치웠어? 그럼 지금은 어떤 여자하고 사누?

—어머님 같은 여자만 있으면 꽉 붙잡아 놓겠는데 말이죠. 오다가다 만난 여자인데 육덕 하나 보고 데리고 삽니다.

—그렇게 인물이 없어?

—어머님만 한 인물이라면 모를까. 하지만 여자를 얼굴 보고 데리고 삽니까?

—쯧쯧…… 사십 고개를 넘어가는데 이제는 호적에도 올리고 살 여자를 구해야지. 어지간하면 한번 데리고 와봐. 내가 보고 괜찮다 싶으면 호적에 올리자구. 그래야 여자도 맘 잡고 남편 위하고 짭짤하게 살림도 해줄 것 아냐. 그러면 자네도 쓸데없이 이리저리 팔랑개비마냥 돌아다니지 않을 것이고. 이제 한군데 발붙이고 살아야지. 언제고 세월이 흥청망청 남아 있는 줄 알아? 돈도 아낙이 집에 버티고 앉아 있어야 모아지는 게야.

종길이가 돌아가고 나면 고모는 보란 듯이 아우님 앞에서 종길이 걱정을 늘어놓았다. 그러면 아우님은 여지없이 덫에 걸려들었다.

—언제부터 그렇게 남의 자식 걱정을 하셨소.

—내가 왜 남의 자식 걱정을 해.

—아니 그럼 그놈을 형님 가랭이에서 받아냈단 말이오?

—가랭이로 퍼질러 내놓기만 하면 제 자식인가? 그래도 그놈

이 나한테 하는 것을 보면 자갈밭에서 캤어도 씨도둑은 안 했나 봐.
 그래서 종길이가 다녀간 날에는 어김없이 아우님 이부자리가 마루로 쫓겨나왔다. 고모는 점점 더 종길이에게 곰살맞게 굴었다. 처음에는 의도적인 것 같았지만 고모는 이내 종길이에게 진실하게 정을 붙였다. 종길이가 한동안 나타나지 않으면 내게 수소문을 해보라고 부탁하기도 했다. 고모는 친어미를 두고 당신을 어머니라고 부르는 종길이의 마음을 철석같이 믿었다. 그래서 종길이가 우리 집을 드나드는 횟수가 잦아지면서 아우님에 대한 태도를 누그러뜨리기 시작한 것을 눈치 채지 못했다. 아들이 들어서기가 무섭게 아우님이 밖으로 나가려면 종길이는, "밖에 눈먼 영감 하나 세워두었소?"라고 퉁명스럽게 말하며 어미의 발목을 붙잡았다. 그러자 아우님은 종길이가 와도 밖에 나가지 않았다. 종길이는 고모와 안방에서 객쩍은 말을 주고받으며 낄낄거리다가도 불쑥, "혼자 부엌에서 맛있는 것 훔쳐 먹지 말고 이리로 좀 들고 오시오."라고 말하며 어미를 불러들였다. 같이 방 안에 있게 되자 종길이는 슬쩍슬쩍 어미에게 시답잖은 말을 건네기도 했다.
 종길이가 호적에 올릴 여자를 데리고 온 날이었다. 종길이를 따라 들어온 여자는 꽤나 야무져 보였다. 종길이가 선 채로 떠들어댔다.
 —어머님이 싫다고 하시면 그만이라고 말해 두었으니까 점수만 매기세요. 이번에는 오다가다 만난 사이가 아녜요. 시장에서 바느질 가게 해요. 저고리랑 치마랑 만든답니다.

종길이의 표정에는 썩 괜찮은 여자를 데리고 왔노라는 자신감이 나타나 있었다. 종길이가 인사를 드리라며 여자의 옆구리를 찔렀다. 고모가 얼른 아랫목 한가운데 버티고 앉았다.
―한눈에 내 맘에 쏙 든다. 이제 우리 종길이가 제대로 여자를 만났구나. 이리로 가까이 와서 앉거라.
큰절을 받고 난 고모가 손을 내밀며 그렇게 말했고, 여자가 쭈뼛쭈뼛 다가갔다. 여자가 막 무릎을 꺾으려는데 종길이가 팔을 낚아챘다.
―절이 다 안 끝났는데 그냥 퍼질러 앉으면 어떡하냐. 아니 왜 그 구석에 있어요?
종길이가 한쪽 구석에 쪼그리고 앉아 왕방울만 한 눈을 꿈벅거리고 있는 아우님에게 버럭 소리를 내질렀다.
―생전 절을 받아 봤어야지.
고모가 눈치 없이 쫑알거렸다. 고모는 종길이 색시가 예단이라고 내놓은 한복을 받아들고 좋아하느라 아우님도 예단을 받게 된 사실을 종길이가 돌아가고 난 다음에서야 알았다. 그래도 고모의 기쁨은 조금도 줄어들지 않았다.
―만져보라구. 질이 다르다니까. 바느질 솜씨도 다르잖아.
아우님이라고 가만히 있을 리 없었다.
―삼베라고 작정하고 만지는데 선녀가 짠 비단인들 보드랍겠소.
그렇듯 아우님에 대한 종길이의 변화는 두 사람에게 새로운 시빗거리를 만들어주었다. 그래서 부담스럽기만 한 두 사람의 관심에서 벗어나게 된 나는 훨씬 처신하기가 수월해졌다. 그런데 종하 형이 기다리다 못해 고모를 모시러 나왔다.
 아르헨티나를 거쳐 미국으로 어렵사리 건너가자마자 종하 형은 애당초 약속대로 고모를 모시려고 했다. 그러나 고모는 자리 잡기 전에는 가지 않겠다고 고개를 저었다. 이젠 아파트도 샀어요. 그러자 고모는 넓은 땅덩어리를 가진 나라에서 좁고 답답한 아파트에 살기는 싫다고 말했다. 집을 샀어요. 마당도 꽤 넓어요. 고모는 사진을 보내라고 말했다. 그림처럼 새파란 잔디밭에서 하얀 집을 뒤로하고 식구들이 환하게 웃고 있는 사진을 받고 고모는 혼자 어떻게 가느냐고 투덜거렸다. 그래서 형수까지 세탁소에 달라붙어 있는데도 앉아서 밥 먹어본 지가 까마득하다는 종하 형이 부랴부랴 날아온 것이었다. 종하 형을 부둥켜안고 좀처럼 떨어질 줄 모르던 고모는 퉁퉁 부은 얼굴로 딴청을 피웠다.
 ―여태껏 있다가 영훈이 장가드는 것도 못 보고 갈 수는 없잖아. 게다가 아우님은 어떻게 하고? 바느질쟁이 기둥서방 노릇하는 망종은 여태도 제 어미를 곱게 안 쳐다봐. 그리고 인중이 짧아서 금방 일 당할 텐데 이제 내쫓으면 그동안 데리고 먹여준 공은커녕 자네 아버지한테 억울한 소리만 들어.
 ―어차피 살림 봐줄 사람이 필요할 테니 우선 영훈이가 그대로 모시면 되잖아요.
 그런 말을 나와 아무런 상의도 없이 쉽사리 말하는 종하 형에게 나는 내심 서운해졌다. 하지만 고아 신세나 다름없는 나를 친형제처럼 데리고 살아준 형이었으므로 입을 꾹 다물고 있었다. 다행히 고모가 나 대신 나서주었다.
 ―자네가 미국 빠다를 먹더니 뺀질뺀질 염치만 늘었네. 그동

안 자네 모친을 누가 모시고 살았는가. 그런데 이제는 손각시 같은 저 여편네를 떠맡기자고? 그러고 보니 자네 성씨 사내들은 떠맡기는 재주 하나는 비상하구만.

종하 형이 아우님에게로 돌아앉았지만 아우님은 한술 더 떴다.

―내가 이런 말 하면 사람 거둔 공은 없다겠지만, 솔직히 요새 나는 형님이 원망스럽소. 그때 왜 형님이 나를 불러들였으며, 왜 내가 형님 말을 순순히 따랐던고. 하기는 집안 망신이네 하시는데 무슨 수로 거역하겠소. 그대로 못 본 척하셨으면 나대로 맘 편히 먹고 살았을 텐데 이렇게 오도 가도 못 하는 신세를 만들었으니 원망스럽지 않겠소. 이제는 술장사도 못할 나이잖우.

할 수 없이 종하 형은 아우님의 언중만 믿고 돌아갔다. 그제야 나는 두 사람의 싸움을 외면할 수만은 없다는 사실을 깨달았다.

나는 종길이로 인해 틈이 넓어지는 두 사람을 유심히 살펴보았다. 그리고 두 사람이 찬바람을 내뿜으며 돌아앉으면 모른 척하지 않았다. 나는 먼저 아우님에게로 다가갔다.

―저 양반이 생떼를 써도 유분수지, 천륜을 무슨 수로 이긴다고 빡빡 우기는지 몰라. 어이구, 그런 못된 성질머리 때문에 영감님도 달아나고 아들도 나 몰라라 만리타국으로 달아난 것인지도 모르고 이제는 남의 자식한테 눈독을 들인다니까. 조카님, 내 말이 틀렸수?

―당연하신 말씀이지요. 종길이야 틀림없이 아우님 아들이지요. 두고 보세요. 종길이가 형편이 좋아지면 아우님을 모셔갈 겁니다. 종길이가 이 집을 드나드는 것도 다 아우님 생각하는

것이지요.

―조카님도 그리 생각했우? 그럼, 두고 보시게. 내가 저 양반한테 설움받고 사는 날도 얼마 남지 않았네. 아유, 지긋지긋해. 없는 죄로 여태껏 놀부 마누라한테 설움당하면서 찍소리도 못하고 살았어. 하지만 흥부 박 짜개지는 날만 되라지. 보란 듯이 종길이한테 효도받고 살 게야.

그쯤 되어 고모가 나를 안방으로 불러들였다.

―오갈 데 없는 신세를 불쌍타 거두어주었더니 날이 갈수록 해괴하구나. 그나마 종길이가 나를 보자고 어려운 발걸음을 하는 줄도 모르고 날뛰는 꼴이라니. 즈 여편네한테 체면이 안 서니 친어미 대접하는 시늉인 줄도 모르고. 그렇지? 아니면 왜 즈 어미를 안 모셔가니? 어디 그런 눈치라도 있던?

나는 고모에게는 좀 냉정하게 굴었다.

―예전하고 다른 것 같던데요. 형편이 나아지면 아우님을 모셔갈 것 같아요. 아무래도 친어머니한테 기울겠지요.

―어림없는 소리. 생전 즈 어미 안 보던 놈이 이제라고 대접해 줄까. 내내 어미 꼬랑지만 따라다니던 놈들도 장가들면 옆에 얼씬거리는 것도 싫어한단다. 어림없지. 여태껏 그래서 내가 아들 손자한테도 못 가고 저 여편네를 데리고 사는 것 아니냐. 그래, 제발 데려가라지. 내 팔자 좀 편하게 제발 꽃가마 태워 모셔가라지.

나도 제발 그렇게 되기를 바랄 뿐이었다. 고모를 위해서라도, 아우님을 위해서라도 그 이상 좋은 일은 없으니까. 나는 열심히 두 사람을 부추겼다. 그런 덕분인지 두 사람의 갈등은 극도로 악화되었고, 마침내 두 사람은 종길이 앞에 패를 던졌다.
 설날 아침에 차례 상을 물린 뒤 세배를 받으려고 아우님과 나란히 앉은 고모가 먼저 패를 내던졌다.
 ─어지간히 살 만하면 너도 좀 염치를 차리고 살아라.
 아무 영문도 모르는 종길이가 눈을 끔벅거리며 두 사람을 번갈아 바라보았다. 고모는 더욱더 거만한 자세로 고쳐 앉으며 말했다.
 ─느 어미가 말년에 아들한테 호강받고 싶어서 안달을 하는구나.
 그렇게 되면 종길이가 두 손을 홰홰 내저으며 고개를 절래절래 흔들어야만 했다. 그러나 종길이는 금세 굳어진 얼굴로 여전히 두 눈을 끔벅거리기만 했다. 그러자 아우님도 지지 않고 패를 내동댕이쳤다.
 ─내가 얼마나 더 살지 모르지만, 하루를 살아도 사람대접 좀 받아봤으면 원이 없겠다. 자식 못 믿고 세 번이나 팔자를 고친 처지에 무슨 설움인들 못 당하랴 하고 살았지만 아이고, 차라리 네가 나를 죽여라.
 아우님은 방바닥에 질펀하게 울음소리를 쏟아놓았다.
 ─세상에, 적반하장도 유분수지. 아니 도대체 정월 초하룻날에 이 무슨 해괴한 짓이냐? 저, 저, 능청 좀 보게. 누가 무슨 설움을 당하고 살았다는 거야.
 그런 상황을 전혀 예측하지 못한 고모는 당혹스러운 표정을 감추지 못해 쩔쩔 매다가 급기야 뒤늦게 아우님보다 더 서럽고 애통한 울음을 터뜨렸다. 그러나 아우님의 울음소리가 더할 나위 없이 서럽게 들리는 반면에 고모의 울음소리는 내가 듣기에도 애매하기 짝이 없었다.
―가십시다. 어머니.
종길이가 그렇게 말하자 두 사람은 동시에 고개를 쳐들었다.
―당장에 가자구요.
벌겋게 달아오른 종길이의 얼굴은 아우님에게 향해 있었다. 아우님의 패를 집어든 종길이가 벌떡 일어나 나가며 소리쳤다.
―당장에 보따리 싸들고 나오지 않으면 다 부숴버릴거야.
종길이댁이 쪼르르 그 뒤를 따라 나갔고, 아우님이 허겁지겁 움직이기 시작했다. 엉겁결에 나도 일어났다. 그대로 꼼짝 않고 있는 사람은 고모뿐이었다. 고모는 넋이 나간 듯이 멍청한 표정으로 방바닥에 시선을 꽂은 채 미동도 하지 않았다. 당장에 못 나와요. 종길이의 고함 소리에 아우님이 쏜살같이 달려나갔다. 현관문을 열고 나가려던 아우님이 멈칫하고 뒤돌아보는 순간에 종길이의 고함 소리가 또다시 터져 나왔다.
고모는 한참 만에야 정신을 되찾았다.
―내 이리 될 줄 알았지. 아무리 씨가 좋은들 자갈밭에서 자갈밖에 더 줍겠냐. 언젠가는 이리 될 줄 알았어. 영훈아, 너 문 밖에 왕소금 한 바가지 뿌려라.
그러고는 정월 초하룻날에 집 안의 문을 있는 대로 열어젖히고 대청소를 시작했다. 한밤중에서야 대청소를 끝낸 고모가 내게 벼락같은 소리를 내질렀다.
―문단속 단단히 해라. 다시는 그것들이 발 들여놓지 못하게 꼭꼭 잠가라. 아이고, 이제 살 것 같구나. 이제사 몇 십 년 묵은

체증이 싹 없어졌구나. 아이고 좋아라. 아이고 편해라.
그런데도 벌겋게 달아오른 고모의 얼굴은 심하게 일그러지고 있었다.

"가서 금방 나올 거야. 한 번만 훑어봐도 그 여편네가 거짓말 하는 것 알 수 있지. 떠나려고 맘먹었으니 얼른얼른 정리해 버 릴란다."
떠난다는 말을 앞세우는 데야 뭉기적거리고 누워 있을 수는 없었다. 커피 한 잔과 찹쌀떡 한 조각뿐인 아침 식사도 생략하고 주섬주섬 옷을 갈아입으며 나는 이번에는 정말 떠나시는 거냐고 물었다. 꽤 큰 목소리였는데도 고모는 못 들은 척 한껏 차려입은 옷맵시를 가다듬기만 했다. 나는 불안한 마음으로 고모를 유심히 살펴보았다. 출국장 안으로 들어가는 고모를 보기 전에는 떠난다는 말을 도무지 믿을 수가 없었다. 고모 때문에 나와 종하 형이 낭패를 당하기를 몇 차례이던가.
마침내 헤어져 살게 된 후에도 두 사람은 싸움을 멈추지 않았다. 텅 빈 집 안을 지키며 두 사람은 하루에 한 차례씩 수화기를 붙들고 싸우는 것이었다.
―너무나 편하니까 몸살이 날 지경입니다. 이렇게 호강하고 살아도 되는지 몰라요.
―눈에 안 보인다고 되는 대로 지껄이누만. 하기야 그런 거짓말이라도 하지 않으면 애 터져서 죽겠지. 하지만 나야말로 늘어진 상팔자라네. 그런데도 자꾸 미국으로 오라고 전화질을 해서 성가셔 죽겠네.

─가시지 그래요. 가셔서 양놈들 노랑내 나는 메리야스도 빨아주시구랴. 아니면 집 지키는 귀신 노릇이나 하시든지. 팔자 늘어지셨수.

이제는 서로 말년에 늘어진 상팔자를 주장하고 자랑하며 싸우는 것이었다. 고모는 매일 그날의 싸움을 저녁 식탁 위에 늘어놓았다. 싸움거리는 그동안 같이 살았던 세월만으로도 얼마든지 충분했다. 이제 착실하게 교회 유치원 봉고차를 몰고 있다는 종길이 칭찬만으로도 저녁 식탁은 비좁았지만, 고모가 용케 쭉정이를 골라내고 나면 식탁 위는 텅 비어 있었다. 그러면서도 고모는 여전히 종하 형에게 갈 생각을 안 했다.

"이렇게 높은 꼭대기에 올라가 사니 호강은 호강이구나."

굽이굽이 이어진 좁은 골목길을 따라 가파른 신림동 산동네를 올라가며 고모가 말했다. 종길이네는 비탈길에 위태롭게 세워진 연립주택의 반지하층에 있었다. 내가 들고 있는 배부른 비닐봉지를 연신 흘끔거리면서 사내아이가 할머니를 불러대자 옹색한 부엌의 한쪽 구석에서 방문이 열리더니 아우님이 얼굴을 내밀었다. 어느새 앉은뱅이가 된 아우님은 왕방울만 한 눈을 동그랗게 뜨고는 두 팔을 허우적거리며 우리를 맞았다.

"몸살기가 있는지 머리가 쪼개지게 아파서 뇌신 하나 사먹으러 나갔다가 발목을 삔 것 같소."

황망히 걸레질을 하면서 아우님이 말했다. 그렇다고 입 다물고 있을 고모가 아니었다.

"효자 효부는 사람이 나가는지 들어오는지도 모르고 자빠져 잤구만."

"그까짓 일로 식구들을 성가시게 할 필요가 있소. 그나저나 전화라도 하시고 오실 일이지, 이렇게 쳐들어오면 어쩝니까. 오늘은 두 내외가 종일 교회에 나가 있는 날인데……."

"이렇게 왔다 가야지, 간다 하고 오면 무슨 요사를 꾸미려고. 그런데 어느새 저렇게 큰 손자들을 만들었누? 흥, 어쩐지 그 망종한테는 과분하다 했더니 혹이 둘이나 달린 과부였구만. 이제 보니 한통속이 되어 나를 감쪽같이 속였구만."

왕왕거리는 텔레비전 소리며, 손님 구경을 하지 못한 아이들의 무례한 소음이며, 그런다고 야단치는 아우님의 고함 소리로 고모는 제대로 할 말을 하지 못했다. 고모는 손바닥 들여다보듯이 빤한 집 안을 꼼꼼하게 돌아보았다. 아우님도 손바닥 걸음으로 기를 쓰고 고모 뒤를 쫓아다니며 사족을 열심히 붙였다. 에미가 얼마나 지독하게 살림을 하는지 몰라요. 눈치로 보니 통장도 여러 개 있는 것 같아요. 농짝이야 집 사서 이사한 다음에 사면 되지요. 아이고, 내 방이야 다리 펴고 누울만 하면 되지. 혼자 자면 심심하니 애들을 끼고 자는 거지요.

"내 이럴 줄 알았지. 안 봐도 눈에 선하더라니까. 매일같이 전화통을 붙들고 거짓말만 하는 줄 알았다구."

부엌살림까지 일일이 다 들여다본 뒤에 고모가 말했다. 그러자 아우님이 왕방울만 한 눈을 부릅뜨며 소리쳤다.

"그래서 집안 망신이오? 그래서 또 내 모가지를 끌고 갈 참이오?"

순식간에 고모의 눈초리가 치켜 올라갔다.

"자네 모가지를 가져다 무엇에 써먹으려고? 하이고, 꿈자리

사나워라."

"그런데 나를 보러 오셨으니 오늘 밤엔 북망산천을 가시겠소."

"이제나 저제나 자네 오기를 기다리는데 내가 왜 가. 나는 낼모레 미국이나 갈라네."

"그놈의 미국은 수백 번도 더 가시네."

"이번에는 진짜로 가네."

"언제는 가짜로 가신다고 하셨소?"

가자. 고모가 버럭 소리를 지르며 일어섰다. 그렇잖아도 억지로라도 고모를 일으켜 세울 참이었다. 야, 이놈아 얼른 나가서 왕소금 뿌려. 층계를 올라서는데 아우님의 고함소리가 내 등을 매섭게 후려쳤다. 씨근덕거리며 올라가던 고모가 갑자기 되돌아서더니 내게 말했다. 내일 당장 비행기 표 끊어라.

분명히 출발 일자가 적힌 비행기 표를 샀는데도 믿을 수 없었던지 종하 형은 냉큼 쫓아 나왔다. 이번에는 나와 종하 형이 두 사람을 화해시키려고 열심히 애를 썼지만 고모도 아우님도 막무가내로 고개를 저었다. 고모가 출국하던 날, 종길이 내외가 공항에 나와 쉽사리 낫지 않는 아우님의 발목을 변명했다. 고모는 대뜸 코웃음을 쳤다.

"흥, 뻰 데가 발목뿐일까. 돼먹지 않은 흰소리만 나불거리는 주둥아리도 뻐었겠지. 가서 혹시라도 궁금하다고 지껄이면 그래라. 이제 잘난 아들 덕분에 실컷 호강하다가 죽으라구."

고모는 출국장 안으로 들어가기 전에 나를 붙들고 하염없이 울었다. 어쩌면 다시 고모를 볼 수 없을지도 모른다는 생각에 나도 소리를 삼키며 울었다. 고모는 종하 형에게 팔을 붙들린 채로 출국장 안으로 끌려 들어갔다.
 고모가 떠나자 나는 비로소 혼자라는 자유로움과 편안함을 완벽하게 누리기 시작했다. 예약된 시간에 흘러나오는 음악 소리로 잠을 깨고, 전자레인지에서 말랑말랑해진 찹쌀떡 한 조각을 곁들인 커피 한 잔을 마시면서 아침 신문을 뒤적거린 뒤 출근을 하고, 세상 속에서 사람들과 어울려 지내다가 다시 집으로 들어왔다. 먹고 싶을 때 식사를 하고, 듣고 싶은 음악과 보고 싶은 책을 즐기다가 싫증이 나면 리모컨을 손에 쥐고 소파에 비스듬히 눕고, 졸음에 겨우면 그대로 눈을 감았다. 그렇게 한 달이 지났던가. 일요일 아침에 요란한 전화벨 소리를 듣고 잠을 깼다. 지난 밤 자동 응답기 단추를 누르지 않은 내 실수를 원망하면서 마지못해 수화기를 들자 뜻밖에도 아우님의 목소리가 들렸다.
 "어쩌누. 다른 집에 전화한다고 번호를 눌렀는데 조카님이 왜 나와. 기왕 목소리를 들었으니 몇 마디 더 해볼까. 별일이 없으신가. 나야 잘 먹고 잘 지내지. 그러니 혹시라도 그 양반이 내 소식을 물으면 당신이나 잘 계시라고 하우. 그 성질이 미국 가서서는 좀 나아지셨는지 몰라."
 그토록 멀리 떨어져 있는데도 고모는 용케 아우님의 전화를 눈치 챘다. 아우님이 수화기를 내려놓자마자 고모가 수화기를 든 것이었다. 내 목소리를 듣기만 하면 울음을 디뜨리는 고모는 전화를 그만 끊겠다고 으름장을 놓자 용건을 말했다.
 "내가 떠나오기 전에 신신당부를 했어야 되는 건데 여태 까맣게 잊었구나. 혹시라도 그 여편네가 전화하거든 냉정하게 끊어

라. 당최 신경 쓰지 마. 인중이 짧아서 오래 못살겠지만 일일이 대꾸해 주다가는 큰코다친다. 언제 또 보따리 싸들고 들어올지 몰라. 그러면 당장에 전화해라. 내가 한걸음에 달려가서 문밖에 내동댕이칠 테니까. 그런데 나 떠나고 전화 한 번도 없든?"

　수화기를 내려놓으며 나는 앞으로 두 사람으로부터 심심찮게 똑같은 내용의 전화를 받게 되리라고 생각했다. 나는 느릿느릿한 동작으로 커피 한 잔을 끓여 마시면서 결코 함께 살 수 없었던 두 사람의 어처구니없는 동거 생활을 되짚어 생각했다. 더할 나위 없이 적요하고 편안한 나만의 공간을 천천히 훑어보면서. 그리고 되짚어 보는 장면마다 터져 나오는 웃음을 그대로 흘리면서. 그런데 필름이 다 돌아갔을 때 나는 불현듯 눈자위가 뜨거워지는 것을 느꼈다. 별일이야. 재빨리 손바닥으로 눈 주위를 문질러댔다. 가까스로 초점을 맞추어 주위를 돌아보았다. 이상도 해라. 왜 이리 눈이 흐려지는 걸까. 좀처럼 개운해지지 않는 눈 때문이었을까. 조금 전까지 적요하고 편안했던 나만의 공간은 황량해 보이기조차 했다. 나는 생채기 하나 없는 내 몸을 끌어안고 착시 현상이 사라지기를 기다렸다.

사막에서 사는 법 2

 송이 엄마의 짐작과는 달리 송이 아빠는 둘째 날에도 혼자서 삼포 바닷가를 어슬렁거리기만 했다. 내키지 않았지만, 나는 이틀째 그를 살피고 있었다. 하도 그의 바랜 벽돌 색 파카를 좇다 보니 바다도 같은 색깔로 착각할 지경이었다. 남은 이틀 동안에도 그래야 하지만, 송이 엄마가 짐작하고 있는 일은 벌어질 것 같지 않았다. 오히려 나는 엉뚱한 사람 때문에 곤혹스러워 하고 있었다. 삼포행 버스에서 옆자리에 앉았던 여자는 삼포의 콘도에서도 자꾸만 부딪치며 내 신경을 건드렸다. 더 이상 그녀와 마주치지만 않는다면 삼포에서의 3박 4일은 그럭저럭 괜찮은 겨울 휴가가 될 수 있다고 생각하며 자정이 되어 가는 시간에 나는 커피를 마시려고 주전자에 물을 채웠다. 그러나 주전자를 가스레인지에 올려놓기도 전에 내 바람은 맥없이 허물어지고 말았다. 무례하게도 그렇게 늦은 시간에 내 방을 찾아온 그녀 때문에……

"저기, 그 사람 말예요, 어제 같이 버스 타고 왔던 그 아저씨. 그 사람이 저기 소파에서 자고 있어요."

그녀가 어찌나 놀라고 당황해하던지 그 바람에 나는 하마터면 "오늘도요?"라고 말할 뻔했다.

사실 나는 어젯밤에 6층 로비의 소파에서 자고 있는 송이 아빠를 보았다. 내 방은 5층이었으므로 송이 엄마의 전화가 아니었다면 한밤중에 굳이 6층까지 올라가지도 않았을 것이다. 나는 막 잠자리에 들다가 송이 엄마의 전화를 받았다. 송이 엄마의 목소리를 듣고 나서야 도착하자마자 전화하기로 한 약속이 생각났다.

─무슨 사고라도 생긴 줄 알고 뉴스마다 들여다봤어. 대설주의보가 해제되기는 했어도 대관령이며 미시령이 다 막혀 있어서 여간 걱정하지 않았다고. 도착했다는 전화만 받았어도 이런 전화 하지 않지.

─죄송해요. 버스가 고장 나서 두 시간이나 늦게 도착하는 바람에 깜박 잊었어요. 하지만 오늘은 별다른 일이 없었어요. 그냥 혼자 지내시던 걸요.

─그래? 그런데 왜 지금 이 시간에 그 방에 아무도 없지? 아무리 전화해도 안 받아.

─아마 잠드셨겠죠. 전에 와보셨으니까 아시겠지만 여긴 한적한 바닷가라서 밤에는 밖에 나갈 일이 없을 텐데요.

─아까부터 얼마나 전화를 했는데. 틀림없이 방에 없는 거라고.

—그럼 제가 나가볼까요?

—그래서 방마다 뒤지고 다닐 거야? 오늘은 그만 됐어요. 잘 자요.

수화기를 내려놓으면서 공연히 송이 엄마의 부탁을 받아들였다고 새삼스럽게 후회했다. 그러나 내 잘못이라면 하필 송이 아빠와 같은 장소로 겨울 휴가를 떠나게 된 것뿐이었다. 삼포로 휴가를 다녀오겠다며 송이의 과외수업을 며칠 미루겠다고 하자 송이 엄마는 대뜸 내게 어이없는 부탁을 했다.

—기왕이면 날짜를 바꿔서 가지 않겠어요? 분명히 그이가 누군가와 같이 가는 것 같은데…… 그렇다고 내가 몰래 따라가 볼 수도 없고…… 그러니 김 선생이 눈치 채지 않게 송이 아빠를 살펴봐요.

나는 고등학교 2학년인 송이에게 사 년째 영어를 가르치고 있다. 일주일에 두 번 그 집을 들렀으니, 현관문을 열고 곧바로 아이가 기다리고 있는 방으로 들어가 두 시간 동안 가르치고 다시 곧바로 현관문을 열고 나온다고 해도 드나드는 순간의 느낌만으로 웬만큼 그 집의 사정을 알 수 있다. 이제 나는 캔 맥주를 들고 마주 앉아서 거리낌 없이 내게 "섹스를 안 하지가 몇 년째인지 몰라."라고 말하는 송이 엄마를 얼굴 붉히지 않고 빤히 바라볼 수 있게 되었다. 그러나 아무리 임의로운 사이가 되었다고 해도 그런 어치구니가 없는 부탁을 하다니……. 불쾌하기조차 했지만 그동안의 친분을 생각해서라도 되도록 송이 엄마를 이해하려고 애를 썼다.

—결국 이혼하시게요?

그러자 송이 엄마가 눈을 동그랗게 뜨고 나를 바라보았다.
―무슨 말이야? 내가 왜 이혼을 해?
이번에는 내가 동그랗게 눈을 뜨고 송이 엄마를 바라보았다.
―이혼하는 것만으로는 내 인생을 보상받을 수가 없어. 난 두 아이를 포기할 수 없고, 그러니 이혼하면 그 사람만 좋은 일 시키는 거지. 그래서 난 진작에 작정했어. 평생 그 사람 등골을 빼먹고 살겠다고.
순간 나는 내 등골이 송두리째 빠져나가는 섬뜩한 기분을 느꼈다.
―그럼 제게 그런 부탁을 하실 필요가 없잖아요?
―무슨 꿍꿍이속인지는 알아야지. 그 사람이라고 아무 대책 없이 이렇게 살겠어?
―하지만 잘못 짚은 게 아닐까요? 송이 아빠는 뭐라고 하셨는데요?
―거기 간다는 말도 우연히 우리 사무실 직원한테서 들었어. 며칠 전에 또 한바탕 싸웠거든. 언제나 그렇지만 사소한 말 한 마디로 시작해서 서로 지긋지긋한 꼴을 보이고서야 끝이 나지. 그러고 나면 얼마나 처참해지는지 몰라. 하지만 하루 이틀 그런 것도 아닌데 느닷없이 사무실도 다 내팽개치고 이 겨울에 여행을 간다니……. 그런데 더 기가 막히는 것은, 먹고 싶을 때 먹고, 자고 싶을 때 자려고 거길 간다는 거야. 여태껏 그렇게 살았으면서 그게 말이 되는 거야?
송이 엄마를 이해할 수는 없었지만 그런 구차한 부탁을 하게 된 송이 엄마가 너무나 불쌍하다는 생각이 들었다. 송이 아빠가 혼자 휴가를 보내는 것이 아니라는 사실만 확인하는 것이었으니 그다지 어려운 일도 아닐 것 같았다. 하지만 결코 유쾌한 일은 아니어서 승낙을 한 순간부터 후회하기 시작했다. 삼포로 오는 동안 두 번 들른 휴게소에서 약속을 취소하려고 공중전화 앞에 섰지만 그만큼 나를 임의롭게 대해준 송이 엄마의 불행한 처지를 외면하기도 난처해서 그냥 돌아서 버렸다. 삼포에 도착해서도 한참 동안 망설였지만 결국 나는 약속을 지키기로 했다. 대설주의보가 해제된 지 이틀밖에 되지 않았고, 주말도 아닌 월요일이어서 콘도는 절반이 넘게 방을 비워두고 있었으므로 그를 찾기는 쉬울 것 같았다. 공연한 일을 맡았다고 후회하면서도 방을 나와서 계단을 따라 그가 묵고 있는 6층으로 무작정 올라갔다. 비상구를 빠져나와 엘리베이터 앞의 불빛 흐릿한 좁은 로비에 들어서다가 나는 화들짝 놀랐다. 누군가 로비 한쪽의 기역자 소파에 새우등을 하고 옆으로 누워 있었다. 놀란 나머지 나도 모르게 뒷걸음을 치는데 때마침 엘리베이터 문이 열리면서 노란 잠바를 입은 젊은 여자와 군복 차림의 젊은 남자가 내렸다. 그때 엘리베이터 안에서 쏟아져 나온 불빛을 빌려 소파에서 자고 있는 바랜 벽돌 색 파카의 사내가 같은 버스를 타고 왔던 송이 아빠인 것을 알아보았다. 나는 발자국 소리를 죽이며 계단을 따라 1층 로비로 내려갔다. 내 보고를 듣자마자 송이 엄마는 대뜸 목소리를 높였다.

―아무리 내 전화를 받기 싫다고 제가 그런 궁상을 떨어야 해?
―어쨌든 아무래도 송이 엄마가 오해하신 것 같아요.
―무슨 말이야? 정말 순진하긴…… 그 사람이 먼저 와서 기다

리는 거지. 하룻밤만 고생하면 기막힌 휴가가 될 테니 무슨 궁상인들 못 떨까. 두고 봐, 내일이면 둘이 만나게 될 테니까.
 아무래도 내가 짐작했던 것보다 훨씬 더 두 사람 사이가 심각한 것 같았다. 그러나 아무리 그렇다고 해도 이십 년이 되도록 살을 섞고 살아온 사람들이 어떻게 그처럼 황폐해질 수 있는가. 나는 까닭 모를 답답증에 시달리며 자꾸만 거실 유리문을 열고 차가운 바닷바람에 몸을 떨면서 바다가 으르렁거리는 소리를 들었다.

"그래요? 하지만 그럴 수도 있겠죠, 뭘."
 나는 일부러 멀뚱멀뚱 그녀를 바라보면서 시큰둥하게 대꾸를 했다.
"얼마나 놀랐는지 몰라요. 지금도 가슴이 이렇게 뛰는데……"
"아주머니가 왜 그렇게 놀라셨어요?"
 그제야 그녀는 자신의 경솔한 행동을 깨달았는지 말을 더듬거리며 변명을 했다.
"아니…… 난…… 그저…… 이런 추운 겨울에…… 스팀이 들어와도 그렇죠, 거긴 바깥이나 다름없는데…… 여기까지 놀러 와서 왜 그런 데서……."
"아무튼 이왕 오셨으니 들어오세요. 막 커피를 마시려던 참인데 같이 드시겠어요?"
 딸만 한 여자에게 쩔쩔매는 그녀를 보자니 마음이 약해질 수밖에 없었다. 어정쩡하게 서 있는 그녀의 팔을 잡아끌다가 나는 그녀가 배 불룩한 핸드백을 팔에 걸치고 있는 것을 보았다. 이런 시간에 방을 나오면서도 핸드백을 챙기다니…… 그녀를 식탁 의자에 앉혀놓고 찻잔을 챙기면서 생각해 보니 처음부터 좀 이상한 구석이 있는 여자였다.

삼포행 버스에 올라탔을 때 달리 비어 있는 자리가 없어서 그녀의 옆자리에 앉기는 했지만 모처럼 나선 여행을 낯선 사람에게 방해받고 싶지 않았다. 그래서 버스가 출발하자마자 아예 이어폰을 낀 채로 고개를 돌리고 앉아 있었다. 그나마 바로 뒷자리의 송이 아빠와 나란히 앉게 되지 않은 것만 해도 천만다행이었다. 그런데 버스가 막 서울을 벗어났을 때 그녀가 내 팔을 흔들었다.

—저것 좀 봐요. 세상에…… 저런 장관이…….

버스가 옆구리에 끼고 달리는 팔당호는 뽀얗게 피어오르는 물안개로 제 자태를 완벽하게 감추고 있었다. 아무리 그렇기로서니 생전 처음 만난 사람에게 그렇게 호들갑을 피우다니……. 염치없이 내 팔을 흔들어대는 그녀를 못마땅하게 흘겨보는 마지못해 팔당호의 물안개를 한번 흘낏거렸다. 그래도 눈치는 아직 녹슬지 않았는지 그녀가 겸연쩍은 표정을 내보이면서 슬그머니 내 팔을 놓았다. 그러고는 차창에 이마를 붙이고 연신 탄성을 내질렀다. 젊은 나이라면 몰라도 마흔너덧 살은 되어 보이는 여자의 그런 모양은 왠지 주책없게만 보였다.

인제에서 버스가 두 번째 멈추었을 때였다. 가까스로 커피 한 잔을 사들고 번잡한 사람들 사이를 빠져 나오는데 우유 팩을 골똘히 들여다보고 있던 그녀가 나를 보더니 오늘이 며칠이냐고 물었다. 되도록 대화를 줄이려고 그녀가 들고 있는 우유 팩을 들여다보며 아직 유통기한이 사흘이나 남아 있다고 대답했다. 그런데 그녀의 입에서 나온 말이라니…….

─사흘씩이나? ……정말 황송하군.

어처구니가 없어서 못 들은 척 그만 그녀를 지나쳐 버스에 올라탔다. 그녀도 이내 뒤따라 올라왔다. 버스가 다시 속력을 내기 시작했을 때였다.

─나는요, 언제나 유통기한이 지난 우유를 먹었다구요.

느닷없는 말에 나도 모르게 그녀를 돌아보았다. 여태 뚜껑을 열지 않은 우유 팩을 한쪽 손에 든 채로 그녀가 멍하니 나를 바라보았다.

─우유 한 개가 얼마나 비싸다고. 기껏해야 식구들이 남기는 우유가 제 몫이었다니까요.

─네? 그런데도 괜찮으셨어요?

더 이상 말을 섞고 싶지 않았지만 그냥 듣고만 있기가 민망해서 그렇게라도 대꾸를 해주었다.

─없어서 못 먹죠. 그랬더니 언젠가는 아들 녀석이 냉장고에서 우유를 꺼내들더니 이건 엄마가 먹어야 한다면서 사흘이나 지난 것을 주더라구요. 그런데도 속 좋게 느 엄마는 특이체질이라 끄떡없다면서 받아먹었죠. 그렇게 살았어요. 여태껏 그렇게 궁상을 떨고 살았다니까요.

도무지 헷갈릴 수밖에 없는 것이, 그녀의 고급스러운 옷차림이나 외국의 유명 상표가 찍혀 있는 질 좋은 핸드백과는 너무나 동떨어진 말이었다. 게다가 그녀가 타고 있는 관광버스는 영동

지방의 스키장과 동해의 새파란 바다를 방에서 내다볼 수 있는 콘도를 향해 달리고 있지 않은가. 그런데 그녀는 억울하다 못해 눈물을 글썽거리기조차 했다. 불편하기 짝이 없는 그녀를 더 이상 상대하고 싶지 않아서 나는 얼른 이어폰을 귀에 꽂고 의자를 젖히고는 워크맨의 볼륨을 높였다.

인제를 출발하면서부터는 토막 난 새벽잠을 보충하느라 조용하던 버스 안의 사람들이 조금씩 술렁거리기 시작했다. 어린아이 키만 한 고드름이며 금방이라도 집을 무너뜨릴 것 같은 두꺼운 눈 지붕을 보며 버스 안의 여기저기에서 탄성이 터져 나왔다. 진부령으로 들어서자 고스란히 눈에 파묻힌 산들로 인해 창 밖은 아예 하얀 침묵이었다. 그런데 그녀가 또 다시 내 팔을 흔들어댔다.

─저것 좀 봐요. 저기 저 발자국들…….

어쩔 수 없이 그녀가 가리키는 곳을 바라보았다. 그녀 말대로 말끔하게만 보이던 하얀 산에는 수없이 많은 발자국들이 찍혀 있었다. 때로는 원을 그리며, 때로는 급하게 미끄럼을 타며 골짜기로, 나무 주위로, 산자락으로, 계곡으로 발자국들이 이어져 있었다. 금방 나를 잊은 듯 그녀는 창밖을 내다보면서 혼잣말을 했다.

─저건 사람 발자국이 아냐. 분명히 산짐승들이 밤새 저렇게 들 돌아다닌 거야. 그러니 얼마나 바쁘게 다녔을까. 세상에…… 어쩌면 저리도 앙증맞을까. 녀석들 참…… 밤새도록 꽤 소란을 피웠겠구만.

그녀가 입 꼬리를 올리면서 배시시 웃었다. 나는 속으로 코웃음을 쳤다.
 오늘 아침에도 나는 일출을 보려고 바닷가에 나갔다가 그녀를 만났다. 바닷가의 절반을 덮고 있는 눈밭에 무릎을 적시면서, 파도자락의 흰 거품에 부츠를 적시면서 혼자 키드득거리다가 그녀를 보았다. 내가 먼저 큰 소리로 인사를 건넨 것은 순전히 그런 장난기 때문이었다.
 ―그렇게 좋아요?
 그녀가 나를 물끄러미 바라보더니 물었다.
 ―저렇게 푸른 바다를 원 없이 보게 되니까 너무 좋은걸요.
 ―바다를 본다구요? 하긴 그 나이에는 바다가 바다로 보이죠. 하지만 지금 내 눈에는 바싹 메마른 사막이 보이네요.
 빤히 바다를 바라보고 있으면서도 그녀는 이른 새벽에 들고 나온 핸드백만큼이나 엉뚱하게 억지를 부렸다. 덕분에 모처럼 들뜬 내 기분은 모래밭에 코를 박았다. 되도록 마주치지 말아야겠다고 다짐하면서 얼른 등을 보이며 돌아섰다. 그러나 오후에 나는 반갑지 않게도 또 그녀와 마주쳤다. 지하 1층에서 사우나를 하고 난 뒤 자판기에서 콜라 캔을 뽑아 들고서 엘리베이터를 탔다. 5층에서 내릴 때 나는 목을 뒤로 젖히고 남아 있는 콜라를 입에 털어 넣었는데, 생각지도 않게 그녀가 보이는 바람에 그만 입가에 주르르 흘리고 말았다. 로비의 소파에 앉아 있던 그녀가 손수건을 내밀었다.
 ―왜 여기 계셔요?
 어쩔 수 없이 그녀의 옆자리에 엉덩이를 걸치면서 말을 건넸다. 그녀의 팔에 들려 있는 핸드백이 여전히 눈에 거슬렸다.

―방에 있기가 답답해서 그냥 나왔어요. 그런데 6층에서 일등병하고 젊은 여자 애가 어찌나 질기게 싸우는지 귀가 성가셔서 이리로 걸어내려 왔어요.

―아, 그 노란 잠바 입은 여자요?"

왠지 거북해서 나는 채 마르지 않은 머리를 손가락으로 빗으면서 물었다. 그녀가 나를 물끄러미 바라보면서 고개를 끄덕거렸다.

―이런 데서 왜 싸우죠? 사랑싸움인가요?

그녀는 나를 바라보기만 했다. 조금 후에 나는 그녀가 바라보는 것이 내 얼굴이 아니라 내 머리라는 것을 알았다.

―그 샴푸 냄새 말예요. 그 냄새를 맡으니까 왜 이렇게 서글프죠?

이건 또 무슨 뚱딴지같은 말인가. 머리를 빗기던 손가락이 미모사 잎처럼 저절로 오므라졌다.

―나도 매일 머리를 감았는데…… 모든 게 그렇죠. 매일매일 똑같이 반복되고…… 정말 지겨웠죠. 그런데 지금 갑자기 그 냄새를 맡으니까…… 그렇게 지겹던 일들이…… 그 모든 게 다 그립네요.

그녀의 눈은 금세 붉어졌다. 처음에 나는 도톰한 눈두덩 아래의 작은 눈과 높고 두툼한 코, 그리고 까무잡잡한 피부와 군살 없는 작고 야무진 체격의 그녀를 낯선 사람에게는 함부로 말 한마디도 건네지 않을 사람이라고 생각했었다. 그런데 이제는 정신상태가 의심쩍은 사람이라고 생각하지 않을 수 없었다.

보기가 딱해서 내 손으로 잡아 끌어들이기는 했지만 막상 마주 앉고 보니 여간 거북하지 않았다. 그런 기분은 그녀가 더한 모양이었다. 눈을 내리뜨고서 두 손으로 찻잔을 만지작거리기만 했다. 그런데도 여전히 핸드백은 팔에 매달려 있었다. 어색한 침묵을 깨뜨리려고 내가 먼저 말을 꺼냈다.
"지갑만 들고 그 핸드백은 방에 두고 나오시지 그러셨어요."
그러자 그녀가 흠칫 놀라더니 핸드백이 매달려 있는 팔을 몸에 바싹 붙였다.
"그냥 생각 없이 들고 나왔네요. 습관이 되어서요."
금세 붉어지는 낯빛으로만 보아도 생각 없이 들고 다니는 것 같지는 않았지만 나는 건성으로 고개를 끄덕거렸다. 서너 번 커피를 홀짝거리더니 그녀는 조금 침착해졌다.
"미안해요. 지금 생각해 보니 아가씨가 참 어처구니가 없었겠네요. 놀러 온 콘도에서 밤중에 느닷없이 찾아와서 황당한 말을 했으니……."
"그러실 수도 있죠, 뭘. 그런데 그 아저씨, 아시는 분이세요?"
"우리하고 같은 버스를 타고 왔잖아요. 생전 처음 보는 사람인데 서울에서 버스를 기다릴 때부터 괜히 눈이 가더라구요. 아니, 다른 뜻이 아니라, 난 그저…… 그 나이의 남자가 혼자 그렇게 다니는 것이 좀…… 아가씨는 안 그랬어요?"
나는 아무 생각 없이 듣고 있었는데, 그녀는 다시 당황하기 시작했다.
"뭐랄까, 혹시 느닷없이 직장에서 떨려났다거나…… 그렇잖아요. 그 나이의 남자들이…… 간도 쓸개도 다 빼주고 어느 날 빈 껍데기로 내던져지면…… 꼭 그렇다고는 할 수 없지만…… 하지만 여기 와서도 별 하는 일 없이 바닷가를 어슬렁거리고…… 게다가 등허리는 왜 그리 구부정한지…… 그래서 더 청승맞아 보이는지 몰라도…… 아무튼 식구들 다 놔두고 혼자 그렇게 다니는 게…… 그러니까 좀 이상하잖아요?"

아무래도 나는 그녀의 정신상태를 또다시 의심하지 않을 수가 없었다. 이쯤해서 그만 그녀를 내보내야겠다고 생각하고 빈 커피 잔을 들고 벌떡 일어났다. 그리고 크게 입을 벌리면서 하품을 한 뒤에 졸음기를 섞은 목소리로 물었다.

"아주머니도 혼자 오셨으면서 그 아저씨가 왜 이상해요? 그분하고 연세가 비슷하신 것 같은데 얼마든지 이해하실 수 있잖아요?"

"그, 그런가요? 하기는…… 그럼 아가씨는 왜 혼자 왔어요?"

"저는 아직 결혼을 안 했으니까 이상하게 생각하지 마세요. 하긴 낼모레가 서른이니 못 한 것이지만요."

"하는 일은 있어요?"

"이 집 저 집 다니면서 아이들을 가르쳐요."

"그럼 수입이 많을 텐데, 결혼 안 해도 되겠네요."

"돈 때문에 결혼하나요?"

"하지만 돈 때문에 헤어지지 못하지요. 아무튼 참 좋은 때네요."

"좋기는요. 따분해서 여기까지 왔는데도 이렇게 잠만 쏟아지는걸요."

그때서야 그녀는 찻잔을 놓고 일어났다. 문을 닫고 돌아서는데 나를 방해하는 사람이 또 있었다. 전화를 받자마자 송이 엄마는 목소리를 높였다.

"오늘도 거기에서 자는 거야?"

"그러시나 봐요."

"그래서 또 전화를 안 받았군. 오늘도 혼자였어?"

"그렇던데요."

"이제 보니 무슨 일이 틀어져서 그렇게 궁상을 떨고 있는 것 아냐?"

"무슨 일이 생기면 제가 전화드리죠."

어제와 달리 나는 퉁명스럽게 먼저 수화기를 내려놓았다. 갑자기 걷잡을 수 없이 화가 났다. 송이 엄마뿐만 아니라 그에게도, 그녀에게도⋯⋯ 그리고 나에게도 화가 났다.

지난 크리스마스 날 나는 다시 청혼을 받았다. 오랫동안 사귀어온 그에게서 두 번이나 청혼을 받았지만 대답할 수가 없었다. 그는 마지막이라면서 새해가 오기 전에 대답을 듣게 되기를 바랐다. 며칠 안에 대답할 수 있다면 한 사람으로부터 세 번씩이나 청혼을 받는 곤혹스러운 일은 없었을 것이라고 말하자 그는 얼굴을 붉히며 화를 냈다. 그가 화를 내는 것은 당연했다. 그가 나를 사랑하는 만큼 나도 그를 사랑한다. 그래서 우리는 기꺼이 섹스를 할 수 있었고, 그럼으로써 더욱더 서로를 갈망했고, 거리낌 없이 섹스를 하기 위해서라도 함께 살아야 한다고 우스갯소리를 하기도 했다. 이제는 의례적인 절차만 남아 있었다. 그런데 막상 그가 청혼을 하자 이상하게도 나는 말할 수 없이 당황했다. 나도 나를 이해할 수가 없었다. 그는 웃어넘겼다. 우리는 다시 섹스를 했고, 여전히 함께 살기를 바란다는 것을 확인했다. 그러면서도 그가 다시 청혼할까 봐 두려웠다. 내가 다시 대답을 하지 않자 그는 어이없다는 표정을 지었다. 우리는 한동안 만나지 않았다. 그러나 그도, 나도 그런 불행을 오래 견딜 수가 없었다. 다시 만난 우리는 그 어느 때보다도 더 탐욕스럽게 서로를 탐했다. 이제는 그가 두려워했으므로 세 번째 청혼을 하기까지에는 그동안만큼의 시간이 걸렸다. 그는 이제 까닭을 알고 싶어 하지도 않았다. 그러나 그가 다시 청혼하지 않는 것은 물론이거니와 다시 만날 수도 없게 된다는 것을 알기 때문에 나는 일어서려는 그의 팔을 붙잡았다.

―나를 믿을 수가 없어서 그래.
―나를 믿을 수 없는 게 아니고?

그가 손바닥으로 가슴팍을 세게 두드리면서 큰 소리로 말했다.

―그건 아직 생각해 보지도 못했어.
―맙소사. 그렇다면 문제가 훨씬 더 심각하군.

그제야 그는 화를 풀고 목소리를 낮추었다. 나는 솔직하게 털어놓았다.

―살다가 당신에게 아무런 감정도 가질 수 없게 되면 어떻게 하지? 그럴 수 있잖아?
―얼마든지 가능하지. 당신뿐만 아니라 나도 그럴 수 있지. 하지만 오히려 그렇게 되는 게 자연스러운 것 아니겠어?
―그래서 말없이 마주 앉아 밥을 먹고, 텔레비전을 보고, 습관적으로 섹스를 하고?

—하루 이틀도 아니고 수십 년을 같이 사는데 밥을 먹고 텔레비전을 보는 것처럼 섹스를 하게 되겠지. 그래서 아이도 태어나고, 부모가 되고, 함께 늙어가겠지. 그래도 다들 살아. 어쩔 수 없이 헤어지는 사람들도 있지만 다들 그렇게 살아.
　—어떻게 다들 그렇게 살고 있지?
　—살다보면 알게 되겠지. 미리 알 필요가 뭐 있어?
　—그래서 세 번이나 청혼을 받고도 대답을 못하는걸.
　그가 길게 한숨을 내쉬었다. 다시 기다려보겠다고 그가 말했지만 전처럼 오래 기다려주지는 않으리라는 것을 나는 잘 알고 있다. 지금도 그를 전처럼 사랑하지만 아직도 나는 대답을 할 수가 없다.

　밤새 뒤척거리다가 하마터면 일출을 놓칠 뻔했다. 눈을 뜨자마자 부리나케 방한 잠바를 걸치고 방을 나왔다. 그녀는 어느새 5층 로비의 소파에 앉아 있었다. 그녀는 나를 보자 벌떡 일어났다. 본체만체하면서 마침 5층에 서 있는 엘리베이터 앞으로 다가가 작동 단추를 눌렀지만 문이 채 열리기도 전에 그녀가 쪼르르 내게 다가왔다. 그녀가 빠르게 말했다.
　"그 아저씨가 안 보여요. 소파에 아무도 없다니까요."
　스르르 문이 열렸고, 나는 들은 척도 하지 않고 엘리베이터 안으로 들어갔다. 그녀도 잽싸게 따라 들어왔다. 할 수 없이 그녀와 눈을 마주치면서 잔뜩 얼굴을 찌푸렸다.
　"새벽에 나와보니까 그대로 있던데 아까 다시 나와보니까 안 보여요."

"아무래도 불편해서 방으로 들어가셨겠지요."
"그런 줄 알았는데 프런트에 물어보니까 깜깜한 새벽에 나갔다고 해요."
"해 뜨는 걸 보려고 일찌감치 바닷가로 나가셨겠지요."
"아뇨. 나가봤는데 안 보여요."
"아주머니 참 이상하시네요."
"내가요? 왜요?"
"아시는 분도 아니라면서 그 아저씨한테 왜 그렇게 관심이 많으세요?"

비로소 제정신을 찾았는지 그녀의 얼굴이 순식간에 붉어졌다. 엘리베이터가 멈추어 섰다. 나는 문이 다 열리기도 전에 빠져나갔다.

해는 낮게 드리워진 구름 위로 불쑥 솟아올랐다. 차가운 바람에 귀가 얼얼해지도록 기다린 수고에 비하면 허망하기조차 했다. 그래서 송지호까지 걸어가 보기로 했다. 천천히 걸음을 옮기면서 주울 만한 조개껍질을 찾아보았다. 금방 나는 조금 전의 일을 까맣게 잊어버렸다. 그러나 그녀가 나이 차이만큼 염치가 좋을 수도 있다는 것을 미처 생각하지 못했다. 가는 길의 절반쯤 되는 곳에 바위 더미가 있었는데, 조개껍질을 줍다가 문득 이쯤이라고 생각하며 고개를 들었던 나는 서너 발짝 앞의 바위에 앉아 있는 그녀를 보고 도로 얼굴을 찌푸리고 말았다. 뻔뻔스럽게도 그녀는 내게 오라는 손짓을 했다. 더 이상 내가 만만한 상대가 아닌 것을 깨닫게 해주겠다고 단단히 작정을 하며 바지 뒷주머니에 두 손을 찔러 넣은 불손한 모양으로 다가갔다.

"미안해요. 내가 아가씨를 자꾸 성가시게 하죠?"

"좀 그러시네요."

그녀보다 조금 위쪽의 바위에 올라가 바다를 바라보고 선 채로 퉁명스럽게 대꾸를 했다. 그래서 조용해지는가 했더니 이내 반갑지 않은 그녀의 목소리가 들렸다.

"아…… 이렇게 바다를 보고 앉아 있다니…… 도저히 실감이 나지 않네요."

"오늘은 사막으로 안 보이세요?"

"내가 그런 말까지 했나요?"

"건망증이 심하신가 봐요."

"그러게 말예요. 전에는 너무 꼼꼼하게 기억을 해서 상대하기 어렵다고들 했는데 요즘엔 자꾸 오락가락해요. 하기는…… 아마 아가씨는 상상할 수도 없을 거예요. 매일 잠을 깨기도 전에 사람들이 들이닥친다구요. 그러고는 제발 잠 좀 자게 나가달라고 악을 쓸 때까지 온 집 안을 차지하고 앉아서 제멋대로 떠들어댄다구요. 아까워서 나는 제대로 앉아보지도 못한 가죽 소파에 하루 종일 드러누워 있는 사람도 있어요. 몰래 칼질을 해놓은 사람보다도 그 사람이 더 나를 미치게 만들더라구요. 아니 그보다 더 나를 미치게 만드는 게…… 정말이지 어떻게 내가 미치지 않았는지…… 어떤 말을 해도 아무도 내 말을 믿어주지 않더라구요. 그런데 난 정말 까맣게 몰랐다구. 알았다면 애들 아빠가 제 집이며 가진 것을 깡그리 회사에 털어 넣도록 내가 가만히 앉아 있었겠어요? 안 그래요?"

"무슨 말씀인지 잘 모르겠네요."

"하지만 이건 이해할 수 있을 거예요. 내가 정말로 참을 수 없었던 것은, 그 사람들이 말예요, 글쎄, 나는 노크를 하고도 아무 대꾸가 없으면 절대로 방문을 열지 않았다구요. 그런데 그 사람들은 노크는커녕 아무 때나 함부로 우리 애들 방문을 활짝 열더라구요. 그러면 우리 애들은 하얗게 질린 얼굴로 용수철 튀듯이 의자에서 일어나는데…… 정말이지 눈에서 불이 나더라구요. 안 그러겠어요?"

"글쎄요. 당해 보지 않았으니까요."

"아가씨라도 그랬을 거예요. 그래서 난 독하게 마음을 먹었죠. 그때까지만 해도 어떻게든 다시 함께 살아보려고 했지요. 하지만 어떤 이유로라도 아무도 우리를 그렇게 처참하게 만들 수는 없다구요. 애들 아빠라고 해도 절대로 용서할 수 없어요. 그래서 애들 아빠를 만나 헤어지자고 했어요. 그러고는 애들을 친구 집에 맡겨놓고 그 사람들이 알아차리기 전에 이 손가방을 들고 도망친 거라구요. 이 손가방 안에 우리 전 재산이 들어 있다구요. 아니 엄격히 말하면 내 재산이죠. 내가 만들었으니까요. 애들 아빠가 뭐랬는지 알아요? 돈이 생긴다면 제 서방도 내놓을 거래요. 그렇게 지독하게 굴었으니 그 알량한 월급으로 열 평짜리 지하상가를 장만했지요. 말하기 좋아서 호인이지 실속 없이 기분만 내키면 간이고 쓸개고 다 빼주는 멍청이가 애들 아빠라구요. 다른 사람은 몰라도 이십 년을 같이 산 내가 그걸 모르겠어요? 그래서 친구 이름을 빌렸기 망정이지 마음 약하게 먹었다면 그야말로 알거지가 됐을 거라구요. 글쎄, 다 빼앗기고 그것하고 콘도 카드만 남았다니까요."

핸드백을 내 발 위에서 흔들거리며 숨 쉴 사이도 없이 지껄이더니 내가 아무런 반응을 보이지 않자 제풀에 지쳤는지 그녀는 갑자기 입을 다물었다. 그러나저러나 나는 뒷주머니에 두 손을 찔러 넣고 서서 바다만 바라보았다.

"아가씨한테 별 이야기를 다 했네요. 미안해요. 저 나이가 되면 저렇게 염치가 좋아지는구나 하고 생각하세요."

"아닌 게 아니라 그렇게 생각했어요."

나도 모르게 그렇게 모진 말을 하고 나니 조금 미안한 생각이 들었다. 그래서 얼른 변명을 했다.

"애들을 가르치다 보니 아줌마만 한 엄마들하고 많이 상대를 하지요. 아무리 오래 다녀도 말 한마디 붙일 수 없는 엄마들도 있지만 반대로 별 이야기를 다 하는 엄마들도 있지요. 그러다 보니 어떤 엄마가 별 희한한 부탁을 다 하더라구요. 혼자 여행을 떠나는 남편을 도저히 믿을 수 없다면서 절더러 염탐을 해달라지 뭐예요."

"그 내외간도 어지간한가 보네요. 하지만 그렇게 함께 사느니 차라리 이혼을 하는 게 낫지. 안 그래요?"

"그런데 절대로 이혼은 안 한대요."

"그런 구차한 짓을 하면서 사는 것보다 백 번 나을 텐데⋯⋯ 때로는 좀 독하게 마음먹어야 한다구요."

"그 엄마가 얼마나 독하게 마음먹은 줄 아세요? 무슨 짓을 해도 절대로 이혼 못 한대요. 그 대신 평생 그 남자 등골을 빼먹고 살겠다네요."

"세상에⋯⋯ 무슨 그런 말을⋯⋯."

그녀는 놀란 나머지 잠시 말을 잇지 못했다.

"아가씨는 그 말이 얼마나 끔찍한 말인지 알아요? 아가씨, 함부로 그런 일에 끼어들지 말아요. 그 여자도 오죽했으면 그렇게 독해졌을까만…… 세상에…… 등골을 빼먹겠다니……."

"아줌마 말대로 오죽했으면 그러겠어요? 그 엄마만 나쁘다고 할 수 없죠, 뭘."

"그게 아니라…… 아가씨는 아직 결혼하지 않았으니까 잘 모르겠지만…… 하기는 이십 년을 살고도 모를 수도 있지만…… 아무튼 그 여자는 지금도 남편이, 아니 남자들이 아주 대단한 동물인 줄 아나 봐. 그래서 아직도 빼먹을 등골이 있다고 생각하나 봐."

그러기는 남자들만이 아니라 그녀도 마찬가지일 것 같았다. 등골이 빠지고 없으니 염치도 체면도 다 빠져나가고 없어서 아무 데서나 아무나 붙들고 아무 말이나 지껄이는 게 아닐까. 슬그머니 고개를 돌려 그녀를 바라보자니 짜증스럽다 못해 큰 소리를 지르고 싶을 만큼 화가 나기 시작했다. 그러나 그녀는 눈치도 이미 다 빠져나가고 없는지 나를 빤히 쳐다보면서도 조금도 내 기분을 알아차리지 못하고 계속 지껄이기만 했다.

"사내들이란 동물…… 나도 여태 대단한 줄 알았는데 알고 보니 별것 아니더라구요. 평생 내려놓지 못할 짐을 등에 얹고 먼지 풀풀 나는 자갈길을 터벅터벅 걸어가는 처량한 노새더라구요. 사자도 호랑이도 아니고 기껏 노새라니깐요. 미워할 것도, 빼먹을 것도 없더라구요. 그런데도 죽어도 사자 소리를 내지요. 글쎄, 애들 아빠가, 그 멍청한 남자가, 지린내 펄펄 나는 싸구려 여관방에 숨어서 고작 컵라면이나 먹고 있으면서도 으르렁으르렁 사자 소리를 내더라니까요."

들으나 마나 귀만 성가신 소리를 더 이상 참을 수가 없어서 그녀의 입을 막을 수 있는 구실을 궁리했다. 사람들이 몰려 있는 곳을 바라보았지만 콘도 앞을 벗어나 북쪽으로 올라오는 사람은 좀처럼 보이지 않았다. 누가 오기만 해도 그녀는 조용해질 텐데…… 다행스럽게도 한 사람이 걸어오고 있었다. 제발 돌아서지 말고 그대로 앞만 보고 걸어오기를 바라며 조금씩 가까워지는 그 사람에게 눈길을 꽂았다.

"그런 방에서 컵라면을 먹고 있는 그 사람을 보니까 도저히 믿어지지 않더라구요. 여태껏 내가 같이 살았던 사람이 아니었어요. 아무리 한밤중이라도 꼭 갓 지은 밥을 먹었다구요. 물 한 컵도 접시에 쟁반까지 받치지 않고서는 마시지 않았다구요. 그래도 거기에 가기 전까지는 그런 사람이니까 어떻게든 우리를 살려낼 거라는 막연한 희망을 가졌어요. 그런데 천만에, 아니더라구요. 그제서야 나는 그토록 대단하던 경리부장이라는 사람이 사채업자들한테 멱살만 잡히는 게 아니라 집이며 식구들까지도 잡히는 멍청이라는 것을 깨달았다니까요. 그래서 차마 말이 나오지 않았지만 아무튼 우리가 살고 봐야겠으니 헤어지자고 말했죠. 그랬더니 갑자기 사자 소리를 내면서 으르렁거리는 거예요. 우리가 누구냐. 그 속에, 우리라는 말 속에 누가 들어가고 누가 빠지느냐고 으르렁거리더라니까요. 도대체 그걸 따져서 뭘 어쩌겠다고…… 어차피 그렇게 할 수밖에 없다고 생각했으면서도 고작 그걸 따진다고 사자 소리를 내더라구요."

바랜 벽돌 색 파카로 나는 그를 알아보았다. 어쩌면 그녀의 입을 다물게 하기에는 더할 수 없이 적당한 사람일 것 같았다. 그의 얼굴을 세내로 볼 수 있게 되자 나는 큰 소리로 말했다.

"아침 일찍 어디를 다녀오세요?"

그가 깜짝 놀라며 나를 바라보았다. 그녀도 깜짝 놀라며 고개를 돌렸다.

"저한테 물어보시는 겁니까?"

"그럼요."

"아, 네…… 거진항에 올라가 봤습니다."

"그럼 깜깜할 때 나가셨겠네요?"

"그렇죠. 오징어잡이 배가 들어오는 시간에 맞춰 갔으니까요. 그런데 예전과 다르더라구요. 올겨울에는 오징어가 통 보이지 않는다나 봐요. 어쩐지 이상하다 했지요. 이 년 전에 왔을 때에는 밤새 저 수평선이 집어등 불빛 때문에 환했는데 이번에는 아무리 내다보아도 깜깜해요."

"그러신 줄도 모르고 괜히 걱정했잖아요."

"네? 그게 무슨 말씀이죠?"

그가 어리둥절한 표정으로 그녀와 나를 번갈아 바라보았다. 그녀의 얼굴이 확 붉어지는 것을 옆눈으로 보며 나는 헛웃음을 앞세우고 태연하게 말했다.

"그냥 그랬어요. 이런 데 오면 누구나 좀 엉뚱해지잖아요. 어젯밤에도 정말 엉뚱한 사람을 봤어요. 불빛이 흐리고 얼른 보아서 남자인지 여자인지도 몰랐지만 여기까지 놀러와서 로비 소파에서 자는 사람이 있더라니까요."

"아, 네……."

의외로 그는 별로 당황하는 기색이 없었다. 공연히 머리를 쓸어 넘기면서 겸연쩍은 표정을 내보였을 뿐이었다. 오히려 그녀가 어쩔 줄 몰라 했다. 귀며 목까지 빨개진 채로 그녀는 아예 고개를 푹 숙이고 있었다. 반면에 그는 곧바로 태연해지더니 엉뚱한 말을 꺼냈다.

"이쪽으로 오시면서 발자국을 보셨습니까?"

내게 묻는가 했더니 그의 눈길이 그녀에게로 달아났다.

"발자국이라뇨?"

내가 날름 말을 받아 되물었는데도 그는 힐끗 돌아보는 그녀의 시선을 붙들고 말했다.

"밤새 소란스럽기는 겨울 산이나 겨울 바다나 마찬가지인가 봅니다. 지금 모래밭을 걸어오면서 보니까 여기저기 발자국들이 많더라구요. 사람들이 지나가는 곳이라서 그러려니 했는데 가만히 보니까 새 발자국이더라구요."

그 말에 나는 어이가 없었다. 틀림없이 그는 삼포로 오는 버스 안에서 앞자리의 대화를 엿들었던 것이다. 그런데 서슴없이 그런 말을 하다니…… 그러나 나를 더욱 어이없게 만든 것은 그녀였다.

"어머나, 그럼 바닷새들이……."

어느새 낯빛을 회복한 그녀가 반색을 하며 대꾸를 하더니 목을 길게 빼고 그가 걸어온 쪽을 두리번거리는 게 아닌가. 그뿐이 아니었다. 두 사람은 이내 친근한 사이처럼 임의롭게 말을 주고받았다.

"파도 끝자락이 오락가락하면서 지워지기는 했지만 그래도 많이 남아 있더군요."

"어쩌면…… 저는 통 몰랐어요."

"여름에야 산이고 바다고 사람들 극성에 어디 그럴 수 있겠습니까?"

"진부령에서도 보셨어요?"

"네. 그렇잖아도 혼자 보기 참 아까운 구경거리라고 생각했는데 마침 아주머니께서 그 말씀을 하시더군요. 참 재미있게 말씀하시더라고요."

"재미있긴요. 그냥 주책없이 지껄인걸요."

두 사람은 유쾌하게 웃었다. 나는 바위에 걸터앉아서 두 사람을 멀거니 바라보았다. 아무리 생각해도 생전 처음 만난 사람들을 순식간에 그렇듯 임의롭게 만들 만큼 신기한 일은 아니었다. 그리고 아무리 여행길이라고 해도 내가 알고 있기로는 그도 그녀도 저렇듯 유쾌하게 웃을 만한 처지는 아니었다. 의뭉스럽기 짝이 없는 두 사람을 유심히 쳐다보다가 나는 슬그머니 두 사람 사이를 의심하기 시작했다. 부리나케 이틀 동안을 되짚어 생각해 보았지만 아리송하기만 했다. 그러나 쉽사리 의심을 풀어서는 안 될 것 같았다. 두 사람이 내가 생각하는 것보다 훨씬 더 의뭉할 수도 있으니까. 한바탕 웃고 나더니 그가 송지호까지 갔다 오겠다며 정중하게 고개를 숙였다.

"젊었을 때는 안 보이던 것이 보이는 걸 보면 그냥 맥없이 나이 먹는 게 아닌가 봐요."

느릿느릿 멀어지는 그의 뒷모습을 바라보며 그녀가 말했다.

그게 뭐 그리 자랑할 만한 일이라고 그녀의 표정이 자못 의기양양했다. 그래서 내가 물었다.

"그럼 저 아저씨 등허리가 저렇게 구부정한 이유도 보이세요?"

그녀가 나를 돌아보며 어이없다는 듯이 픽 웃더니 도로 유심히 그를 바라보았다.

"처음부터 저렇진 않았겠죠. 애들 아빠도 그랬어요. 얼마나 등허리가 반듯하고 당당했는데요. 거만하게 버티는 것처럼 보일 정도였죠. 그러니 살갑고 다정한 목소리가 나오겠어요? 그래서 야속하고 미울 때도 있었지만 반듯한 등허리를 보기만 해도 든든했죠. 평생 그럴 줄 알았어요. 그런데 저렇게 되더라구요. 아마도 가슴이 비면 저절로 등허리가 구부러지는가 봐요."

갑자기 그녀가 고개를 돌려 나를 빤히 쳐다보았다.

"아가씨도 참 엉뚱하군요."

"제가요? 왜요?"

"왜 하필 그런 걸 물었어요? 그리고 지금 생각해 보니 아가씨는 그 이유를 알고 있는 것 같네요."

조금 망설이다가 나는 말했다.

"다른 사람은 모르지만 저 아저씨는요, 등골을 빼먹는 사람이 있어서 등허리가 구부정한가 봐요."

그녀의 얼굴이 점점 굳어지는 것을 보면서 나는 무릎을 펴고 일어났다. 그리고 더 이상 그녀를 상관하지 않고 걸어왔던 길을 되돌아가기 시작했다. 이제 남아 있는 하루를 온전히 나 혼자서 보내야지. 나는 점점 더 빠르게 걸음을 재촉했다.

아침을 우유 한 잔으로 때우고 그녀가 다시 나를 찾아오기 전에 서둘러 콘도를 나와 길가에 서서 택시를 기다렸다. 그가 콘도 안으로 들어갔다. 이른 아침이어서 나는 한참 동안 서 있었다. 택시 한 대가 오른쪽 깜박이 등을 켜고 다가오고 있을 때 그녀가 콘도 안으로 들어가는 것을 보았지만 얼른 고개를 돌렸다. 속초를 향해 빠르게 달려가는 택시 안에서 나는 굳이 삼포에서만 휴가를 보내려고 했던 것을 후회했지만 그나마 하루를 빼앗기지 않은 것만 해도 다행이라고 위로했다. 나는 무작정 아무 극장 앞에서나 내려달라고 말했다. 영화 한 편을 보고, 긴 머리를 단발머리로 자르려고 미장원에 들어가 마음을 바꾸어 파마를 했다. 미장원을 나오자 몹시 배가 고팠다. 다시 택시를 타고 기사 아저씨의 권유를 받아들여 대포항으로 갔다. 좁고 복잡한 길을 걸어가며 마음껏 좌판을 기웃거리면서 먹을 것을 골랐다. 한 곳에서 한 가지만 골라 먹었고, 왔던 길을 다시 되돌아가 새삼스럽게 기웃거리기도 했다. 방파제 끝의 빨간 등대에 등을 기대고 앉아서 뜨거운 커피가 들어 있는 종이컵을 천천히 기울이면서 어두워지는 바다를 바라보았다. 그리고 밝은 불빛을 받아 낯설게 보이는 좌판들을 새삼스럽게 기웃거리면서 돌아갈 시간을 늦추었다.

택시에서 내려 콘도 주차장을 가로질러 걸어가는데 별안간 사람들이 콘도 안에서 뛰어나왔다. 어두운 바닷가를 향해 허둥지둥 달려가는 사람들 속에서 언뜻 프런트 직원을 보았다. 일몰 후에는 닫혀 있는 철조망의 출입문이 활짝 열려 있는 사이로 프런트 직원이 빠져나가는 것을 보며 나는 빠른 걸음으로 뒤쫓아갔다. 어둠 속을 제멋대로 허둥거리는 랜턴 불빛이 웅성거리며 모여 있는 사람들을 함부로 더듬고 있었다. 공연히 두근거리는 가슴을 손바닥으로 누르면서 사람들 사이로 들어섰다.
"살았어? 죽었어?"
"우는소리를 들어보니 죽진 않았나 봐요."
"사고래요?"
"이런 겨울에 수영하는 사람이 있을라고요. 그 여자가 일부러 빠진 거죠. 하필 이런 데까지 와서 자살을 하죠?"
여자라는 말을 들은 순간 섬뜩한 냉기가 등허리를 타고 미끄러지면서 온몸이 빳빳하게 굳어버리는 것 같더니 손가락 하나도 움직일 수가 없었다. 귀도 멍멍해져서 그 다음 말은 제대로 들을 수가 없었다. 그녀가 실컷 이야기하게 내버려둘 걸…… 그냥 들어주기나 할 걸…… 어쩌면 내가 돌이킬 수 없는 잘못을 저질렀는지도 모른다는 생각이 들었다. 갑자기 사람들이 흩어지면서 누군가 나를 밀었다. 옆으로 떠밀리면서 나는 맥없이 주저앉았다. 비켜요, 비켜……. 살아난 여자를 등에 업은 프런트 직원이 소리쳤다. 그대로 멍하니 한 무리의 사람들이 빨려 들어간 콘도를 바라보다가 엉덩이에서 모래밭의 냉기를 느끼고 나서야 일어섰다. 그런데 뜻밖에도 나는 그녀의 목소리를 들었다.
"나오셨군요. 그 일등병 보셨어요?"
"혼이 빠졌을 텐데 남은 군대밥을 제대로 먹을 수 있을지 모르겠네요."
"그래도 정말 다행이지요?"
"네, 다행입니다. 그 아가씨한테는 미안한 말이지만, 노란 잠바를 보니 마음이 놓이더군요."

나는 뒤통수에 부딪히는 그의 목소리도 알아들었다.

"왜 그런 생각을…… 지는 사람들이 여자라고 하기에 다행이라고 생각했는데요."

"허허……전 그렇게 용감한 사람이 아닙니다."

"무슨 말씀을…… 험한 생각을 하기가 더 쉽지요."

"그렇던가요?"

그리고 뒤통수가 허전해졌다. 그녀가 먼저 내게 등을 보이고 콘도 쪽으로 걸어갔다. 경비원이 날카로운 호루라기 소리로 남아 있던 사람들을 재촉할 때서야 그가 구부정한 등허리를 내게 보였다. 나는 맨 마지막으로 들어갔다. 방에 들어갔어도 두 사람의 알쏭달쏭한 대화는 여전히 머릿속에 남아 있었다.

어쨌든 무사히 셋째 날이 저물었고, 이제 삼포에서의 휴가는 마지막 날 반나절밖에 남아 있지 않았으므로 머릿속을 말끔히 지우고 싶었다. 거실 문을 활짝 열어놓고 집어등도 나타나지 않는 깜깜한 바다를 노려보았다. 뒤늦게서야 나는 두 사람의 대화를 이해할 수 있었다. 서로 자살 소동의 주인공을 상대방이라고 오해했다니…… 곰곰이 따져보니 사흘 동안 들었던 말 중에서 가장 어처구니가 없는 말이었다. 그런데도 나는 머릿속을 지우기는커녕 자꾸만 머릿속의 테이프를 되감아 가장 어처구니가 없는 말을 듣고 듣고 또 들었다. 이상하게도 분명히 나와 아무런 상관도 없는 그 말이, 그리고 그런 말을 주고받은 두 사람이 점점 낯설지 않게 느껴졌다. 게다가 나는 그가 오늘밤에도 로비의 소파에서 자는 게 아닐까 하는 걱정을 하기도 했다. 내가 왜 그러는지, 도무지 알 수 없었다.

결국 나는 캔 맥주를 사러 간다는 핑계로 방을 나왔다. 슈퍼마켓으로 들어가 곧장 캔 맥주를 꺼내어 계산대 쪽으로 걸어가다가 나도 모르게 우유 팩을 집어 들었다. 그리고 무심코 점원 아가씨에게 오늘이 며칠이냐고 물었다. 연신 하품을 해대던 점원 아가씨가 가져오라는 손짓을 해보였다.

"아직 유통기한이 이틀이나 남아 있네요. 아니시…… 정확하게 말하면 이제 막 하루가 남아 있네요. 안심하고 드세요."

점원 아가씨가 일부러 손목시계까지 들여다보며 가시 돋친 말을 했다. 나도 지지 않고 대꾸했다.

"하루씩이나? 황송하군."

슈퍼마켓을 나오며 나는 보란 듯이 우유 팩을 열었다. 5층에서 엘리베이터를 나와 로비에 서서 빈 우유 팩을 들고 두리번거렸다. 소파 옆에서 기다란 쓰레기통을 찾아낸 순간 나도 모르게 돌아서서 비상구 쪽으로 걸어갔다. 천천히 계단을 따라 6층으로 올라갔다. 서너 개의 계단을 남겨놓고 나는 누군가 웅얼거리는 소리를 들었다. 숨소리도 죽이고 남아 있는 계단을 마저 다 올라갔다.

"일어나세요. 여기서 이러고 주무시면 어떡해요. 어서 일어나세요."

사흘 동안 너무나 익숙해진 그녀의 목소리였다. 좀처럼 그의 목소리는 들리지 않았다. 그러자 그녀는 혼잣말을 했다.

"어쩌자고 이렇게 술을 많이 드셨을까. 도무지 꼼짝 못하시네."

그리고 그녀의 목소리도 들리지 않았다. 한참을 기다리다가 나는 목을 길게 빼고 로비를 들여다보았다. 그만 방으로 들어가 버린 줄 알았던 그녀가 소파 앞에 서 있었다. 그런데도 나는 조금도 놀라지 않았다. 그뿐 아니라, 그녀의 핸드백이 보이지 않는데도, 그녀가 아예 쪼그리고 앉아 그를 들여다보는데도, 그녀가 "여보, 당신 정말 왜 이래요? 당신이 이러면 불쌍해서 헤어질 수 없단 말예요."라고 중얼거리면서 코를 훌쩍거리는데도, 심지어 그녀가 소파에 앉아 그의 머리를 무릎 위에 올려놓아도 나는 조금도 놀라지 않았다. 그의 머리를 무릎에 올려놓은 채로 그녀는 소파에 편안하게 등을 기대고 눈을 감았다. 너무나 자연스러워 보이는 두 사람을 물끄러미 바라보다가 발소리를 죽이며 계단을 내려갔다. 방에 돌아오자 송이 엄마의 전화가 기다리고 있었다.

"정말 미안해. 오늘은 김 선생을 성가시게 하지 않으려고 했는데…… 몇 번이나 수화기를 들었다 놓았다 했는지 몰라."

"또 전화를 안 받으세요?"

"아냐. 그 방에는 전화 안 했어."

"왜요?"

"왜 그런 궁상을 떠는지 뻔히 아는데……."

"하지만 어제도 그저께도 하셨잖아요."

"기를 쓰고 거기까지 도망갔는데 하루라도 방바닥에 등을 대고 자야지 덜 억울할 것 아냐. 행여 감기라도 덜컥 걸려 봐. 아프다고 청승 떠는 꼴은 더 못 봐준다구."

"그래서 절더러 가서 모르는 척하면서 깨우라고 전화하신 거예요? 방에 들어가셔서 편히 주무시라고요?"

"아니 그럼 오늘도 거기에서 자고 있단 말야? 아유, 정말 지겨워."

순식간에 목소리를 높이더니 그대로 수화기를 내려놓으려는 송이 엄마를 내가 얼른 붙잡았다.

"오늘은 편히 주무시는 것 같아요."

"정말이야? 그러면 그렇지. 쉰 고개를 턱 앞에 놓고서 무슨 수로 오기를 부려. 알았어. 끊어."

적반하장이라더니, 성가신 전화를 받은 것처럼 송이 엄마는 내 말을 다 듣지도 않고 제멋대로 전화를 끊었다. 그런데도 나는 불쾌하지도 화가 나지도 않았다. 오히려 웃음이 나왔다. 누군가 바로 내 앞에서 속바지의 배부른 주머니가 보이는 것도 모르고 아무것도 없다며 치마를 함부로 들썩이는 것처럼, 텅 비어 있는 앞을 바라보면서 픽, 픽 웃었다. 웃다 보니 문득 나도 이제는 천연덕스럽게 "그래도 다들 살아."라고 말하게 될지도 모른다는 생각이 들었다. 웬일인지 나는 자꾸만 픽, 픽 웃었다.

사막에서 사는 법 3

1

 가끔 그는 그리 넓지 않은 사무실 안에 내가 같이 있다는 사실을 까맣게 잊는다. 그만큼 임의로워하기 때문이라고 나를 위로해 보지만, 그럴 때마다 왠지 가슴 한복판이 서늘해지는 것을 느낀다. 오늘은 아침부터 내내 그의 눈에 내가 보이지 않는 것 같다. 그래서 나는 7월 복중인데도 에어컨 냉기에 진저리를 치며 자꾸 밖을 들락거렸다.
 "오늘 소장님 기분이 좀 그럴 거예요. 정 여사님은 여기 나오신 지 두 달밖에 안 돼서 아직 눈치 못 채셨죠?"
 점심을 먹으면서 김 기사가 불쑥 묻지도 않은 말을 했다.
 "사모님이 어제 한바탕 소동을 부렸거든요."
 "무슨 일로?"
 "우울증이 심하셔요. 잘 모르지만 처녀 적부터 그랬나 봐요.

그래도 그런 소동은 없었는데 올해 들어서는 좀 심각해요. 어제 말이죠."

김 기사가 말을 하다 말고 사무실 출입문을 흘끔거렸다.

"자살하려다가 들켰대요. 안 그래도 심상치 않아서 장모님이 종일 붙어 있었다는데 그렇게 됐지 뭡니까. 어쩐지 소장님이 오늘 아침에 좀 이상하셨죠?"

놀란 기색을 감추느라 나는 애매하게 웃어 보였다. 아침에 그는 사무실에 들어서면서 나를 보더니, "선화야, 커피 한 잔 줄래?"라고 말했다. 너무나 자연스럽게 나를 선화라고 불렀으므로 하마터면 나는 "네, 오빠."라고 말할 뻔했다. 그가 나를 '정 여사'가 아닌 '선화'로 본다고 생각하자 공연히 얼굴이 달아오르고 가슴이 두근거렸다. 그러나 삼십 분도 지나지 않아서 그는 도로 나를 정 여사라고 불렀다.

"밤늦게 겨우 입원을 시켰는데, 그래서 소장님이 완전히 죽을 맛일 거예요."

김 기사의 말을 듣고 나니 그를 조금 이해할 수 있을 것 같았다.

지금처럼 수화기를 들고 누군가와 매우 사적인 이야기를 하고 있을 때에는 가슴 한복판이 서늘하다 못해 시리기조차 한다. 김 기사의 말을 듣고도 어쩔 수 없다. 어쩌면 나라는 존재를 아예 무시하고 있는지도 모른다. 그래서 나는 숨소리도 죽인 채 꼼짝없이 앉아 있다. 점심 먹은 뒤 영업소 마당에 물을 뿌리다가 보았던 달개비꽃을 엄지와 검지 사이에 놓고 빙글빙글 돌리기만 한다. 그런데 조금 전부터 어쩔 수 없이 엿듣게 되는 통화 내용이 오늘은 별스럽다.

죄송하지만 저는 한번도 선생님 작품을 읽은 적이 없습니다. 제가 선생님을 알게 된 것은 엊그제 신문에서 선생님 사진을 보고 나서입니다. 환경 캠페인 행사에 관련된 참관기를 쓰셨죠? 그 글을 읽다가 무심코 선생님 사진을 봤는데요, 이상하게도 그때 선생님께 전화를 드리고 싶다는 생각을 했습니다.

네? 아, 네. 물론 작가라는 글자가 없었다면 그저 평범한 주부로 보일 사진이었죠. 하지만 오해하시지는 마십시오. 여류 작가에 대한 호기심이나 다른 불순한 의도를 가진 것은 절대 아닙니다. 그냥 우연이라고밖에 다른 설명을 드릴 수가 없습니다. 사진으로 뵙기에는 저와 비슷한 연배이신 것 같더군요. 그게 좀 구체적인 이유일지 모르지만……. 이해하시기 어려우시겠지만 그렇게 믿어주십시오. 저는 허튼짓을 할 사람이 아닙니다. 확실하게 직장이며 이름을 밝혀드리면 믿으시겠습니까?

그러시겠죠. 그럼 바쁘실 텐데 용건을 간단히 말씀드리지요. 다름이 아니라 한 달에 두 번 제가 서울에 올라가는데 괜찮으시다면 모레 올라가서 선생님을 뵙고 싶습니다. 그래서 선생님께서 제 이야기를 들으시고 소설로 써주시기를 바랍니다.

아주 간단하게 말씀드리면 제 사랑 이야기입니다.

과거형이며 현재 진행형이고 또 미래형도 될 수 있습니다.

아, 역시 작가 분은 다르시군요. 그렇게 단번에 말씀하실 수 있다니…… 선생님 말씀대로 옛날에 이루지 못했던 사랑의 주인공을 다시 만났고, 그 사랑을 다시 이루게 된다는 이야기입니다.

네? 아…… 물론 그런 이야기를 많이 들으셨겠지만 제 경우에는…….

하지만 기왕 전화를 받으셨으니까 잠깐 들어주시면 안 되겠습니까? 아, 네…… 아뇨. 고등학교 때 만났습니다. 우리는 금방 좋아졌고, 사랑한다는 고백을 주고받았습니다.

물론 헤어질 수밖에 없었던 이유가 있었죠. 저는 서울로 대학을 갔고, 그 여자는 형편이 여의치 않아서 그냥 시골에 있었는데요. 네, 바로 자격지심입니다. 그게 벽을 만들었죠. 저는 아무렇지도 않았는데 그 여자가…… 네, 몰랐습니다. 입대를 한 뒤에도 면회를 왔으니까요. 그런데 한동안 아무 소식도 없던 그 여자가 불쑥 면회를 왔어요. 네? 잘 아시는군요. 한참 젊을 때고, 서로 사랑하니까요. 그래서 다음 날 아침에 저는 맹세했습니다. 죽는 날까지 내 옆에 두겠다고요. 그런데…… 네, 그렇죠. 바로 그대로입니다. 돌아와 보니 쉽게 하는 말로 이미 고무신을 거꾸로 신었더군요. 제 장래를 위해서 그랬다는 것을 편지를 보고 알았습니다. 네? 정확하게 이십오 년 만이었죠. 미국에서 산다는 말을 들었는데 어느 날 내 앞에 나타났습니다. 네, 말하자면 마음속의 제가 파경의 원인이었죠. 네, 그렇습니다. 오히려 전보다 더 사랑하고 있다는 것을 알았습니다. 그래서 우리는 약속했습니다. 언젠가 제가 가장의 의무를 웬만큼 마무리한 다음에 이혼을 하고 함께 새 삶을 시작하자고…… 네, 네, 일단 다시 돌아갔지요.

아니 저는…… 좀 더 자세히 말씀드려야…….

아, 그러시겠습니까? 그럼 참고하실 기회가 있으시면 연락을 주십시오. 여기는 대전입니다. 주로 건축용 단열 제품을 취급하는 영업소지요. 여기로 전화를 하셔서 소장을 찾으시면 됩니다. 전화번호를 불러드릴까요?

이제 내게는 너무나 익숙한 숫자를 그가 천천히 또박또박 불렀다. 그리고 그는 정중한 인사말로 통화를 끝냈다. 나도 이십오 년 만에 명자 언니를 만났다. 긴 머리에 하얀 얼굴이 먼저 떠오르는 명자 언니는 짧은 갈색 머리에 까무잡잡한 얼굴로 고향에 돌아왔다. 세배를 하러 친정에 갔다가 우연히 마주쳤는데, 나는 한참 동안 명자 언니를 몰라보았다. 명자 언니를 알아보았을 때 나는 그를 떠올렸고, 내가 쓸쓸히 훔쳐보았던 두 사람의 러브스토리를 떠올렸다. 하지만 조금 전 그가 여류 작가에게 말했던 미래형은 상상조차 하지 못했다. 그럴 수도 있겠다고 생각했지만 왠지 조금 화가 났다. 가장의 의무는 무엇일까. 그렇게 새 삶을 시작하면 부인과 딸 혜진이는 어떤 삶이 시작되는가. 그러나 나는 그의 이야기를 들은 척도 할 수 없다.

"선화야. 저기……."

그가 나를 선화라고 부르자 내내 서늘했던 가슴 한복판이 스르르 녹아버린다. 시치미를 떼고 그를 바라보았다.

"너 옛날에 소설 많이 읽었지?"

"많이는요. 그냥 심심하면 조금 읽었죠, 뭘."

"사랑 이야기를 쓴 소설은 감동하기 어렵던?"

"꼭 사랑 이야기만 그런 것은 아니지만, 그래도 그런 소설이 더 재미있고 감동적이었던 것 같아요."

"그렇지? 그런데 작가들은 사랑 이야기를 쓰는 것이 가장 어려운가 봐. 자기 사랑 이야기가 가장 아름답다고 생각하기 때문이란다. 선화야, 너도 그러니?"

"글쎄요. 그럴 수도 있겠네요."

"그런데 선화야, 통속적이라는 말은 좋은 뜻이냐, 나쁜 뜻이냐?"

애매한 질문이라서 나는 잠자코 있었다. 더 묻지도 않고 이내 고개를 돌리면서 그가 중얼거렸다. 미래형이 가장 중요하다고 말했어야 했는데……. 그는 다시 나를 잊어버렸다. 또 가슴 한복판이 서늘해지더니 문득 언젠가 섬뜩하게 놀라며 읽었던 소설의 한 부분이 생각났다. 고대의 어떤 황후는 자기 노예 앞에서 거리낌 없이 옷을 벗는다나. 노예를 인간으로 여기지 않기 때문이라지. 생각만 해도 끔찍한 장면이지. 잔인하고 오만한 황후 앞에서 그 노예는 아마도 시체처럼 몸이 차가웠을 거야. 그런데 지금 내가 바로 그 노예인 것 같다.

"선화야, 지금 손에 들고 있는 게 뭐냐?"

"아, 이거요? 달개비꽃 모르세요? 이맘때면 많이 보잖아요."

"어쩐지 눈에 익더라니. 그런데 너 요즘 쓸쓸하냐?"

"아, 아뇨. 왜 그런 말을 하세요?"

"그런 작은 꽃이 보였다니…… 갑자기 꽃이 보이는 것은 그만큼 마음이 휑하니 뚫렸다는 거야."

"아네요. 그냥 아무 생각 없이 가지고 들어왔어요. 별것도 아닌걸요."

하마터면 말끝에 오빠라고 덧붙일 뻔했다. 나는 얼른 달개비꽃을 두 손가락으로 뭉개버렸다.

"아니긴. 얼마 전에는 저 앞의 단풍나무 꽃을 보고 신기해하더구만."

"단풍나무에도 꽃이 피는 줄은 몰랐으니까 그랬죠. 워낙 생각

없이 데면데면하게 살아서 남들이 다 알고 있는 것인데도 모르는 게 많아요."

"그렇게 사는 게 좋은 거다. 밑도 끝도 없이 생각이 많으면 저만 고달픈 게 아니라 옆에 있는 사람까지 지치게 만드는 거다."

그가 왜 그런 말을 하는지 알 것 같다. 그런데도 나는 못 알아들은 것처럼 멀거니 그를 바라보았다.

2

선생님 여기 대전입니다. 그동안 안녕하셨습니까?

네, 바로 그 사람입니다. 기억해 주셔서 감사합니다. 그런데 선생님, 이번에 두 권이나 책을 내셨더군요. 그러니 그동안 얼마나 바쁘셨겠습니까. 죄송하지만 아직 책을 사보지는 못했습니다만…… 신문에서 다시 선생님 사진을 뵈니 반가웠습니다.

죄송하지만 아직 읽지 못했습니다. 영업소장이라는 게 생색 없이 바빠서요.

아, 말씀하십시오. 어떤 말씀이라도 좋습니다.

네? 그럼요. 당연히 그래야지요. 그렇잖아도 이번에 출간하신 책을 두 권 다 사서 읽어보려고 합니다. 창작집하고 장편소설이던가요?

장편소설만 읽어보라구요?

신문을 보니까 그 작품은 유신 시대가 배경인 것 같더군요. 저도 그때 대학을 다녔습니다. 그래서 꼭 읽어보려고 했지요. 오늘 당장 사서 읽겠습니다. 그런데 선생님, 제가 이번 주말에 올라가는데…….

아, 네. 그러시겠죠. 두 권이나 출간하셨는데 얼마나 바쁘시겠습니까. 이제 좀 쉬셔야겠지요. 아무튼 선생님 말씀대로 그 책을 꼭 읽어보겠습니다. 그리고 다시 전화드리겠습니다. 모쪼록 건강하시고 안녕히 계십시오.

일 년 전이던가. 바로 그 여류 작가일 것이다. 며칠 전 그는 신문을 읽다가 짧게 탄성을 내질렀다. 그가 나간 뒤 나는 그 신문을 꼼꼼히 읽어보았다. 한 여류 작가의 신간 안내 기사에 큼직한 사진이 붙어 있었다. 그제야 나는 그가 왜 놀랐는지를 알았다. 그래도 다시 전화할 줄은 몰랐다. 요즈음 그는 몹시 고달프다. 어제도 그는 오전 근무만 하고 부인을 면회하러 갔다. 그리고 오늘 아침에 느닷없이 또 나를 선화라고 불렀다.

"선화야, 너 나가서 책 좀 사올래?"

수화기를 내려놓고 나서 내내 며칠 전 신문을 들여다보던 그가 고개를 들더니 또 나를 선화라고 불렀다. 순간 나는 당황했다. 그를 바라보고 있던 내 눈길을 그에게 들켰는지도 몰랐다. 그래서 나는 벌떡 일어났다.

"아니다. 내가 나가지 뭐. 오랜만에 서점에 가보는 것도 괜찮을 거야. 정말 오랜만이구나. 이 나이에 내가 책방에 가다니…….″

"소장님 나이가 어때서요?"

"낼모레가 오십이야. 게다가 머리가 이렇게 하얗게 되어버려서 열 살은 더 들어 보인다. 책방에 이런 손님이 있겠니? 문 앞에서 쫓겨나지나 않을까 모르겠다."

"소장님도 참…… 그럼 제가 갔다 오죠."

내 말은 들은 척도 하지 않고 그가 양복 윗도리를 들고 일어섰다. 막 문을 열고 나가려다가 그가 힐끗 뒤를 돌아보았다.

"웬 꽃이냐?"

그가 내 책상 위에 놓인 유리컵을 손으로 가리키며 물었다.

"아, 이것…… 아까 김 기사하고 유성에 출장 갔다가 눈에 띄기에…… 길섶에 마른 풀잎 사이로 빠끔히 보이더라구요."

돌아오자마자 나는 유리컵에 물을 반쯤 채우고 작은 꽃을 띄워놓았다.

"둥근잎유홍초래요."

"빨간 게 아주 앙증맞구나. 넌 어떻게 그런 작은 들꽃 이름을 알고 있니?"

"저도 이름은 몰랐어요. 가을이면 흔하게 보던 꽃인데도 건성으로 보기만 했죠. 그런데 김 기사가 알려주더라구요. 너무 예쁘죠? 그런데 전에는 왜 안 보였는지 모르겠어요. 아무나 아무 때나 꽃이 보이는 게 아닌가 봐요."

"그게 무슨 말이야?"

"눈으로 보는 게 아니라 마음으로 본다는 거죠."

그가 아예 뒤돌아서서 나를 빤히 바라보았다.

"네가 꽃인데 왜 꽃이 보이냐? 너 아직 서른 몇이지?"

"소장님도 참…… 이제 마흔으로 꺾였어요."

"벌써? 내 눈에는 아직도 단발머리 나풀거리며 우리 뒤를 쫓아다니던 옛날 그 선화인데."

그가 소리 없이 웃었다. 내 눈에도 머리 하얀 그는 아직도 옛날 둘째 오빠하고 괜히 어깨를 부딪치면서 낄낄거리던 까까머리 준식이 오빠다.

"선화야. 네 신랑 죽은 지 한 오 년 됐냐? 그때 뭐가 제일 힘들었니?"

뚱딴지같은 말에 나는 바람 빠지는 소리를 내며 웃었다.

"난 심각하게 물었다."

그래서 나는 잠시 심각하게 생각해 보았다.

"웃지 마세요. 이런 말 한다고."

"웃긴 왜 웃냐. 심각하다니까."

"저기…… 아무리 해도 살이 안 빠져서 힘들었어요."

그가 눈을 동그랗게 뜨고 나를 바라보았다. 그 바람에 나는 얼굴이 달아올랐다. 그래도 마저 이야기를 했다.

"그런 기막힌 일을 당하고도 살이 안 빠지니까 남들한테 너무나 부끄럽고 창피했어요."

갑자기 그가 큰 소리로 웃었다. 그래서 나는 몹시 부끄러웠고 슬그머니 화가 나기도 했다.

"미안하다. 웃지 않기로 하고는…… 그런데 미안하게도 정말 고약하게 우습구나. 그런데 선화야, 넌 예나 지금이나 통통해서 예뻐. 이제는 그런 생각하지 마라. 혼자 사는 여자가 빼빼 마르면 너무 청승맞아. 아이도 없는 과부가 통통해야지 씩씩해 보이지."

그는 다시 껄껄거리면서 웃었다. 너무 웃어서일까, 그의 눈가가 발그레하게 촉촉해졌다.
"그것 참. 지랄 같은 인생이구나."
사무실을 나가면서 그가 혼자 중얼거린 말이었다. 그다지 서운한 일도 아니었는데 좀처럼 화가 풀리지 않았다. 애써 기분을 풀어보려고 이런저런 생각을 하다가 나는 깨달았다. 화가 난 것은 그가 다시 여류 작가에게 전화를 할 때부터였다는 사실을…… 도무지 그런 나를 이해할 수가 없다.

3

가까스로 산수유꽃이 피더니 금세 온갖 꽃들이 봉오리를 벌리기 시작했다. 그런데도 작은 들꽃까지 보이던 전과 달리 좀처럼 꽃이 보이지 않는다. 친구들과 선운사 동백꽃을 보러 갔는데도, 그 유명한 동백꽃이 한 송이도 내 눈에 보이지 않았다.
"꽃 피는 춘삼월인데 이런 데 처박혀 있으면 안 되지. 그런데 정 여사, 바람난 것 아냐?"
선운사 동백꽃을 보러 간다고 말했을 때 그가 대뜸 그렇게 말해서 속이 상했다. 그래서 그만두려고 했지만 친구들이 기를 쓰고 데리고 갔다. 선운사 마당의 노란 수선화도, 마애불을 보러 올라가는 산길의 밥알 같은 들꽃들도 도무지 눈에 보이지 않았다. 하기는 그럴 수밖에 없었다. 겨우내 그는 한번도 웃지 않았다. 한 식구처럼 그의 집을 들락거리는 김 기사가 내게 속살거렸다. 사모님이 퇴원했어도 나아진 게 별로 없나 봐요. 내가 매일같이 들락거리는데도 통 얼굴을 못 본다니까요. 장모님이며 혜진이 표정을 보면 차라리 병원에 있는 게 식구들한테는 훨씬 낫겠더라구요. 도무지 사람 사는 집구석 같지가 않다니까요……. 그는 거의 매일 퀭한 눈으로 영업소에 나왔다. 선운사에 갔어도 그의 퀭한 눈과 홀쭉해진 목줄기만 생각났다. 친구들은 남의 속도 모르고 속절없이 지껄였다.

"암만해도 네가 연애하는 것 같다. 꽃을 봐도 시큰둥해하는 걸 보니 꽃보다 더 좋은 임이 생긴 게 분명해. 누구니? 기왕이면 돈 많고 기운 좋은 사람을 골라라. 하지만 결혼은 하지 말고 연애만 해라. 에그, 이 나이에 서방 치다꺼리 신물 난다."

이래저래 마음만 더 시끄러워져서 돌아왔다. 그는 내가 하루 결근한 것도 모르는지 잘 갔다 왔냐는 말도 하지 않았다. 대신 김 기사가 물었다.

"꽃구경만 하셨어요? 사람 구경은 안하셨어요?"

"평일이라 사람이 많지 않았어."

"에이, 난 또 건수 하나 물어 오시나 은근히 기대했죠."

나는 김 기사를 사납게 쏘아보았다. 행여나 그도 그런 생각을 했을지 걱정이 되어서 슬금슬금 눈치를 살펴보았지만 그는 내게 스쳐 지나가는 눈길조차 건네지 않았다. 아무래도 심상치 않아서 점심 식사를 하며 김 기사에게 지나가는 말처럼 어제 별일 없었냐고 물었다.

"그냥 그랬죠, 뭘. 그런데 소장님이 어제 여기서 주무셨던가 봐요."

"무슨…… 아까 출근하시는 것 봤잖아."

"오늘 아침 일찍 신탄진에 물건 갖다주기로 했거든요. 그래서 6시에 나왔는데요, 빵빵하게 싣고 차에 올라타려는데 소장님이 여기서 나오시더라구요."

"그때까지도 안에 계신지 몰랐어?"

"물건 챙겨서 싣기도 바쁜데 사무실에 누가 있는지 들여다볼 틈이 어딨어요? 그리고 여기서 주무셨는지 누가 알았나요."

"오늘따라 좀 일찍 나오셨겠지."

"그런데 짐 다 싣도록 그 안에서 숨어 계셨겠어요? 그렇게 인정머리 없이 사람을 부리시지는 않아요. 들은풍월인데요, 정신병 환자는 날 풀리고 꽃 피는 이때가 제일 위험하대요. 안 그렇겠어요? 멀쩡한 사람들도 괜히 싱숭생숭해지는데…… 더구나 봄에는 여자들이 더 그런다잖아요. 그래서 정 여사님도 꽃구경을 하러 가신 것 아녜요?"

그런 줄도 모르고 엉뚱한 걱정을 했다니…… 밥그릇을 반도 채 비우지 못하고 수저를 놓았는데도 좀처럼 명치끝에 매달린 더부룩한 느낌이 떨어지지 않았다. 손님과 점심 식사를 하러 나갔다 온 그가 의자에 엉덩이를 붙이는 둥 마는 둥 수화기를 들었다.

다섯 달 전인가요. 지난가을에 전화드리고 바로 책을 사서 읽었습니다만 이제야 전화를 드립니다.

왜 굳이 그 책을 읽어보라고 하셨는지 조금 알 것 같았습니다. 책을 읽고 나니 제가 선생님께 매우 실례를 했을지도 모른다는 생각이 들었습니다. 워낙 소설에는 문외한이라서 잘 알지는 못하지만 뭐랄까, 선생님은 진지하고 심각한 문제를 다루시더군요. 그래서 쉽게 읽히지 않고 읽으면서도 뭔가 찜찜하고 불편한, 이렇게 표현해서 죄송합니다만, 그런 기분이 들게 하더군요. 선생님의 다른 작품을 읽어보지 않았지만 다른 작품도 마찬가지일 것 같았습니다. 그런데 제 이야기는 선생님 말씀대로 좀 통속적이지요. 뭐랄까, 옛날 이발소에 걸려 있던 그림 같은…… 숲이며 시냇물이며 초가삼간이며 물레방아가 그려진 그런 싸구려 그림 같죠. 그래서 선생님께서 흥미를 느끼지 못하실 이야기지요. 하지만 그런 이야기라도 선생님께서 감동적으로 써주실 수 있지 않겠습니까.

아, 물론 우리는 미래를 약속했죠. 그래서 굳이 소설로 만들 필요가 있냐고 말씀하시지만…… 그렇다면 선생님께서는 그 일이 쉽게 이루어질 수 있다고 생각하십니까?

그러면 선생님, 혹시 신기루를 보신 적이 있습니까?

저도 아직 사막에는 가본 적이 없습니다만 구태여 갈 필요가 없죠. 이미 사막 한가운데 있으니까요. 아무리 걸어도 제 자리에서 뱅뱅 맴돌고 있었습니다. 지쳐서 차라리 죽었으면 좋겠다고 생각한 적도 있었습니다. 아니 그 여자를 다시 만나지 않았더라면 벌써 그랬을지도 모릅니다. 그런데 신기루를 본 것입니다. 그래서 이렇게 살아 있지요.

물론 신기루일 뿐이지요. 언제 사라질지 모르는…… 그래서 저는 그 신기루를 꽉 붙잡고 싶습니다. 그러면 그것이 현실로 이루어지는 기적이 일어날 수도 있을 겁니다. 아니, 그것이 결코 신기루일 수밖에 없다고 해도 내내 볼 수만 있으면 좋겠습니다. 선생님, 제가 무리한 부탁을 드린 겁니까?

아뇨. 제 아내는 모릅니다. 하지만 안다고 해도 아무런 상관이 없을 겁니다. 제가 그렇게 부끄럽게 살고 있습니다.

딸아이가 하나 있습니다. 하지만 그 아이는 나를 이해할 수 있을 겁니다. 언젠가 제게 이혼하라고 말한 적도 있었습니다.

네. 그래서 신기루가 아니고 바로 이루어질 수도 있는 일이지만…… 그렇지만 선생님, 사람 사는 일이 어디 그리 만만합니까?

네? 아…… 감동받지 못한 이야기를 소설로 쓰실 수 없다니요. 아…… 네? 아. 그러면 얼른 나가셔야죠. 죄송합니다. 눈치 없이 길게 지껄였습니다. 그러면 다시 전화드리겠습니다.

아무래도 다 식은 커피를 마시게 할 수는 없다. 기다리다 못해 그런 핑계를 대며 일어났다. 일부러 구두 소리를 냈지만 여전히 신기루를 보고 있는지 그는 두 손으로 얼굴을 가린 채 미동도 하지 않는다. 소리 없이 커피 잔을 들어올리려다가 조금 큰 소리로 물었다.

"저기…… 커피 다시 타올까요?"

그제야 그가 얼굴에서 두 손을 떼고 나를 바라보았다.

"뭐라고 그랬어? 정 여사."

또다시 가슴 한복판이 서늘해지고 만다.

"커피가 다 식었잖아요."

나도 모르게 퉁명스러워졌다. 제풀에 놀라 얼굴이 화끈 달아올랐다.

"정 여사, 무슨 언짢은 일이라도 있는 거야?"
"그럴 일이 있으려고요."
생각과는 달리 자꾸 엉뚱한 말이 튀어나와서 나는 얼른 커피잔을 들고 돌아섰다.

4

 다시 전화를 드리게 되어서 죄송합니다. 선생님. 하지만 제 이야기를 조금만 더 들어주십시오.
 아닙니다. 제가 왜 선생님을 의도적으로 곤란하게 만들려고 하겠습니까? 어떻게 해야 선생님의 오해를 풀 수 있겠습니까? 아, 선생님께서 지금 저를 보고 계신다면……그러면 제가 얼마나 진지하고 심각하게 말씀드리는지 아실 텐데요. 아마 지금 빨갛게 핏발이 선 제 눈만 보셔도 아실 겁니다. 지난밤에 한숨도 자지 못했거든요. 아, 그렇군요. 어제 일을 말씀드리면 되겠군요. 선생님, 그 이야기라도 들어주시겠습니까?
 아, 네, 감사합니다. 바로 어제 일입니다. 어제 제 아내는 다시 자살을 시도했습니다. 지난가을에 한바탕 소동을 부렸지만 퇴원하고 겨우내 잠잠했지요. 얼마 전까지는 사람이 들어오는지 나가는지도 모르고 넋 나간 사람처럼 앉아 있지도 않았고, 자다가 슬그머니 나가서 깜깜한 거실에서 울고 있지도 않았고, 며칠씩 세수도 하지 않고 송장처럼 꼼짝 않고 누워 있지도 않았습니다. 손끝 하나 대지 못하게 하는 것은 여전했지만 그래도 잠결에 더

듣어보면 얌전히 옆자리에 누워 있었습니다. 큰 소리로 웃지는 않았지만 텔레비전을 보면서 배시시 웃기도 하고, 때맞춰 식탁 위에 따뜻한 밥과 국을 차려놓았고, 매일 와이셔츠를 말끔하게 다려놓았습니다. 문을 열어주는 아내에게서 향긋한 샴푸 냄새를 맡기도 했고요. 어느 날에는 립스틱이 칠해진 입술도 보았습니다. 얼마 전에는 새 옷을 사 입기도 했습니다. 딸아이한테 뭐라고 잔소리를 하기도 했습니다. 선생님, 사람 사는 집이란 것이 별것입니까? 사람끼리 부딪치는 만큼 시끄러워야 그게 사람 사는 집이지요. 그런데 그렇게 조금씩 소란스러워지더라구요. 저는 다시 아내를 믿었습니다. 그래서 처가에 다녀오시겠다는 장모님을 붙잡지 않았습니다. 그런데 장모님을 모셔다드리고 사무실로 나오는데요, 불과 한 시간남짓 지났을 뿐인데요, 아내가 또 그 지경이 된 것입니다. 기말고사 중이라서 일찍 돌아온 딸아이가 아니었다면…… 아…… 하기는 그리 놀랄 일도 아니지요. 그래서 아내는 다시 병원에 있게 되었습니다.

　감사합니다. 그렇게 위로해 주시니…… 그런데 선생님, 저는 어젯밤 한숨도 자지 않고 소설의 결론 부분을 생각해 보았습니다. 아무래도 남태평양의 섬이 좋겠더군요. 사철 갈아입을 옷도 필요 없을 테니까요. 어쩌면 옷이라는 게 아무 쓸모가 없을지도 모르죠. 옷뿐입니까. 사람 한 몸뚱이 거느리고 사는 데만도 얼마나 갖춰야 할 것이 많습니까? 그곳에서는 배고프면 열매를 따먹고, 생선을 잡아 구어 먹고, 아무 데나 쓰러져 자겠죠. 하지만 그건 너무 비현실적인 것 같더군요. 그래서 관광객을 상대로 하는 가게라도 해야겠지요. 아무튼 행복하게, 행복하게 살아야 합니다. 그런데 행복하다는 것을 어떻게 표현해야 좋을지 모르겠더 군요.

현실도피라니요? 제가 비겁하다는 말씀입니까?

물론 아내가 그렇게 된 데는 제 잘못도 있습니다. 그러나 저는 최선을 다했습니다.

그렇죠. 최선이라는 것은 마지막에나 할 수 있는 말이지요.

딸아이를 위해서요? 이미 딸아이에게는 어미가 없습니다. 딸아이도 그렇게 생각합니다. 이제는 아내가 어떤 소동을 벌여도 눈물 한 방울도 흘리지 않습니다. 왜 외갓집 식구들 말대로 헤어지지 않느냐고 내게 화를 내기도 합니다. 그래서 어느 땐 딸아이를 위해서 헤어져야겠다고 생각하기도 했습니다. 하지만 그런 생각을 하게 되면 이상하게도 오기가 나더군요. 어떻게든지 아내가 살고 싶다는 의욕을 갖게 만들겠다는 오기가…… 그런데 이제는 그런 오기도 없습니다.

선생님, 제 이야기를 조금만 더 들어주십시오.

물론 제 문제를 선생님께서 해결해 주시기를 바라지는 않습니다. 단지 신기루를 볼 수 있게 해주시기를 바랄 뿐입니다. 방금 말씀하셨듯이 선생님은 작가시니까요.

잘 모르지만, 선생님, 작가는 신기루를 만들어내는 사람이 아닙니까? 현실에서 이루지 못한 것, 이룰 수 없는 것, 그래서 이렇게 되었으면 좋겠다고 바라는 것을 정말 보이는 것처럼, 있는 것처럼 만들어내는 사람이 아닙니까?

아닙니다. 절대로…… 신기루를 만드는 일을 어떻게 뜬구름을 잡는 허황한 일이라고 생각하겠습니까.

"제가요? 제가 직접 쓰라고요? 아…… 선생님, 저는…… 선생님, 여보세요, 아…….”

아무리 장마철이라지만 이런 날에는 잠깐이라도 햇빛이 보였으면 좋겠다. 쉬지 않고 비가 내리니까 더 심란하다. 무지개라도 보이면 얼마나 좋을까. 무지개를 본 지도 정말 오래되었다. 어른이 된 후로는 무지개를 본 적이 없었다. 그러고 보면 내게 무지개는 신기루나 마찬가지다. 예전에 까까머리 오빠들을 쫓아다니며 보았던 신기루를 어른이 된 후로는 다시 보지 못했으니까.

"정 여사님, 왜 나와 계세요?"

출장 갔던 김 기사가 차에서 내리면서 물었다. 나는 못 들은 척 지칠 줄 모르는 빗방울을 바라보았다.

"소장님 여태 안 나오셨어요?"

사무실 안을 기웃거리는 김 기사의 팔을 얼른 잡아당겼다. 눈치 빠른 김 기사가 잽싸게 내 옆으로 돌아서더니 옆구리를 툭 치면서 소곤거렸다.

"왜 그렇게 정 여사님 얼굴이 불편해 보여요? 소장님한테 안 좋은 말이라도 들으셨어요? 그래서 나와 계신 거예요?"

"내가 뭘…… 비가 오니까 심란해서 그런 거지.”

"에이, 기분 푸세요. 정 여사님까지 그러시면 어떡해요. 그나저나 장사도 안 되는데 집안일까지 뒤숭숭해서 소장님이 정말 큰일이네요. 얼른 아이엠에픈지 뭔지 하는 고약한 손님이 지나가야 할 텐데요. 정말 징그럽게 장사 안 되네요. 이러다가 저나 정 여사님도 붙어 있지 못 하겠어요. 그래도 정 여사님은 이런 데 안 나오셔도 살 만하고 딸린 식구도 없으니 괜찮겠지만 저는 정말 고민입니다."

"딸린 식구가 있어서 좋은 거야. 그래야 아등바등 살 생각을 하지."

"에이, 아녜요. 딸린 식구 때문에 이러지도 저러지도 못하고 평생 궁상을 떠는 거지요, 뭘. 아, 정말 이제는 인생 확 구겼어요. 서른 살 먹기 전에는 그래도 빛나는 미래가 어디쯤에서 나를 기다리고 있다는 생각도 했었는데…… 그런데 정 여사님, 우리 그만 들어가 보지요. 심란한 사람을 혼자 내버려 두면 더 심란해지는 거라구요. 들어가서 아무 말이라도 떠들어서 기분을 좀 띄워 드리자구요."

그 말도 틀리지 않을 것 같아서 나는 못 이기는 척 김 기사에게 팔을 잡힌 채로 들어갔다. 다녀왔습니다아. 김 기사가 짐짓 큰 소리로 너스레를 떨었다.

"백련? 하얀 연꽃이란 말이야?"

마지못해 냉커피를 한 모금 마신 그가 동그랗게 눈을 뜨면서 물었다. 김 기사 혼자 떠들어대는 것이 미안해서 생각해 낸 이야기가 친구들과 보러 가기로 했던 백련이었다.

"연꽃은 붉은 것만 있지 않아? 수련 아니야?"

"아뇨, 백련요. 좀 귀하대요. 그래서 부처님께 바친다나 봐요. 그런데 그 귀한 꽃이 십만 평 방죽에 가득히 핀 대요. 얼마나 장관이겠어요."

그가 대꾸를 해주는 것이 반가워서 나는 조금 수다스러워졌다.

"와, 기가 막히겠네요. 그런데 어디에 그런 장관이 있다는 거예요?"

김 기사도 잽싸게 장단을 맞추었다.

"전라남도 무안군에 회산 연꽃 방죽이 있대요. 우리 친구가 법정 스님 책에서 읽었다면서 말복 지나고 가자고 했어요."

"에이, 말복이 지나도 여름인데 땀 뻘뻘 흘리면서 무슨 구경을 해요?"

"김 기사, 연꽃은 여름에 피는 거야. 그리고 말복 지나면 좀 선선해져."

"그런가요? 소장님, 그러면 이번 여름에는 한꺼번에 휴가를 가지요. 뭐 있잖아요, 엠티라는 것, 우리도 그런 것 하죠. 무안이면 하루에 다녀올 수 있잖아요. 어차피 여름이라 장사도 안 될 텐데 화끈하게 하루 제껴보지요."

"하루가 아니라 일 년, 아니 평생 제꼈으면 좋겠다."

그가 한 모금 비운 유리잔을 내려놓으면서 일어났다.

"어디 가시게요?"

김 기사의 말에 아무 대꾸도 없이 그는 사무실을 나갔다.

"정말 대책 없이 정처 없는 인생이시네. 안 그래요?"

"말을 해도 참……."

김 기사를 하얗게 흘겨보았지만 내 생각에도 그랬다. 대책 없이, 정처 없이, 빗속으로 들어가는 그의 뒷모습을 보고 있자니 또 슬그머니 화가 났다.

5

하얀 극락세계를 상상하며 무안의 백련을 보러 갔던 내가 돌아올 때 손에 들고 온 것은 무화과였다.
회산 연꽃 방죽의 백련은 한꺼번에 피는 것이 아니었다. 7월 초부터 9월 말까지 제각기 맘대로 꽃봉오리를 열기 때문에 아무도 십만 평 가득히 활짝 핀 백련을 볼 수는 없었다. 게다가 피어 있는 백련마저도 넓은 잎 위로 선선히 고개를 내밀지 않았다. 만개한 장관을 보지 못해 실망하면서도 친구들은 활짝 핀 백련을 찾아내며, 은은한 향기를 맡으며 연신 탄성을 터뜨렸다. 넓은 연잎들이 바람결에 나부끼는 것만으로도 장관이었지만, 어차피 꽃이 보이지 않는 나는 담담하기만 했다. 천천히 방죽을 돌고도 시간이 남아서 기왕 나선 길에 목포까지 가보기로 했다. 목포 내항의 일몰을 바라보며 저녁 식사를 하고 막차를 타려고 느지막하게 터미널로 나갔다. 그러고도 남아 있는 시간에 차 안에서 먹을 간식거리를 사러 터미널 주위를 돌아보다가 나는 처음 보는 과일 앞에서 걸음을 멈추었다.
"무화과지라. 여그서는 지천으로 보는고만요. 시방 한참 나올 때 아니오."
과일 가게 아줌마가 푸짐하게 하품을 하면서 말했다.
"아, 이게 꽃도 없이 열매 맺는다는……."
"꽃이 왜 없다요?"
"그래서 무화과잖아요."
"옴마, 아줌씨도 참말 나이를 워디로 묵었다요? 보쇼, 잉. 요렇게 잘라보믄 요 안에 꽃이 들어 있는디 워째서 꽃이 없다고 헌데요? 보쇼, 요렇게 속꽃이 있는디. 요것이 진짜 꽃이지라."

"속꽃요?"

"하이고, 아무리 이쁜 꽃도 속절없이 지믄 그만이오. 그란디 요것은 요 안에서 고대로 속꽃을 갖고 있단께로. 그랑께 요것이 진짜 꽃 아니겄소? 차 안에서 까먹기도 좋고 헌께 싸게 줄 때 푸짐허게 사가쇼, 잉."

과일 가게 아줌마는 내 대답을 듣지도 않고 주섬주섬 비닐봉지에 무화과를 넣기 시작했다. 나는 친구들과 나누어 먹을 무화과를 받아들고 다시 한 봉지를 더 주문했다.

"결근해서 미안한데 이거라도 들고 나가야지."

묻지도 않았는데 나는 친구에게 또 하나의 봉지를 변명했다.

마지막 버스 안은 금세 어둡고 조용해졌다. 그러나 친구들의 코 고는 소리를 들으면서도 나는 점점 정신이 말짱해지기만 했다. 뒤척거리다 못해 머리 위의 작은 실내등을 밝히고 무화과 한 개를 꺼내 손으로 잘랐다. 과일 가게 아줌마의 구수한 이야기를 생각하면서 물끄러미 속꽃을 들여다보았다. 그런데 속꽃은 보이지 않고 그의 얼굴이 보였다. 까까머리 준식이 오빠가 아니라 하얀 머리 소장님의 얼굴이었다. 눈을 감아버렸지만 여전히 그의 얼굴이 보였다. 이제 그만 솔직해 보자고 나를, 정 여사를 타일렀다. 그래. 나는 그가 못마땅해. 그냥 그렇게 살아야지 어쩔 수 없잖아. 이것 봐, 이 속꽃 좀 봐. 살다 보면 이렇게 그도 속꽃을 갖게 될 거야. 그의 슬픔이, 고통이, 탄식이 더 깊어질수록 그의 속꽃은 더 아름다워질 거야…… 아냐, 정 여사. 그건 소설에서나 할 수 있는 말이야. 그러지 말고 좀 더 솔직해져 봐…… 그래, 좋아. 솔직히 나는 그의 신기루가 사라지기를 바라. 그래서 그가 사막에서 홀로 뱅뱅 제자리를 맴돌다 지쳐 쓰러진다고 해도…… 그러나…….

그러나 나는 차마 바랄 수 없다. 질끈 눈을 감고도 나는 자꾸만 손으로 힘주어 눈을 문질러댔다.

또 전화드려서 죄송합니다. 하지만 선생님, 약속드립니다. 다시는 전화드리지 않겠습니다. 그러나 오늘은 제 이야기를 꼭 들으셔야 합니다.

아무렇게나 생각하십시오. 그래도 저는 말씀드려야겠습니다. 선생님, 저는 이제야 선생님 말씀이 옳았다는 것을 깨달았습니다. 그렇습니다. 얼마나 부질없는 생각이었는지요. 그런 신기루는 이제 필요 없습니다. 이제 나는 분명히 보이는 것이 있습니다. 죽을 때까지 나는 내 딸아이의 그 눈을 보게 될 것입니다. 아. 제 말을 끊지 마십시오. 무례해도 어쩔 수 없습니다. 어제 제 아내는 정말 죽을 작정을 했습니다. 한밤중에 베란다에 나가서 뛰어내리려고 했습니다. 처음에는 죽을힘으로 아내를 붙들었습니다. 그런데도 아내는 몸부림을 치고 심지어 내 얼굴을 할퀴면서 죽겠다고 했습니다. 상관하지 말래요. 내 인생인데 왜 내 맘대로 못 하게 하네요. 그러면서 저더러 나쁜 자식이래요. 그 말이 억울해서가 아니라 갑자기 저는 그대로 아내를 죽게 하고 싶었습니다. 정말입니다. 이젠 정말 지긋지긋했다구요. 그게 사는 겁니까? 이미 지옥에 떨어졌는데 살아 있는 거냐구요. 그래서 죽게 내버려 두고 싶었다구요. 아니. 확 밀어버리고 싶었습니다. 정말요. 정말 그랬다구요. 그런데 말입니다. 제 딸아이가…… 언제 거기 서서 보고 있었는지…… 정말 까맣게 몰랐습니다. 그런데 그 난리통 속에서 제 딸아이의 눈이 보이더란 말입니다. 그 눈이…… 아…… 그 아이가 알고 있었던 겁니다. 내가 제 어미를 확 밀어버리려고 한다는 것을 알고 있었단 말입니다. 그 아이가, 그 눈이, 통곡을 하고 있더란 말입니다. 저더러 차라리 헤어지라고, 제 어미보고 죽으려면 빨리 죽으라고 하던 그 아이가, 내가 제 어미를 이미 죽여버린 것처럼 통곡을 하고 있더란 말입니다. 아…… 죄송합니다. 잠깐만요…… 이런 이야기를 할 생각은 아니었습니다. 그럼요. 그럴 필요가 없지요. 이런 통속적인 이야기가 선생님께 무슨 필요가 있겠습니까. 아니. 죄송하지만 이제는 저도 선생님이 필요 없습니다. 선생님께서 아무리 제 이야기를 근사하게 써주신다고 해도 사양하겠습니다. 제가 몰랐던 겁니다. 도대체 사람 사는데 소설이 뭐 그리 쓸모가 있습니까? 신기루 따위가 무슨 소용이 있습니까?

어물쩍거리며 사무실 문을 가로막고 서 있는 내게 김 기사가 차를 닦던 걸레를 손에 든 채로 다가오더니 조그만 목소리로 물었다.

"누구한테 저러시는 거예요? 정 여사님은 다 들으셨잖아요. 도대체 누가 저렇게 날벼락을 맞는 거예요?"

"글쎄. 그럴 만한 사람이겠지."

"난 또 소장님도 돌아버리셨나 했죠."

"쓸데없는 말 하지 마. 그런 일은 없을 거야."

"평생 저러고 사실 텐데요. 에이, 나라면 벌써 절단 냈어요. 소장님도 진작에 결단을 내리셔야 했다구요. 그래서 한번 폼 나게 살아보셔야지요."

"폼 안 나게 사는 사람이 어디 있어?"

"에이, 말도 안돼요. 그러고 보면 정 여사님은 나이에 어울리지 않게 황당하시다니까요. 밥풀떼기만 한 풀꽃을 보고 감동하시지를 않나······."

"그건 황당해서가 아니라 마음이 휑하니 뚫려서 쓸쓸해 그런 거야. 이제는 안 그럴 거야."

"왜요? 아, 마침내 좋은 사람 생기셨구나. 그렇죠?"

"과부 놀리면 벌 받아. 복 달아나는 소리 그만 하고 소장님 기분 좀 띄워드려 봐."

"에이, 괜히 날벼락 맞으려고요?"

"나도 같이 맞을게 들어가자. 들어가서 소장님이랑 어제 내가 사온 무화과나 먹자."

나는 김 기사의 등을 밀면서 사무실 안으로 들어갔다. 그러나 막상 험악하게 일그러진 그의 얼굴을 보자 한 걸음도 더 뗄 수 없었다. 분명히 그의 신기루는 사라진 것이다. 그는 다시 신기루를 보지 못할 것이다. 다시 나를 선화라고 부르지도 않을 것이다. 그러나······ 그에게는 더할 수 없이 미안하지만, 그러므로 이제 내게는 분명히 신기루가 보인다. 평생 내 신기루는 사라지지 않을 것이다. 그래서 나는 이제 이 황량하고 쓸쓸한 사막에서 얼마든지 혼자 살 수 있을 것 같다.

도로 밖으로 나가려는 김 기사를 나는 통통한 몸으로 완강하게 가로막았다.

사막에서 사는 법 4

1

하필이면 내가 꽃구경을 하러 남도 지방을 다녀오다가 며칠 친정에 머물러 있는 동안 삼촌과 방 여사의 소동이 벌어졌다. 느닷없이 아침 식전에 방 여사가 얻어맞아 엉망이 된 얼굴로 우리 집에 들어서면서 시작된 소동은, 꼼짝없이 불려온 삼촌이 어머니에게 호되게 야단을 맞고 나서야 겨우 잠잠해졌다. 섣불리 나설 입장이 아니어서 한쪽에서 잠자코 지켜보자니 슬그머니 웃음이 나왔다. 그동안 심심찮게 어머니로부터 들었던 그대로 일이 돌아갔기 때문이었다.

—방 여사가 그 꼬라지를 허고서 새벽 댓바람에 들이닥치믄 일단 껵껵 울기부터 헌당께. 하도 당허니께 지겨워서 쳐다도 안 보는디, 당최 귀가 시끄러워서 견딜 수가 있냐. 헐 수 없이 얼르고 달래고 허지. 그라믄 쪼께 잠잠해지는 것 같다가도 신세타

령을 하기 시작하믄 호랭이 담배 묵던 시절까지 끄집어내믄서 사설을 풀다가 매급시 지 설움에 겨워서 또 꺽꺽 우는 것이여. 그러니 어쩌겄냐. 삼촌헌테 당장 건너오라고 벼락을 치지. 그려서 득달같이 달려오믄, 내 앞에서 서방 먹살을 붙잡고 앙탈을 부린당께. 그러니 부처님인들 견디겄냐? 나 보기 민망혀서 꾹꾹 참던 삼촌도 폭발을 허는 것이제. 그려서 우리 집에서 재탕을 허게 되는 것이여. 느 아부지 살아계셨으믄 어림도 없는 일이여.

단 한번 듣지 못했던 상황이 삽입된 것은, 대문 안으로 들어서던 삼촌이 나를 보고 놀랍고 반가운 나머지 잠시 사태를 까먹고 마당에 서서 한참 동안 껄껄거리면서 떠들었기 때문이었다.

"참말로 쌍시럽게 변했당께, 저 잘난 노랑 샤쓰가……."

한바탕 꾸지람을 듣고 돌아선 삼촌이 대문을 채 빠져나가기도 전에 어머니가 내뱉은 말이었다. 내가 잽싸게 어머니의 허벅지를 쿡 찌르면서 말렸지만 소용이 없었다. 오히려 어머니는 더 큰 목소리로 나머지를 마저 다 털어버렸다.

"기집처럼 다루기 쉬운 것이 어디 있냐. 말 한마디만 감칠나게 혀도 사르르 녹는 것이 기집인디. 나 못났소 자랑헐라고 지 기집을 뚜들겨 패는 것이지. 낼모레가 환갑인디 나이를 워디로 처묵었는가 몰르겄다."

틀림없이 삼촌이 어머니의 말을 들은 것이, 겸연쩍을 때면 예외 없이 뒷머리를 긁적거리는 버릇을 막 대문을 빠져나가는 그에게서 언뜻 보았던 것이다. 나는 무엄하게도 어머니를 하얗게 흘겨보았다.

"같이 늙어가면서…… 이젠 제발 좀 삼촌한테 함부로 말하지 마세요."

 "점잖게 살믄 그러겄냐? 잊어뿌릴만 허믄 뚜들겨 패서 매급시 우리 집꺼지 뒤집어놓은께 그러제. 너는 어쩌다가 와서 본께 에미헌테 눈 흘기는디, 속 모르는 사람들은 우리 집이 허구헌 날 쌈박질만 헌다고 숭볼 것이여. 성씨나 같으믄 몰라. 노랑 샤쓰 헌테 느그 집 피가 한 방울이라고 튀겼으믄 억울허지는 않겄다."

 어머니의 푸념처럼 사실 그는 친삼촌이 아니었다. 내가 어릴 적에 부르기 좋게 입에 붙인 애칭이 마흔 살을 넘은 지금까지도 떼어지지 않았던 것이다. 그렇다고 해서 아무도 내가 그를 그렇게 부르는 것에 시비를 가리지 않았다. 그래서 나와 가까운 사람들 중에서는 그를 친삼촌으로 착각하는 사람들도 있다. 하기는 그와 우리 집과의 관계를 생각해 보면 친삼촌보다 못할 것도 없었다. 삼촌에게는 방영식이라는 이름 보다 훨씬 더 많이 불려지는 또 다른 애칭이 있었다. 대부분의 사람들은 삼촌을 '노랑 샤쓰'라고 불렀다. 어머니와 그의 아내인 방 여사도 자주 애용하는데, 1960년대의 인기 가요였던 「노란 샤쓰의 사나이」라는 노래 제목에서 비롯되어진 것이었다. 어머니와 방 여사는 나처럼 그를 삼촌이라고 부르기도 했다. 두 가지 호칭을 골라서 쓰는 기준은 다분히 애증이었다. 그에게 호감을 가질 때에는 삼촌이었고, 아니면 노랑 샤쓰였다. 방 여사의 경우에는 그 기준이 애매할 때도 있었지만 어느 때에는 미워서가 아니라 애정을 훨씬 더 품고서 노랑 샤쓰라고 부르기도 했다. 그럴 때에는 두 사람의 관계가 시작된 1960년대 중반에 대한 향수가 방 여사의 심금을 미묘하게 건드렸다고 생각하면 틀림없었다.

　1960년대 중반은 내가 막 사춘기에 들어서던 시기였다. 그때를 돌이켜 생각하면 언제나 가장 먼저 떠오르는 것이 한가운데 우리 집이 들어서 있는 상가의 간판들이었다. 아버지의 가구점을 중심으로 한 사거리 안의 길 양편에는 빼곡하게 온갖 가게들이 자리 잡고 있었는데, 그 거리는 당시의 고향에서 가장 번화한 곳이었다. 그 거리의 가게들은 대부분 살림집이 뒤로 붙어 있었다. 그래서 해 질 녘이 되면 아이들을 부르는 소리며, 일찌감치 저녁밥을 지은 뒤 가게 앞에 나와서 이웃집 사람들과 한가롭게 떠들어대는 안주인들의 거침없는 웃음소리가 아스팔트 도로 위에 제멋대로 뒹굴었다. 가슴이 봉곳해지면서 공연히 눈시울이 뜨거워지던 나는 해가 기울기 시작하면 슬그머니 가게 옆의 골목 입구에 나와 서서 하나씩 늘어나는 가게의 불빛을 바라보며 그 소리들을 엿들었다. 그러면 산란하던 가슴속이 조금씩 진정되기 시작했고, 거리가 가게들의 불빛으로 화사해지면 까닭 없이 충만한 기분을 맛볼 수 있었다.

　어김없이 그 거리의 간판들과 함께 떠오르는 것은 삼촌의 노란 셔츠였다. 삼촌은 그 당시 인기 가수였던 한명숙의 히트곡인 「노란 샤쓰의 사나이」를 좋아한 나머지 직접 노란 셔츠를 입기 시작했다. 우리 가구점과 대각선으로 마주 보는 곳에는 레코드 가게가 있었다. 그 가게 앞에 세워놓은 스피커에서는 심심찮게 「노란 샤쓰의 사나이」가 흘러나왔다. 그럴 때 삼촌이 한가하면 가구점 앞에 나와 서서 노래를 따라 부르며 흥겨워했다. 가게 앞에서 노란 셔츠를 입은 삼촌이 한쪽 다리와 한쪽 손을 박자에

맞춰 흔들어대며 그 노래를 부르는 모습은 아무리 무뚝뚝한 사람일지라도 웃지 않을 수 없게 만들었다. 빼빼 마른 체격에, 다른 사람보다 장딴지 하나가 더 붙어 있는 것처럼 키다리인 데다가, 여드름투성인 기다란 얼굴에, 웃으면 아예 보이지 않는 단추 구멍 같은 눈이며 합죽한 아래턱은 희극적인 분위기를 더해주었다. 아무튼 그 때문에 삼촌은 금방 그 거리에서 '노랑 샤쓰'라는 스타가 되었고, 한낮의 무료한 거리는 삼촌의 독무대가 되었다. 어머니는 그런 삼촌을 몹시 못마땅하게 여겼다.

―아무리 본데없이 자랐다고 혀도 그렇지, 사람이 진중헌 디 없이 초랭이방정을 떨어싸믄서 까불어댄다냐. 매급시 느 아부지까지 실없는 양반을 맨드는 것 아닌지 몰르겄다. 지발 저 노랑 샤쓰만 벗어도 좋겄다. 저는 째(멋)낸다고 그러는디, 째는 무신 말라죽을 째다냐, 안 그려도 누런 얼굴이 아주 노랭이가 되는고만.

그렇게 흉을 보는 삼촌을 우리 가게로 데려온 장본인은 어머니였다. 어머니는 단골로 다니던 시장의 그릇 가게 안주인과 친했다. 상처한 중늙은이의 후처로 들어앉은 젊은 안주인은 유일한 혈육인 남동생을 남편이 끝내 거두지 않자 달리 의탁할 곳을 찾았던 것이다. 어머니는 그녀의 딱한 처지가 안쓰러워서 차마 간청을 마다할 수 없었다. 가방 끈도 짧고, 의지가지도 없고, 특별히 딱 부러지는 구석도 없는 어리숭한 남동생을 어머니에게 맡기며 젊은 안주인은 인색한 남편 몰래 노란 알루미늄 냄비를 내밀었다. 그런 신산한 처지를 생각해서라도 어머니는 삼촌의 노란 셔츠를 하루 빨리 벗겨야 한다고 생각했다. 그러나 도무지

'아니오'라는 말을 모르던 삼촌이 고개를 절레절레 흔들며 노란 셔츠를 고집해서 어머니의 눈 흘김은 점점 더 잦아졌다. 그렇다고 해서 삼촌이 어머니를 서운하게 생각하지는 않았다. 아무리 어머니가 야단을 쳐도 씩 웃으면서 한마디만 하면 그만이었다.

―아주머니는 다 좋으신디 멋을 몰르신당게.

노란 셔츠를 벗기지 못한 어머니는 내가 삼촌과 임의롭게 어울리는 것도 주의를 주었다. 그래도 나는 무료하기 그지없던 한낮의 거리를 더할 수 없이 재미있게 만들어주는 그가 좋았다. 날이 저뭇해지면 나는 그가 차지했던 한낮의 거리를 건네받았다. 그는 골목 입구에 나와 있는 내게 한 손을 번쩍 들어올리면서 외쳤다.

―야, 영주야, 시방 스타는 무대에서 내려간다. 잉.

해가 지면 삼촌은 눈에 띄게 풀이 죽었다. 내가 까닭을 묻자 뒷머리를 긁적이면서 말했다.

―해가 넘으가믄 스무 살 청춘이 요상허게 서글퍼진당게. 그려서 암만혀도 나는 얼릉 장가를 가야겄어. 장가가믄 집으서 밥 지어놓고 지댈리는 각시 있응게 저문다고 서글퍼지겄냐? 죙일 해 떨어지기만 지댈리겄지. 안 그러냐?

그래서 나는 삼촌에게 하루빨리 각시가 생기기를 바랐다. 다행하게도 이내 노란 셔츠의 삼촌에게는 열광적인 팬이 생겼다. 건너편 양장점의 점원 언니가 바뀐다는 말을 밥상머리에서 들었는데, 며칠 뒤 삼촌의 독무대에 어설픈 서울말이 끼어들었다.

―어머나, 노란색을 좋아하시나 봐요. 저도 노란색을 좋아하는데요. 노란색이 얼마나 멋쟁이 색인데요.

―아, 역시 멋을 아는 사람은 한눈에 척 허니 알아본당께요.
　―그러게요. 그 옷 때문에 이 동네가 다 훤하네요. 그런데 성이 뭐예요?
　―방인디요, 방.
　―어머나, 그러면 키다리 미스터 방이시네요.
　―아, 그 노래 좋아하세요? 키다리 미스터 김으은 싱겁게 키는 크지마안 그래도 미스터 김은 마음씨 그만이에요오…….
　어느새 삼촌은 한쪽 다리를 들고 트위스트를 추고 있었다.
　―그란디 나는 노랑 샤쓰 입은 사나이가 더 좋아요.
　―그래서 노란 셔츠를 입으시나 봐요?
　―그 노래가 딱 나를 두고 만든 거랑께요.
　그러나 그 노래의 가사처럼 삼촌이 말이 없다거나 씩씩한 생김새는 결코 아니었다. 어린 나이였지만 나는 삼촌이 그 노래의 주인공처럼 아가씨의 가슴을 설레게 하고 싶어한다는 것을 눈치챘다. 그리고 어쩌면 양장점 언니가 그런 삼촌의 소망을 이루게 해줄지도 모른다고 생각했다. 얼마 지나지 않아 노랑 샤쓰가 건너편 양장점에 새로 온 아가씨와 눈이 맞았다는 소문이 거리에 퍼졌다. 소문을 들은 어머니가 삼촌을 다그쳤다.
　―앞의 가시내허고 연애헌다고 온 동네 사람들이 다 떠들어싸. 참말이여?
　―누구 혼삿길 막히라고 그런데요? 연애가 아니고 짝사랑이고만요.
　―그라믄 그 가시내를 짝사랑헌단 말이여?
　―하이고 답답혀라. 그 반대랑께요.

─그 말을 워떤 실없는 양반이 믿을랑가 모르겄네. 암만혀도 소문이 맞는갑만.

─아니랑께요.

─안이나 바깥이나…… 워쨌든 명심혀. 착실허니 일가를 맨들어서 살라믄 야무진 여자를 만나야 혀. 팔랑개비 겉은 여자를 만나믄 평생 대문 하나 번듯허게 못 달고 팔랑팔랑 사는 것이여. 그랑께 인자는 조께 만사를 심각혀 봐.

─허참…… 그 아가씨가 지 노랑 샤쓰 보고 반혔당께요. 저는 따로 짝사랑이 있단 말여요.

─그려, 시방 으악새 슬피 울어.

어머니는 끝내 삼촌의 말을 귀담아 듣지 않았다. 어머니뿐만 아니라 아무도 그의 말을 심각하게 듣는 사람은 없었다. 삼촌은 누구보다도 어머니와 정옥이 언니의 신용을 못내 아쉬워했다. 얼마나 답답했던지 그는 나를 붙들고 하소연을 했다.

─야, 영주야, 어머니나 언니맨치로 너도 내가 심각헌 디가 없다고 생각허냐?

그렇다고 삼촌을 신용하지 않는 것은 아니라고 대답했다. 그는 우스꽝스럽게도 매우 심각한 표정을 짓더니 허리를 구부려 내게 수군거렸다.

─요것은 비밀인디 너한테만 털어놓을란다. 내가 딱 한 가지 심각헌 일이 있는디 고것이 바로 내 짝사랑이여.

당연히 나는 누구냐고 물었다. 그러자 그는 허리를 펴고 까불까불한 표정으로 되돌아가 의기양양하게 소리쳤다.

─싸나이 말씀은 중천금이여. 워찌 함부로 입을 열겄는가.

나는 더 이상 캐묻지 않았다. 그럴 필요가 없었던 것이, 정옥 언니를 바라볼 때면 삼촌이 우스꽝스럽게도 심각한 표정이 된다는 사실을 나는 이미 알고 있었다. 그러나 멀뚱멀뚱 그를 쳐다보면서 시치미를 뗐다. 삼촌이 좋은 사람이라는 것을 알지만, 그를 외사촌 형부라고 부를 생각은 눈곱만큼도 없었다. 어머니와는 달리 나는 양장점 언니만큼 삼촌하고 잘 어울리는 짝이 없겠다고 생각했다.

2

"방 여사보고 얼릉 순서대로 끝내자고 혀라."

아직 찬물에 손을 담그면 진저리를 치는 3월 초순인데도 어머니는 냉장고에서 물병을 꺼내 단숨에 한 대접을 비웠다. 그리고 찬바람을 일으키며 방으로 들어가시면서 내게 일렀다. 순서대로 이제 어머니는 방 여사를 어르고 달래서 한없이 콧대를 높여준 뒤 슬그머니 등을 떼밀어 우리 집 대문을 마지못해 나가게 할 것이다. 방 여사는 골방에서 팔베개를 하고 옆으로 누워 자고 있을 것이다. 삼촌이 어머니에게 호되게 꾸지람을 듣는 것을 다 엿듣다가 잽싸게 잠든 척을 하고 있을 것이다. 그리고 누군가 방 여사를 흔들어 깨우기를 기다리고 있다가 흠칫 놀라는 시늉을 하며 눈을 뜰 것이다. 나는 웃음을 참느라 입술을 지그시 깨물면서 방 여사를 흔들어 깨웠다. 들었던 대로 흠칫 놀라며 눈을 뜬 방 여사가 나를 보더니 정말 놀랐다. 소동을 부리면서 미처 나를 보지 못했던 것이다.

"정말 영주 보기 창피하네. 나 이러고 살아."

"그럴 때도 있죠, 뭘. 그게 무슨 흉이라고…… 그런데 삼촌은 조금 전에 돌아 가셨어요. 그리고 어머니가 방 여사님을 건너오시라는데요."

"방 여사는 무슨 얼어 죽을 방 여사야. 이제부터는 방 여사라고 하지 마. 이젠 정말 지긋지긋해."

방 여사는 방씨가 아닌 홍씨였다. 그런데도 방 여사가 된 것은 순전히 그녀가 고집했기 때문이었다. 온양 온천으로 신혼여행을 다녀온 뒤 우리 집에 들렀을 때 그녀는 우리 식구들에게 미국식으로 미세스 방이라고 불러달라고 요구했다. 어머니며, 심지어는 삼촌까지도 코웃음을 쳤지만 그녀는 끝내 고집을 피웠다. 핑계를 찾다 못한 어머니가 영어 발음이 어렵다고 하자 그녀는 냉큼 방 여사로 바꾸었다.

―흥, 내가 그 꿍꿍이속을 몰를까 봐? 인자는 내 서방이다 허고 위세를 떠는 것이여. 안 그라믄 누가 지 서방 아니라고 헌다냐? 하이고, 그 잘난 서방, 누가 침 흘린다고 위세를 떤다냐.

분수도 모르고 끝내 신혼여행을 고집한 신부를 가자미눈으로 보던 어머니는 두 사람이 돌아가기가 무섭게 그렇게 흉을 보았다. 나는 그런 어머니가 몹시 못마땅했다.

―그동안 양장점 언니가 얼마나 속이 상했으면 그럴까. 솔직히 말해서 우리는 양장점 언니한테 제일 미안하지, 뭘.

―뭣이 미안혀? 우리가 등 떼밀어서 억지로 시집가라고 혔냐? 지가 좋다고 우겨싸서 시집간 것이여. 애시당초부텀 지 혼자 짝

사랑혀서 애걸복걸헌 것이여.

 나는 어이가 없어서 할 말을 잃어버렸다. 어떻게 어머니는 그 일을 까맣게 잊어버리셨는가. 오래전 일도 아니고, 불과 일 년 전 일인데 저리도 감쪽같이 시치미를 뗄 수 있는가. 그것도 다른 사람이 아닌 정옥 언니와의 일을……. 아무리 팔이 안으로 굽는다지만, 정옥 언니와 삼촌과의 기막힌 사건을 생각하면, 더구나 그 사건의 장본인이었던 어머니가 이제라고 삼촌이나 양장점 언니를 함부로 대할 수는 없었다. 그래서 나는 앞장서서 꼬박꼬박 그녀의 요구보다 더 과분하게 '방 여사님'이라고 불렀다. 결국 모두 그녀를 방 여사라고 부르기 시작했지만 나처럼 호의적으로 진실하게 그 호칭을 입에 붙이는 사람은 없는 것 같았다.

 삼촌도 그렇지만 방 여사도 화를 오래 품고 있는 사람이 아니었다. 그런 점이 여태껏 우리 집과 한 식구처럼 임의롭게 지낼 수 있게 하는지도 몰랐다. 그러나 두 사람이 비슷한 성격은 아니었다. 삼촌이 유들유들하다고 오해받을 만큼 참을성이 많고 좀처럼 속마음을 겉으로 드러내지 않는 반면, 방 여사는 자신보다 남들이 먼저 알아차릴 만큼 그대로 감정을 드러내는 직설적인 성격이었다. 내가 방 여사라고 부르기 시작했던 시절을 끄집어내자 이내 방 여사는 피식피식 웃으면서 좋아라 했다. 성격대로 시원하게 웃을 수 없는 것이, 조금만 움직여도 자지러지는 비명 소리가 터지기 때문이었다. 어머니로부터 두 사람의 소동을 들을 때에도 그랬지만, 그런 방 여사를 빤히 바라보고 있으면서도 나는 도저히 삼촌의 행패를 인정할 수 없었다. 노란 셔츠를 입고 「노란 샤쓰의 사나이」를 노래 부르던 삼촌이 주먹을 휘두르다니…… 아무리 사는 게 각박하다고 해도 절대로 그리 고약하게 변할 사람이 아니었다. 정옥 언니네와는 비교할 수 없지만 그렇게 사람을 모질게 바꿔놓을 만큼 어려운 형편도 아니었다. 좁지만 방 두 칸짜리 살림집이 딸려 있는 가게도 있고, 아들형제를 나란히 전문대학에 보내고 있었다. 나는 솔직하게 방 여사에게 물어보았다.

"도대체 이해할 수가 없어서 그러는데요, 삼촌이 왜 그러시는 거예요?"

"간단히 말하면 의처증이지, 뭘."

"에이, 삼촌이 그럴 분이신가요?"

"부부지간의 일을 다른 사람이 어떻게 장담을 해? 정말 의처증이라니까. 내가 심심해서 계꾼들하고 가끔 춤추러 가거든…… 하지만 이상하게 생각하지 마. 그냥 건전하게 춤만 추는 거야. 운동이라구. 그런데 삼촌은 다른 남자가 자기 마누라하고 춤추는 꼴을 죽어도 못 보겠다는 거야. 그래도 나는 죽어도 가야겠다고 하고…… 말로는 안 되니까 기운을 쓰는 거지."

"그려, 자랑도 혀야지, 아무나 허는 짓 아닌디 사방간디 떠벌리고 자랑혀야지"

기다리다 못해 건너온 어머니가 골방 문을 열고 들어서면서 목청을 높였다. 방 여사의 얼굴이 금방 새초롬해졌다. 그러거나 말거나 어떻게든 빨리 순서대로 마무리를 하고 한가롭고 싶은 어머니는 책상다리를 하고 방 여사 앞에 앉았다. 공연히 민망해져서 어머니가 말을 꺼내기 전에 슬그머니 일어나려는데 방 여사가 나를 붙잡았다.
"나갈 것 없어. 체면 차릴 사이도 아닌데, 뭘."
"차릴 체면이나 있능가 몰르겄네. 대체 워짤라고 이려? 이유 불문허고 마누라를 뚜들겨 패는 놈은 불쌍놈이라고 야단을 쳐서 보냈지만, 자네는 맞어도 싸. 젊었으믄 덜 숭허지, 쉰이 넘은 여편네가 추접시럽게 춤바람이 나서 워쩌자는 것이여. 서방이 허지 말라는디 뚜들겨 맞어감서 죽어라고 혀야 돼?"
"안 그러면 이 가슴에 불덩어리를 어떻게 할 줄 모르겠어요. 차라리 갈라설래요. 갈라서고 어디 먼 데로 가서 젓가락 두드리며 악을 쓰는 것이 낫겠어요."
"그날로 문 닫을라고 안 혔으면 워떤 술집에서 쪼그랑 할망구를 술청에 앉힌다냐. 낼모레면 메누리 볼 사람이 벨 숭헌 소리를 다 허는고만. 인자는 나도 힘 팽겨서 야단치기도 고달픈게 얼릉 집에 가."
그러나 방 여사는 아예 이불을 뒤집어쓰고 돌아누워 버렸다. 어머니는 그만 두 손을 들고 일어났다.
"야, 그 잘난 노랑 샤쓰헌테 전화혀서 속 시끄라 죽었은께 얼릉 와서 끌고 가던지 이고 가던지 안 보이게 좀 허라고 혀라."
골방에서 나오자마자 어머니가 소리쳤다. 부리나케 어머니의 등을 떼밀어 안방으로 들어갔지만 어머니는 더 크게 떠들어댔다.
"등 따시고 배불러도 그려, 워떻게 늙으면서 다 저렇게 쌍스럽게 변헌다냐. 춤추러 댕기는 여편네나 다리몽댕이라도 분질러서 붙잡어놓지 못 허고 매급시 뚜들겨 패기만 허는 서방이나 똑같어. 본데없고 배운 데 없으믄 워쩔 수 없당께. 야, 얼릉 전화

허랑께 뭣 허냐?"

어머니의 성화를 견디다 못해 나는 거실로 나와 삼촌에게 전화를 했다. 속도 모르고 삼촌은 반색을 했다.

"안 그려도 전화헐라고 혔는디…… 오랜만에 왔는디 저녁이나 허믄 워쪄? 걸판지게 한턱 쏠랑게 여그로 나오지그려."

나는 망설이지 않고 그러겠노라고 대답했다. 외출 준비를 하고 다시 골방을 들여다보았을 때 방 여사는 푸짐하게 코를 골면서 자고 있었다. 삼촌을 만나러 가는 나를 혀를 끌끌 차며 못마땅해하던 어머니가 현관에 서서 말했다.

"가다가 금은방에 잠깐 코빼기라도 디밀어라. 며칠이나 있음서 안 들여다보믄 느 형부가 서운허다고 안 허겄냐."

가타부타 대꾸를 하지 않자 어머니가 목소리를 높였다.

"안 그라믄 사돈이 논 사서 배 아프다고 오해헐 것이여. 억울헌 소리 안 들을라믄 문만 열고 눈이라도 맞추고 가. 알었냐?"

나는 귀머거리, 벙어리 시늉을 하며 집을 나왔다.

3

대문을 나서면서부터 수없이 뒤집다가 마지못해 정옥 언니 집으로 방향을 바꾸었다. 어쨌든 그동안 언니네에게 너무 소원했다는 생각이 들었다. 솔직히 언니네가 우리보다 훨씬 더 부유하지 않았다면 예전처럼 지낼 수 있었을지도 몰랐다. 풍비박산이 되어버린 외가를 조금이라도 도우려고 어머니는 일찍감치 나보다 세 살 위인 정옥 언니를 우리 집으로 데리고 왔다. 뒤늦게 중학교를 졸업한 언니는 기어코 고등학교를 보내려는 어머니의 고집을 꺾고 가게와 집안의 자질구레한 일들을 떠맡았다. 한동안 그런 언니 때문에 어머니는 내 방에 들어와 아버지 몰래 한숨을 푹푹 쉬며 치맛자락으로 눈물을 찍어내기도 했지만 이내 만만하게 언니를 부렸다. 내가 고등학교 1학년이 되었을 때였다. 밤늦게까지 학교에서 무용 연습을 하는 나를 위해 어머니는 저녁 도시락을 시간 맞춰 학교로 보내주었다. 그러나 나는 도시락을 들고 창문을 기웃거리는 언니를 마음 편하게 볼 수 없어서 아침에 두 개를 다 들고 가겠다고 말했다.

　―공부허기 싫은께 벨걸 다 신경 쓰는고만. 집에서 노는 사람인디 고만헌 일도 못헌다냐, 안 그러냐? 정옥아.

　―근게 말여요. 나는 암시랑토 안 헌디 매급시 그러네.

　하지만 그렇게 말하면서 언니의 얼굴은 새빨갛게 달아올랐다. 귀를 쫑긋 세우고 알짱거리던 삼촌이 내 편을 들고 나섰다.

　―뭣이 암시랑토 안 혀요. 정옥 씨는 자존심이 없능가요? 남의 집살이 허는 것도 아닌디, 근다고 일일이 갈 때마다 영주 동무들헌테 나는 외사촌 언니라고 헐 수도 없는 것이고…… 영주도 미안혀서 밥이 지대로 넘으가졌어요? 차라리 지가 갖다주께요. 그게 훨씬 낫겠네요. 지가 자전거 타고 휙 허니 댕겨오믄 되잖아요. 그라믄 밥도 덜 식고 좋잖아요.

　삼촌이라고 편할 것 같지는 않았지만, 그래도 언니보다는 나을 것 같아서 나는 얼른 삼촌 손을 들어주었다.

　―아따, 핑계 좋다. 그려서 여학교 좀 들어가 볼라고? 인자

영주네 학교 애기들이 노랑 샤쓰 노래만 불르겄다.

―근게 말여요. 아주머니 말씀대로 고런 불상사가 있겄고만요.

나는 학교 수위실에 놓고 가는 조건으로 삼촌의 제의를 받아들였다. 삼촌이 도시락 심부름을 떠맡았는데도 언니의 붉어진 얼굴은 여전했다. 그대로 돌아서는 언니를 곱지 않게 바라보더니 어머니는 혼잣말처럼 중얼거렸다.

―조카자식 거둬 봤자여. 머리 굵어진께 서운허다는 궁리만 허는 개비여.

결혼 후 점점 불어나는 언니네 살림을 흐뭇해하던 어머니는 마침내 우리 집보다 훨씬 더 풍족해지자 자주 볼멘소리를 했다.

―조카자식 소용없더라. 시집갈 때는 나를 붙들고 지가 다 갚을 때꺼지 고모가 오래오래 사셔야 헌다고 목이 메이드만, 돈이 무섭기는 혀. 돈 보따리 품고 살은께 고모가 살어 있능가도 모르는개비여.

―좋은 일 하셨으면 됐지, 꼭 보답을 받아야 해요?

―에미가 공것을 바라냐? 사람이 경우가 있어야 헌다는 것이지. 그라고 내가 서운혀서 그러냐? 느 아부지헌테 미안혀서 그려. 고모헌테는 서운혀도 지가 고모부헌테는 그럴 수가 없는 것이여.

어머니로부터 그런 말을 듣다 보니 나도 공연히 서운한 감정을 품게 된 것은 아니었다. 내 경우에는 서운한 것보다는 서먹서먹해진 것이었다. 아무리 애를 써도, 도시락을 들고 교실 창문을 기웃거리던 언니는 배기량이 2500cc나 되는 자가용을 몰고 다니는 금은방집 부인으로 깨끗이 지워지지가 않았다. 그러기는 언니도 마찬가지였을 것이다. 아니라면 언니가 점점 우리 집과 소원해질 리가 없었다. 그러나 나는 그만한 이유로 언니와 어색하게 지내는 것은 아니었다. 내가 그럴 수밖에 없는 이유는 따로 있었다.

임신 삼 개월째 되었을 때 정옥 언니는 금은방집 남동생으로부터 헤어지자는 말을 들었다. 언니보다 더 혼비백산한 사람은 어머니였다. 혼전의 임신은 여자에게 더 이상 수치스러울 수 없는 시절이었다. 설사 혼사가 성립이 된다고 해도 두고두고 뒷말을 만들었다. 차마 아무에게도, 심지어 아버지에게도 말할 수 없어서 어머니는 금은방집 남동생을 붙들고 애를 태웠다. 그러나 눈 하나 깜짝하지 않던 그는 어느 날 고향으로 내려가 버렸다. 어머니도 언니도 식음을 전폐하고 드러누웠다.

처음에 언니가 금은방집 남동생과 서로 좋아한다는 사실을 알고 어머니는 여간 좋아하지 않았다. 아버지도 좋은 신랑감이라고 만족해했다. 나는 누구나 예쁘다고 말하는 언니가 나이가 열 살이나 많고 영락없이 두꺼비 같은 키 작고 뚱뚱한 남자를 좋아하는 것을 이해할 수 없었다. 그런데 삼촌은 눈에 띄게 풀이 죽었다. 가게 앞에 서서 다리를 흔들지 않았고 좀처럼 웃지도 않았다. 그래도 나를 보면 입 꼬리를 살짝 올렸다가 내렸다. 먹고 돌아서면 배가 고프다던 삼촌이 자꾸 끼니를 거르자 어머니는 엉뚱한 걱정을 하기도 했다.

—노랑 샤쓰가 왜 그려? 동네 사람들이 심심혀서 돌아가시겄다고 허는고만…… 워디 아픈 것이여? 그라고 본께 얼굴이 반쪽이 되았네.

―아녀요. 기냥 그려요.
―아즉꺼지 한번도 아픈 디가 없었는디 왜 그런디여. 안 되겄네. 누나헌테 이야기혀서 한약방이라도 갔다 오라고 혀야지.

기어코 시장으로 달려가려는 어머니의 치마꼬리를 내가 슬며시 잡아당겼다. 내가 수군거리는 말을 듣고 어머니는 조금 전의 걱정을 깡그리 거두어들였다.

―하이고. 저도 뭣을 덜렁거리는 사내라고 욕심은 있어 갖고…… 그려도 분수는 알었는 갑만. 그 까불대는 성질에 여지껏 암 말도 못 허고 끙끙거린 걸 보믄…… 냅둬라, 굶어 죽든 말든…… 못 견디믄 지가 와서 퍼묵겄지.

그리고 어머니는 삼촌에게 눈길조차 건네지 않았다. 공연히 고자질을 했다는 자책감에 삼촌이 그만 쫓겨나지 않을까 하는 걱정이 생기기도 했다. 결국 나는 두꺼비 같은 형부보다는 키다리 노랑 샤쓰가 낫겠다고 양보를 하고 언니에게 슬그머니 운을 떼어보았다.

―나도 삼촌 마음을 모르는 것은 아냐. 하지만 어떡하니. 마음이 안 따라주는 걸.

그래도 나는 삼촌에 대한 온갖 칭찬을 늘어놓으며 언니의 마음을 돌리려고 애를 썼다.

―영주야, 나도 다 알아. 하지만 이제는 나도 어쩔 수가 없어. 삼촌한테는 미안하지만, 나는 이제 하늘이 두 쪽 나도 그 사람하고 결혼해야 돼.

그래서 나도 삼촌처럼 입맛을 잃어버렸다. 입맛을 잃어버린 사람은 또 있었다. 양장점 언니는 나만 보면 한쪽으로 끌고 가

속닥거렸다. 아직도 삼촌이 그러고 있어? 느 언니는 어떻게 한다던? 어머니는 뭐라고 하셔? 시시콜콜한 것까지 물어보고 나서 양장점 언니는 내가 듣거나 말거나 혼잣말을 했다. 바보 같은 자식. 자존심도 없어. 차라리 확 일을 저질러버리든지. 데리고 도망가 버리면 될 것 아냐. 그런 배짱도 없는 주제에. 어이구, 굶어 죽든지 말든지 나도 몰라. 그러나 다음 날에도 양장점 언니는 나를 끌고 가 속닥거렸다.

굶어 죽지 않고 삼촌이 다시 가게 앞에 나와서 다리를 흔들거리기 시작한 것은 언니가 실연을 당했다는 말을 양장점 언니에게서 들은 후였다. 그런데 이제는 어머니와 언니가 굶어 죽을 지경이었다. 두 사람이 왜 그리도 상심하는지를 이해할 수 있게 된 것은 잠결에 들은 이야기 덕분이었다. 초저녁에 안방에서 설핏 잠이 들었던 나는 아버지가 놀라는 소리에 깨어났다.

―뭣이여? 애를 가졌다고?
―그려요. 어느 틈에 썩을 년이 일을 저질렀고만요.
―아니 시방 그라믄 정옥이가 양다리를 걸치고 놀았단 말여?
―고것이 아니라…… 하이고, 속 터져라.
―가만있어, 차근차근히 따져봐. 도대체 누구허고 일을 저질렀단 말여.
―누구긴요. 금은방집이지요. 동업허는 동생말여요.
―이게 무신 귀신 씻나락 까 묵는 소리여. 그란디 워째서 노랑 샤쓰허고 혼인을 허겄다는 것이여?
―고것은 노랑 샤쓰가 허겄다는 것이지요. 금은방이 시치미 딱 떼고 나자빠졌당께요. 그서러 정옥이가 죽어버리겄다고 헌께

노랑 샤쓰가 지가 애비 노릇 허믄서 데불고 살것다고 마음을 돌려놨고만요. 그러니 워떻게 혀요. 사정 알고도 좋아서 데불고 살았다는디, 차라리 다행이라고 생각했지요. 정옥이도 허는 수 없은게 시집가겠다고 허고요.
　―아니 이게 무신 베락 맞을 소리여?
　―나도 알아요. 베락 맞을 짓을 헌 것을 안다고요. 그래서 소리 소문 없이 시집보낼라고 혔는디, 당신이 안 된다고 허믄서 자꼬만 금은방허고는 워떻게 되았냐고 헌게 워쩔 수 없이 이실직고허고 말았잖어요. 근게 인자 암 말도 말어요. 금은방헌테는 내가 허다허다가 지쳐부렸어요. 바늘 한 구멍도 안 들어갑디다. 뭐라고 싸가지 없는 말을 혔는지 알아요? 배 속에 있는 애기가 지것인지 아닌지 워떻게 아냐고 눈을 부라립디다. 처음에는 내가 직접 그 형을 만나서 담판을 질라고 혔지만, 장본인이 고렇게 빡빡 우기는디 내 말을 믿겠소?
　―금은방집 애기인 것은 맞는디?
　―고걸 말이라고 혀요? 하늘에 맹세코 맞는단 말여요.
　―틀림없어?
　―아니믄 이 자리에서 나허고 정옥이랑 목매달어 죽어요.
　―그라믄 되았어. 인자 딴소리허지 말고 금은방집허고 혼인혀.
　―워떻게요?
　―글씨 내가 알어서 헐팅게 딴소리 말어. 그라고 노랑 샤쓰헌테는 없었던 일로 혀놓아. 행여라도 일 그르치지 않게 노랑 샤쓰헌테 입단속 단단히 혀두어.
　―하이고, 당신이 고렇코롬만 혀주믄 무신 짓인들 못 허겄어요.

―시방 얼릉 가서 이야그혀.

―당신이 일을 맹글어놓은 다음에 혀야지요. 일이 안 되믄 워짤라고요.

―다 된 밥으다 코 빠칠라고 그려? 노랑 샤쓰허고 혼인헐라고 혔다는 것을 그 집으서 알어봐. 아, 얼릉 가서 깨끗허니 마무리 허고 와.

어머니보다 먼저 나가야 한다고 생각했지만 도무지 손가락 하나 꼼짝할 수가 없었다. 나는 어머니가 나가는 소리를 들으면서도 눈도 못 뜨고 그대로 누워 있었다.

―다행이다. 정말 다행이야. 가구점 아저씨가 정말 멋지다.

아버지가 금은방집 큰 아저씨를 만나서 혼사를 매듭지었다는 말을 듣고 양장점 언니는 내 손을 잡아 흔들면서 흥분을 했다. 정옥 언니는 한 달 후에 금은방집으로 시집을 갔다. 나는 학교를 핑계 대고 결혼식을 보지 않았다. 아버지도 어머니도 언니도 형부가 될 두꺼비도 나는 절대로 용서하지 않겠다고 수없이 다짐했다. 심지어 언니의 결혼식장에서 양장점 언니와 낄낄거렸다는 삼촌도 용서할 수 없었다.

"삼촌? 시삼촌이 여기 사냐?"

다행히 형부와 언니는 외출 준비를 하고 있었다. 형부가 모처럼 왔는데 시간을 내지 못해서 미안하다고 하기에 삼촌을 만나러 가는 길이라고 했더니 언니가 뜨악한 표정으로 그렇게 물었다. 나는 짐짓 멀뚱멀뚱한 표정으로 되물었다.

"그럼 언니는 삼촌을 노랑 샤쓰라고 불렀어?"

순간 새빨개지는 언니의 얼굴을 외면하고 나는 돌아섰다. 무심코 돌아본 언니네 금은방은 오늘따라 유난히 눈이 부셨다.

4

 반면에 오늘따라 삼촌의 중고 가구 센터는 유난히 초라해 보였다. 전에도 정옥이 언니네 금은방을 보고 나서 삼촌의 가게를 보면 왠지 마음 한구석이 쓸쓸하고 허전했다. 그럴 때마다 나는 어처구니없는 상상을 했다. 삼촌과 언니의 형편이 반대로 뒤바뀌었다면…… 그러면 내가 언니네 집을 바라보면서 쓸쓸하고 허전해할까. 번번이 나는 고개를 옆으로 흔들었다. 언니에게는 미안하지만, 한때 나는 삼촌이 『위대한 개츠비』처럼 되어야 한다고(결국은 씁쓸한 결말을 맞게 되더라도) 생각했다. 그래서 언니가, 어머니가 단 한 번만이라도 그때 일을 후회하게끔 하느님이 도와주시기를 바랐다. 그러나 그런 생각도 그야말로 '한때'였다. 그만한 일로는 콧방귀도 뀌지 않으실 하느님이라는 것을 나는 이내 깨달았고, 누구를 용서하고 용서하지 못하는 열정도 이미 오래전에 사라져버렸다.
 "무용 학원 원장이라 그런가, 시방도 징그랍게 날씬허네."
 삼촌은 나를 보자 예전처럼 실없는 말을 건네며 낄낄거렸다. 걸판지게 한정식을 대접하겠다는 삼촌의 호의를 사양하고 나는 가게 옆의 허름한 생맥주 가게로 앞장서서 들어갔다. 주인 여자와 한바탕 야한 농지거리를 주고받고 나서야 삼촌은 내가 호의를 거절한 아쉬움을 뒤로 밀어냈다. 그 대신 삼촌은 병맥주를 고집했다. 단숨에 세 컵을 비우더니 겸연쩍은 표정으로 입을 열었다.
 "방 여사가 안 온다고 허지? 뻔혀. 이번에는 내가 쪼께 기운을 더 썼은께. 아마 방 여사가 갈라선다고 혔을 것이여. 그래서 더 매를 벌었당께. 영주가 온 줄 알았으믄 며칠 참았을 것인디…… 아주머니야 인자 더 까발릴 것도 없는 처지인게 헐 수 없지만, 참말로 영주헌테 창피스럽고만. 워쩌다 본게 오늘날 내가 그러고 사네. 실망혔을 것이여. 소문이야 들었겄지만…… 워디서 고런 험헌 꼴을 보았겄어. 사람이 못나다 본게 그려. 내가 못나도 한참 못났당께."
 천진한 그의 얼굴에도 어김없이 세월의 흔적이 보여 눈시울이 뜨거워졌지만 삼촌이 뒷머리를 긁적거리자 그만 웃음을 터뜨리고 말았다. 덩달아 삼촌도 큰 소리로 웃었다. 그제야 나는 솔직하게 삼촌의 변화를 이해할 수 없다고 털어놓았다.
 "그럴 것이여. 영주는 상상헐 수도 없는 일이지. 사람 같지도 않게 생각혔을 것이고만. 나도 그려. 내가 생각혀 봐도 참말로 징그랍고만. 솔직히 한번 그러고 나면 말할 수 없이 황폐해지는고만. 기냥 내 자신이 미워 죽겄어. 그래서 다시는 안 그려야지 허고 맹세를 허는디…… 아주머니헌테 거짓말로 맹세허는 것 아녀. 참말로 그 순간에는 다시 그라믄 내가 나를 찔러서 죽여뻔지겠다고 생각헌당께. 믿을랑가 몰르겄지만, 인자 다시는 안 그럴 것이여. 내가 죽었다는 소식을 들으믄 다시 또 그래서 지가 스스로 죽었능 갑다 허고 잘 죽었다고 생각혀. 참말이여. 더 이상 그런 기분을 못 견디겄어. 오늘도 영주만 아니었으믄 죽었을

랑가도 몰라. 인자는 춤바람이 아니라 무신 지랄을 혀도 내비 둘 것이여. 내가 살아야 허겄은께 말여."

더 이상 다른 말을 할 필요가 없었다. 그래서 나는 화제를 돌려 옛날 이야기를 끄집어냈다. 삼촌은 금방 노랑 샤쓰로 되돌아가서 즐거워하더니 마침내 주위를 아랑곳하지 않고 큰 소리로 「노란 샤쓰의 사나이」를 불렀다. 새삼스럽게 술잔을 부딪치며 건배를 하고 나서 내가 무심코 말했다.

"오다가 금은방에 들렀어. 그런데 정옥 언니도 많이 변했더라구. 내가 삼촌 만나러 간다니까 시삼촌이 여기 사냐고 묻잖아? 기가 막혀서……."

"뭣이 기가 막혀. 그럴 수도 있는 것이지."

"다른 사람도 아니고 언니가 그러면 안 되지."

"허어!"

갑자기 삼촌은 술잔을 소리 나게 내려놓으면서 정색을 했다. 내가 당황해서 입을 다물어버리자 삼촌은 잔을 가득 채워 단숨에 마셨다. 술김 때문이었을까. 잔을 비운 삼촌은 험악한 표정으로 나를 노려보면서 나직한 목소리로 말했다.

"방 여사가 말이여, 왜 춤바람이 난 줄 알어? 아무리 세월이 흘러도 금은방만 쳐다보믄 가슴팍에 불덩이가 솟구친다는 것이여. 그게 무신 지랄이여? 아들내미를 둘이나 낳고 잘 묵고 잘 사는디 워째서 거그를 쳐다보믄 불덩이가 솟구치냐고. 지 혼자나 품고 있으믄 또 몰라. 잊어뿌릴만 허믄 잊어뿌리지 말라고 그라는디 사람이 살 수가 없당께. 내가 금은방집보다 부자가 되았으믄 방 여사가 그런 지랄병이 생겼겄어? 나는 고것이 참을 수 없당께. 나는 안 그려. 내 자식은 나겉이 살게 안 헐라는 생각 뿐이여. 그럴라고 얼매나 기를 쓰고 살았는디. 참말로 내가 욕봤네. 그래서 이만큼 허고 사는 내가 얼매나 대견허고 자랑스러운지 몰라. 그란디 워째서 이 지지리도 못난 여편네가 나를 천하에 둘도 없이 처량허고 못난 놈으로 맨드는지 몰라. 그래서 내가 방 여사를 뚜들겨 패는 것이여. 차라리 천하에 둘도 없는 불쌍놈이 될라고 뚜들겨 팬다고. 그게 처량허고 못난 놈보다 낫당게. 암만, 암만, 낫고말고, 낫기만 혀? 그라는 것이 내가 사는 길이여."

그제야 나는 삼촌의 변화를 이해할 수 있었다. 새삼스럽게 삼촌을 바라보았을 때, 나는 그처럼 비장한 사내의 얼굴을 한번도 본 적이 없다고 생각했다. 어머니는 성가시고 괴롭겠지만, 아무래도 삼촌이 내게 장담한 것과는 달리 앞으로도 심심찮게 방 여사가 얻어맞았다는 소식을 듣게 될 것 같았다.

사막에서 사는 법 5

미미네가 문간방에 이사 옴으로써 나는 비로소 마음의 안정을 되찾았다. 사실 새로 셋방을 들이는 일은 그다지 특별한 일이 아니었다. 셋방을 놓기로 작정했을 때에야 그로 인한 불편함은 웬만큼 각오하는 것이고 셋방 사람들을 고르는 것도 주인 마음에 따르는 것이니 심란하기로 치자면 들어오는 사람이 더할 것이다. 그러나 그때 내게는 유난히 신경을 쓸 만한 사정이 있었다.

무엇보다도 남편의 갑작스러운 육 개월 동안의 해외 장기 출장이 문제였다. 남편과 함께 있었다면 내가 그토록 예민하게 신경을 곤두세우지는 않았을 것이다. 그리고 나는 겨우 입덧의 고통을 벗어난 스물다섯 살의 초산부였다. 첫아이를 가진 설렘과 두려움으로 신경이 예민해질 대로 예민해져 있었고, 행여 배 속의 아이에게 좋지 않은 영향이라도 끼칠까 봐 스폭 박사의 육아서를 손에서 놓지 않고 전전긍긍하고 있었다. 사람들은 여자가 아이를 갖게 되면 온 세상을 다 너그럽게 바라볼 수 있게 된다고 했다. 나도 수태를 확인하고 나서는 온 세상을 다 내 품에 안을 수 있을 만큼 넓고 깊은 가슴을 가졌다. 그런데 나는 갑자기 전사가 되었다. 내 아이에게 행여나 누가 무슨 해코지를 할까 봐 나는 온 세상을 향해 방패를 내밀고 온몸의 신경을 빳빳이 세우며 밖으로 창을 겨누었다. 그것은 순전히 내가 결혼하기 전부터 시댁의 문간방에 세 들어 살고 있던 봉자네 때문이었다. 외아들의 결혼을 앞두고 돌아가신 시어머님도, 남편의 유일한 혈육인 시누님도 봉자네를 대하는 마음은 각별했다. 시어머님은 오 년을 넘게 살았는데도 처음처럼 수더분하고 원만한 사람들이라며 결혼 전 처음으로 인사를 드리러 간 내게 일부러 봉자네를 소개시켜 주며 오히려 그들에게 나를 신신당부했다. 그래서 나는 시어머님보다도 봉자 엄마를 더 어렵게 생각할 정도로 조심스러운 마음을 갖기도 했다. 갑자기 시어머님이 돌아가셨고, 그 때문에 결혼 날짜가 앞당겨졌고, 어리둥절한 채로 보문동 스물다섯 평 한옥의 안주인이 되어 살림을 시작하게 되자 나는 봉자 엄마를 시어른처럼 의지하지 않을 수가 없었다. 다행하게도 봉자 엄마는 듣던 대로였다. 사람을 너무 좋아하는 것이 흠이라고 꼬집을 수 있었을까. 하지만 그 단점도 낯선 동네에서의 서툰 신혼살림에 도움이 되었으므로 대문을 열어놓고 수시로 들락거리는 그녀를 조금도 불평하지 않았다. 그런데 바로 그 때문에 사단이 난 것이었다. 봉자 아빠는 하루를 건너뛰어 종일 근무를 하는 택시 기사였다. 워낙 일손이 빨라서 단칸방 살림은 봉자 엄마의 늘어진 하루를 더 진력나게 만들었다. 아침 먹기가 무섭게 몰려오는 동네 여자들과의 수다도 재미가 없어졌던지 어느 날인가부터 화투놀이를 시작하더니 한 달도 안 되어서 의정부며 포천까지 원정을 다니는 진짜 노름판에 발을 빠뜨린 것이었다. 도무지 행방을 알 수 없는 봉자 엄마 때문에 발을 동동 구르며 애를 태우다가 끝내 외출을 포기하는 일이 두세 번 있더니, 결국 일이 크게 터지고 말았다. 심지어 전세금까지 노름판에 잡히게 되었으니 그동안 동네 여자들과 얽히고설키며 만들어놓은 계들은 모두 풍비박산이 났고, 그로 인해 우리 집은 그야말로 아수라장이 되어버렸다. 헛구역질로 시작된 입덧으로 눈치 챈 임신이 사실로 확인되자 입빠른 봉자 엄마에게서 소식을 듣고 우르르 몰려와 푸짐하게 축하 인사를 해주었던 동네 여자들이 불과 며칠 만에 입에 거품을 문 아귀로 변해서 온 집 안을 메우고 아우성을 치자 나는 그만 혼절해 버리고 말았다. 우리 아기……. 깨어나면서 내가 흘린 첫마디가 그 말이었다고 시누님이 전해 주었을 때 나는 왈칵 울음을 쏟았다. 다시 혼절할까 봐 주위 사람들이 걱정할 만큼 오랫동안 통곡하듯 울었던 내가 진정을 했을 때에는 수줍고 겁 많은 새댁이 아니었다. 이제 나는 내 아이를 위해서 내게 티끌만큼의 상처도 용서할 수 없었다. 하지만 나를 보호해 줄 수 있는 사람은 아무도 없었다. 벌떡 일어나 나는 온 힘을 다해서 고함을 지르며 온 집 안을 들쑤시고 있는 사람들을 밖으로 내쫓고 대문을 걸어 잠갔다. 그리고 도망간 봉자 엄마 대신 봉자 아빠를 붙들고 조목조목 따져가며 계산을 한 뒤에 내보냈다. 그런 동안 동네 여자들이며 피해자들의 성화가 경찰을 부를 지경에 이르기까지 했지만 나는 철갑을 두른 전사였다. 젊은것이 더 지독해. 아주 독종이야. 그래서 시집도 오기 전에 시어미를 잡아먹었지. 내가 지나가면 들으란 듯이 독설을 뿜어댔지만 나는 들은 척도 하지 않았다. 별의별 소리를 다 전해 들은 시누님이 아무래도 이사를 해야 되지 않겠냐고 걱정했지만 나는 임전무퇴의 전사일 뿐이었다. 봉자네 일이 터지기 직전에 떠난 남편의 전화를 받아도 나는 태연하게 평안하고 무사함을 위장했다. 그러나 아무도 물 한 모금도 못 넘기면서 목구멍의 핏줄이 터지도록 구역질을 하는 고통을 눈치 채지 못했다. 신기하게도 극심하던 입덧은 미미네를 문간방에 들이기로 작정한 날 고개를 수그렸다.

 이 동네 사람이 아닐 것. 드나드는 객식구들이 없을 것. 나는 그 두 가지 조건을 철저하게 가리며 셋방 사람을 구했다. 미미네는 고향인 충청도에서 개인 사업을 하다가 실패를 하고 서울에서의 재기를 꿈꾸며 일가를 이끌고 올라온 터라서 그런 조건에 썩 걸맞았다. 시누님은 꺼림칙하다고 했지만, 일이 없어서 당분간 미미 아빠가 집에 있는 것도 내게는 오히려 든든한 수문장을 둔 것처럼 다행할지도 몰랐다. 아무튼 스물다섯 평 한옥의 문간방에 세 들어오는 사람들의 형편이라는 것이 다 고만고만해서 완벽하게 내 마음에 드는 집을 구할 수는 없었다. 다섯 살인 미미와 두 살 터울인 남동생을 둔 미미 엄마는 첫눈에 서른두 살이라는 나이보다 다섯 살은 더 들어 보였다. 뚱뚱한 몸매며, 화장기가 전혀 없는 맨 얼굴이며, 빗질을 했거나 안 했거나 마찬가지인 머리매무새며, 도무지 외모에 신경을 쓰지 않는 소탈

한 성격이 그녀를 나이 들어 보이게 하는 것 같았다. 게다가 간간이 고향 사투리를 내보이며 도무지 급할 것 없이 길게 늘어지는 말투라니…….

"객식구도 형편 좋을 때 끼는 것이지유. 허기는 우리 아저씨가 발바닥에 땀 내면서 돌아다닐 때는 대문 닫아 놓을 새가 없었네요. 고향에서는 그렇게 살았지요. 그런데 그것이 다 쓸데없는 적선이더만유. 살림 기울어지니까 반질반질하던 문턱에 금방 먼지 쌓이더만요. 우리 아저씨는 기가 팍 죽어버렸지만 나는 한가해서 좋더구만요."

말투로 보아서는 더할 수 없이 게으르고 실속 없이 맹한 사람 같았지만 그렇게만 생각했다면 나는 고개를 흔들었을 것이다. 나는 첫눈에 그녀가 만만하게 볼 수 없는 사람이라고 느꼈다. 그것은 그녀의 옴팡진 눈 때문이었다. 유난히 도톰한 눈두덩이 속에 쌍꺼풀이 숨겨진 작은 눈은 아무렇게나 흐트러진 그녀의 외모를 무리 없이 수습해 주었다. 미미네가 이사 오던 날 나는 내 눈썰미에 자신감을 가졌다. 우선 미미 아빠 때문이었고, 미미 남매와 풀어놓는 살림살이 때문이었다. 뜻밖에도 미미 아빠는 한마디로 그녀에게 과분한 남자였다. 어느 한 군데 군살 없이 매끈한 체격에 제법 잘생긴 얼굴이었다. 살짝 뒤를 세운 옷깃이며 아무렇게나 걷어 올린 것 같은 옷소매며, 이사 오는 날인데도 빳빳하게 날이 세워진 바지며 까무잡잡한 얼굴색을 돋보여주는 새하얀 티셔츠며, 도무지 미미 엄마에게서는 상상할 수 없는 남편의 모습이었다. 두 아이들도 머리에서부터 발끝까지 방금 명절 나들이 준비를 마친 것처럼 말끔했다. 용달차에서 내리는 살림들도 장롱에서부터 조그만 냄비에 이르기까지 모두 다 반질반질했다. 미미 엄마는 남편과 두 아이를 멀찌감치 떨어져 있게 하고는 느릿한 말투로 용달차 기사를 아주 요령 있게 부렸다. 미미 아빠의 힘을 빌린 것은 고작 장롱을 옮길 때 보탠 것뿐이었다. 미미 아빠는 건너편 집 담 앞에 두 아이의 손을 양손에 붙잡고 서서 조금 겸연쩍은 표정을 내보이며 큰 눈을 끔벅거리기만 했다. 미미 아빠의 입이 열리는 것은 담배를 피우기 위해 벌렸을 때뿐이었다. 보다 못한 용달차 기사가 멀쩡한 남자가 보고만 있다며 야단을 치자 미미 아빠는 얼굴을 붉히며 어쩔 줄 몰라 했다. 대신 미미 엄마가 되받아쳤다.

"옴마, 보기도 아까운 신랑을 어떻게 부려먹는데유."

"아깝기는 제길…… 그 기운을 어디다 써먹으려고 아끼슈?"

"아저씨는 장가 안 가셨나요?"

"장가 안 갔으면 내가 용달차 끌고 남의 짐 날라주는 고생을 왜 하겠수? 다 처자식 먹여 살리자고 하는 짓이지."

"장가간 남자들 힘이 처자식 먹여 살리는 데만 쓰인대유?"

"그거야 두말하면 잔소리지만 이런 대낮에 들먹거릴 말이 아니잖수."

"그러면서 남의 신랑 기운 써먹을 데 없을까 걱정하신대유?"

그 말에 미미 아빠가 애들 손을 잡고 옆으로 돌아섰고, 용달차 기사는 그만 웃음을 터뜨리며 두 손을 들고 말았다. 듣기 민망해서 나도 슬그머니 고개를 돌리고 안으로 들어갔다.

"아무리 바깥일을 안 한다고 안팎 없이 부리면 안 되지요. 생각 없이 집안일 시키다 보면 습관 되지유. 언제라도 밖으로 일

나갈 양반인데 준비하고 있어야지요. 우리 아저씨는 이러고 있을 사람이 아녀유. 제가 잘 알지요."

밤늦도록 마당의 수돗가에서 뒷설거지를 하고 있던 미미 엄마가 화장실에서 나와 손을 씻는 내게 느닷없이 그렇게 말했다. 하마터면 못 알아들을 뻔했던 것이, 그녀는 여전히 물소리를 내며 설거지를 하고 있었고 그녀의 말투는 여전히 게으르게 늘어졌다. 나는 점점 더 그녀가 마음에 들었다. 그래서 나이 어린 내게 그만 말을 놓으라고 부탁했다. 그녀는 여전히 물소리를 내며 느릿하게 말했다.

"엄연히 주인집 셋집 계약하고 만났는데 지킬 것은 지켜야지요. 안 그러면 우리 애들이 어려워할 줄 모르고 천방지축 날뛸 것이네유. 당연한 일이니까 불편하게 생각하시지 마세요."

나는 더 이상 그녀를 방해하지 않기로 했다. 젖은 손으로 일어나려는데 그녀가 목에 두르고 있던 수건을 잽싸게 내게 건네면서 물었다.

"우리 동생이 가끔 놀러오는 것은 괜찮지요?"

"네? 아, 동생인데요, 뭘. 동생이 이 동네에 사세요?"

"아니…… 전에 살던 동네에 사는데…… 두 정거장밖에 안 되는가 봐요."

"그럼 가까운데 편안하게 드나드시라고 하세요. 아무래도 형제가 있으면 서울 생활이 덜 외로우시죠, 뭘."

"그런가유?"

그녀가 애매하게 웃었다.

미미네가 들어옴으로써 한바탕 폭풍이 지나간 것처럼 집 안은 고즈넉해졌다. 문간방에서 마당으로 들어서는 문턱 높은 유리문만 닫아놓으면 미미네와 함께 살고 있다는 사실을 실감할 수 없었다. 미미네 식구들과 마주치는 때는 내가 마당에 있을 때뿐이었다. 대문을 드나들면서도 좀처럼 문간방 식구들의 인기척을 느낄 수가 없었다. 일주일 동안 미미 아빠와 마주친 것은 고작 서너 번 정도였는데, 그때마다 그는 황급히 눈을 내리깔고 자리를 피했다. 하기는 미미 아빠의 사정이 나이 어린 안주인과 상대하기가 여간 곤혹스럽지 않을 터였다. 가끔 미미네에서 들려오는 소리에도 그의 목소리는 빠져 있었으므로 나는 미미 아빠가 매우 소심하고 얌전한 성격이라고 생각했다.

조용하던 문간방이 조금 소란스러워진 것은 일주일이 지난 후였다. 책을 읽다가 설핏 잠이 들었던 나는 뭔가 집 안을 떼구루루 굴러다니는 소리에 깨어났다. 낮잠을 방해한 것은 군더더기 없이 매끈하면서 맑고 높은 젊은 여자의 목소리였다. 그 여자의 말에 언니, 형부라는 단어가 끼어 있어서 나는 곧바로 미미 엄마의 동생이 놀러왔다는 사실을 알아차릴 수가 있었다. 완벽하게 세련된 서울 말씨의 그 목소리는 조금 듣고 있자니 왠지 아슬아슬한 느낌이 들었다. 처음에는 동생의 목소리가 너무 고음이기 때문이라고 생각했는데, 한참 엿듣고 있다 보니 미미네 식구들 목소리와의 불협화음 때문이었다. 어쩌다 들리는 미미 아빠의 목소리는 꽤 울림이 있는 굵은 저음이었고, 미미 엄마의 한참 내려앉은 느릿한 목소리와 제멋대로 튀어나오는 두 아이의 생소리는 동생의 목소리를 마치 어설프게 급조된 합창단 속에서 안타깝게 튀는 소프라노로 만들고 있었다. 목소리만이었지만,

아무리 형제간끼리도 다르다지만 저럴 수가 있을까. 궁금한 나머지 나는 직접 동생을 보기로 했다. 화장실을 가는 척 마당으로 내려서려고 마루 끝으로 나갔는데 수돗가에 있는 자매는 미처 인기척을 느끼지 못한 것 같았다. 미미 엄마는 내 쪽으로 등을 돌리고 앉아서 상추를 씻고 있었고 동생은 바바리코트 주머니에 두 손을 넣고 서서 재재거리고 있었다. 한눈에 나는 두 사람의 혈연관계를 의심했다. 동생의 생김새는 목소리와 다를 바 없었다. 투명하리만큼 새하얀 얼굴은 미미 엄마의 동글납작한 얼굴형과는 달리 계란형이었고, 몸매도 마른 느낌을 줄만큼 날씬했다. 두 차례의 출산을 감안한다고 해도 자매는 도무지 닮은 구석이 없었다. 목소리에서 느꼈던 아슬아슬한 느낌을 다시 느끼면서 나는 인기척을 내며 마당으로 내려섰다. 그러자 미미 엄마가 몸을 돌리면서 일어났고 동생이 고개를 돌리고 나를 바라보았다.

"동생이네요. 이사 왔다고 보러 왔고만유."

그렇다고 미미 엄마가 동생에게 인사를 하라는 말도 없었고, 동생도 갑자기 새치름한 표정으로 고개를 까딱했을 뿐 집주인에 대한 예의를 차릴 줄도 몰랐다. 제대로 대접을 받지 못해서가 아니라 그 순간 이상하게도 나는 동생에게서 불쾌한 기분을 느꼈다.

"우리 식구들이 없을 때라도 그냥 들어와서 있으라고 해도 괜찮네유. 동생도 열쇠를 갖고 있으니까 대문만 따주시면 따로 신경 안 쓰셔도 되는고만요."

그 말에 내가 알았다고 대답을 하려는데 동생이 냉큼 끼어들었다.
"이사하면서 열쇠 안 바꿨어?"
그 말을 하면서 금세 얼굴이 붉어지는 것으로 보아 동생은 성격도 언니와 영 딴판인 것 같았다.
"죄 짓고 도망 온 것도 아닌데 멀쩡한 열쇠를 왜 바꾼디야?"
"아이 참, 언니는 무슨 말을 그렇게 해?"
"미안하네 동생. 동생한테 신세 안 지려고 짐 정리 다 하고 연락했는데 괜히 오해하고 서운하게 생각했는가 싶어서 객쩍은 소리 좀 해봤고만."
"서운하기는…… 그냥 좀 궁금했지, 뭘."
그쯤에서 나는 화장실로 들어가 버렸다. 마당으로 나왔을 때에는 미미 엄마 혼자 수돗가에 있었다. 손을 씻으면서 내가 조그만 목소리로 말했다.
"형제간에 통 안 닮았어요. 다들 그렇게 말하죠?"
"친동기간이 아닌데 당연하지유."
내가 평소보다 목소리를 줄였는데도 미미 엄마는 오히려 평소보다 큰 목소리로 대답했다.
"네? 그럼 그냥 친척이군요."
"그게 아니라…… 그냥 친동기처럼 지내는 사인디유, 우리가 서울에 와서 처음 살던 집에서 같이 살면서 친하게 지냈지요."
"아, 난 또…… 어쩐지 너무 안 닮았다 했죠."
"웬만한 형제보다도 이웃사촌이 낫다더만유. 우리 아저씨도 없는 처제 생겼다고 얼마나 좋아하는데요. 애들도 이모라고 좋아라 하네요. 지도 언니 소리 들으니까 좋구만유. 참하게 생겼지요?"

　나는 애매하게 웃어 보이면서 건성으로 고개를 끄덕거렸다. 참하기는커녕 도무지 동생에게서는 호감을 느낄 수가 없었기 때문이었다. 그래서 나는 친동생이 아니라는 사실을 다행스러워했다. 애써 동생에게 호감을 갖지 않아도 될뿐더러, 굳이 마음에도 없는 친절을 베풀지 않아도 된다고 생각하니 조금 전 이상하게도 다시 느꼈던 아슬아슬한 불쾌감이 한결 줄어들었다. 남아 있는 불쾌감 때문에 조금 찜찜하기는 했지만 굳이 부딪칠 이유가 없는 사람이라고 생각하며 나는 그만 관심을 거뒀다. 그날 밤은 늦도록 문간방에서 웃음소리가 새어 나왔다. 통금 시간이 다 되었는데도 돌아가지 않는다고 속으로 눈을 흘기는데 대문 여닫는 소리가 들렸다.

　그 후로는 동생의 출입이 빈번해졌다. 아침 식전이고 무료한 한낮이고 통금 시간이 임박한 시간이고 가리지 않고 동생의 불안하게 높은 목소리를 들을 수 있었다. 우리 집의 고즈넉한 분위기를 깨뜨리는 것은 동생의 목소리뿐이었다. 그래서 어느 때는 귀에 거슬리기도 했지만, 어느 때는 지루함을 덜어주기도 했다. 동생의 출입이 잦아지면서 미미 엄마는 나를 볼 때마다 동생에 대한 이야기를 했다. 이야기의 대부분이 동생을 칭찬하는 내용이었는데, 아마도 내가 그리 호감을 갖고 있지 않다는 것을 눈치 채고 있었던 듯싶었다. 사실 나는 아무리 미미 엄마가 동생을 칭찬해도 처음의 불쾌한 감정을 덜어낼 수가 없었다. 스물여섯 살의 처녀가 단지 남동생의 서울 유학을 위해서 부모 곁을 떠나 알뜰하게 남동생을 뒷바라지하고 있다는 것만으로도 미미 엄마는 입이 마르게 칭찬을 했지만 나는 생각이 달랐다. 그만한 용모에, 그만한 나이에 도대체 무슨 사연이 있기에 남동생 치다꺼리로 허송세월을 보낼까…… 그리고 아무리 시간이 남는다고 젊은 부부의 단칸방에 끼어들어 밤늦도록 시시덕거린단 말인가. 그 시간에 책을 보든지, 가발 공장이라도 다니며 용돈을 벌든지, 아니면 데이트를 하든지, 그도 저도 아니면 차라리 잠을 자든지…… 그러나 미미 엄마는 생각이 달랐다.

"나이보다 생각이 깊어요. 우리가 낯선 객지에서 마음고생 하는 것을 아는 것이지요. 그리고 동생은 우리 아저씨가 너무 안됐다고 생각해요. 이러고 썩고 있기는 너무나 아까운 사람이라고 얼마나 안타까워하는데요. 임의로우니까 저보고 동생이 그래요. 형부가 언니하고 살기에는 너무나 아깝다고요. 그러니까 저더러 형부한테 잘하래요. 돈 못 번다고 구박해도 안 되고, 무시해도 안 된대요. 그런 말 들으니까 속으로 기분이 좋더만유. 나는 잘났는데 남편은 안 그렇다는 말을 듣는 것보다 훨씬 좋은 것이지유. 우리 아저씨를 남이 그렇게 제대로 알아주니까…… 우리 아저씨가 이렇게 맥없이 살 사람은 정말 아니지요. 고향에서는 학생 시절부터 모르는 사람이 없었어요. 잘생기고, 똑똑하고, 그래서 지가 중학교 다닐 때부터 우리 아저씨를 쫓아다녔다니까요. 지금은 이래도, 결혼하고 그동안 호강 할 만큼 호강했네요. 돈도 잘 벌어다주니까 쓸 만큼 쓰고 살았네유. 그런데 사람이 너무 착해서 여기저기에서 사기를 당하다 보니 살림이 남아나지 않더만요. 그런 속을 동생은 잘 알아주더만요. 나이도 어린데 속이 깊다니께유. 언니가 무뚝뚝해서 형부를 쓸쓸하게 만든다고 남동생한테 혼나가면서도 밤중까지 놀아주고 가잖아요. 한집에서 살 때는 통금이고 뭐고 상관없이 나는 먼저 쓰러져 자고, 자다보면 언제 가고 없고 그랬다니까요. 보기엔 서울 말도 해서 영락없는 서울 깍쟁이 같지만 바탕이 시골 사람이라 그런지 속이 참 깊다니께유."

미미 엄마가 그렇게 입이 마르도록 칭찬하는 데는 무리가 없었다. 내가 보기에도 동생은 미미네 식구들을 알뜰하게 보살폈다. 미미 엄마가 집에 없어도 아무 거리낌 없이 팔을 걷어붙이고 일을 했고, 아이들에게도 친엄마처럼 임의롭게 잔소리를 늘어놓으며 치다꺼리를 했다. 그래도 나는 좀처럼 동생에게 호감을 가질 수가 없었다. 동생은 미미네 식구들이 아닌 사람에게는 적의를 느낄 만큼 도전적인 자세를 보였는데, 집주인인 내게조차 그런 태도를 보이는 것은 이해하기 어려웠다. 가령 같이 수돗가에서 물질을 하고 있을 때, 미미 엄마라면 내가 어느 정도 일을 끝낼 때까지 기다리는 반면 동생은 물 한 바가지도 양보하지 않고 쌀쌀맞은 표정으로 기어코 먼저 일을 끝내고 물러났다. 미미나 남동생에게 말 한마디라도 건네면 어느 틈에 끼어들어서 저만큼 데리고 가기가 일쑤였고, 미미 엄마와 세금이며 일상적인 계산에 대해서 이야기하고 있다 보면 날카로운 동생의 눈빛이 내 안면을 따갑게 쪼아대니 그야말로 주는 것 없이 밉다는 심정이 바로 동생에 대한 나의 마음이었다. 그렇다고 해서 드러내놓고 뭐라고 할 수도 없어서 은근히 속을 끓이기만 했다. 그런데 어느 날 밤늦게 광에 연탄을 가지러 마당으로 나갔다가 문간방에서 들려오는 소리에 나는 질겁하고 말았다. 그날도 밤늦도록 문간방에서는 초저녁부터 시작한 화투놀이가 끝나지 않고 있었다. 그런데 그날의 벌칙은 팔목을 때리는 것이었던지 미미 아빠에게 팔목을 잡힌 동생이 듣고 있는 내 몸이 단번에 스멀스멀해지도록 교태를 부리며 엄살을 떨었다. 그래서 십 분도 넘게 미미 아빠는 벌칙을 가하지 못하고 쩔쩔매고 있었다. 도대체 미미 엄마는 어디 간 거야……. 도무지 미미 엄마의 목소리가 들리지 않아서 두 사람만 있다고 짐작한 나는 애를 태웠다. 내가 인기척이라도 내야겠다고 생각할 때 비로소 미미 엄마의 태평하게 느릿한 목소리가 들렸다. 얼른 때리지. 동생 팔뚝 늘어나겠네……. 순간 나는 동생에게가 아니라 미미 엄마에게 화가 났다. 어떻게 그런 지경을 빤히 바라보면서 그런 말밖에 할 수가 없는가. 한두 번 그런 화투를 치는 게 아닌 것 같은데 그런데도 어떻게 동생을 그토록 입이 마르게 칭찬을 할 수가 있는가. 그렇게 무감각하니 저런 남편을 두고 엉망으로 흐트러진 몸매를 태평하게 굴리고 있지……. 갈수록 태산이라더니, 그날 밤 미미 엄마는 동생의 안전한 귀가를 위해 미미 아빠를 억지로 등을 떼밀어 함께 내보냈다. 실랑이 끝에 대문 소리가 났고 동생의 목소리가 들렸다.

"그런데 형부가 통금에 걸리면 어떡하지?"

"그럴 것 같으면 거기에서 재워야지. 오다가 걸려서 파출소에서 자는 것보다 낫지. 안 그래, 여보?"

"언니, 나야 상관없지만 형부가 불편해서 그러시려고?"

"동생이 붙들기 나름이지. 애들 깨겠네, 얼른 나가. 동생, 나 안 나가니까 잘 가."

대문 닫는 소리가 들리자마자 문간방 문을 여닫는 소리가 이어졌다. 마루 끝에서 고개를 길게 빼고 내다보니 이미 문간방은 어두워져 있었다. 둔감하기 짝이 없는 미미 엄마 대신 내가 미미 아빠가 통금 안에 돌아오기를 기다려야만 했다. 나는 마루 끝에 쪼그리고 앉아서 미미 아빠의 탈 없는 귀가를 기다리며 도무지 자신을, 그리고 자기 아이들을 지킬 줄 모르는 미미 엄마를 어떻게 깨우쳐줄 것인지를 궁리했다. 미미 아빠는 통금 사이렌이 울림과 동시에 대문을 두드렸다. 그 소리에 나는 비로소 마음을 놓았다. 벌써 잠이 들었는지 미미 엄마는 안집에 들릴까봐 미미 아빠가 조심스럽게 대문 두드리는 소리를 좀처럼 듣지 못한 것 같았다. 결국 내가 대문의 빗장을 풀었다. 얼마나 급하게 뛰어왔던지 미미 아빠는 가쁜 숨을 진정하느라 내게 제대로 말을 하지 못하고 헉헉거리며 연신 허리를 굽혔다. 다음 날 아침 나는 미미 엄마로부터 지난밤 수고에 대한 대가로 맛깔스러운 김치 한 포기를 받았다. 너무나 태평하고 느긋한 미미 엄마를 보자 문간방 식구들을 걱정하느라 밤을 설친 나는 공연히 민망해져서 인사를 하는 둥 마는 둥 고개를 돌려버렸다. 아무래도 섣불리 건드릴 일이 아니었다. 나는 그만 미미 엄마를, 적어도 미미 엄마가 나보다 훨씬 더 많은 세월을 앞서 살고 있는 선배라는 사실을 믿기로 했다. 그러나 감시를 소홀히 하겠다는 생각은 추호도 없었다. 미미네의 불상사가 초산부인 내게 끼칠 영향을 생각하면 오히려 둔감한 미미 엄마의 몫까지 내가 떠맡아야 할 판이었다.

여름이 가까워지면서 내 신경을 건드리는 일은 더 자주 생겼다. 방에서만 있을 수 없는 계절이 되자 굳이 귀를 기울이지 않아도 열린 방문으로 웬만한 소리를 다 들을 수 있게 된 데다가 수돗가가 있는 마당에서 서로 부딪치는 일이 많아졌기 때문이었다. 어쩌다 나들이를 간다고 나설 때도 미미 남매의 손은 어김없이 동생과 미미 아빠가 차지했고, 뒤에서 찬합이며 음식 보따리를 들고 어슬렁어슬렁 쫓아가는 미미 엄마의 펑퍼짐한 차림새는 한 가족의 단란한 봄나들이 풍경에 배경으로 잡히는 인물에 불과했다. 게다가 날이 더워지면서 미미 엄마는 왜 그리 자주 아프게 되는지……. 미미 엄마가 방에서 꼼짝하지 않고 누워 있는 날이면 동생의 목소리는 팽팽한 고무공처럼 하루 종일 온 집안을 제멋대로 튀기며 돌아다녔다. 동생의 옷차림만 아니면 귀머거리 흉내를 내며 참을 수 있었다. 무릎에서 껑충 뛰어 올라간 미니스커트며, 목이 깊게 파인 하늘하늘한 블라우스며, 긴 생머리를 맵시 있게 틀어 올려 하얗게 드러난 목덜미며, 누가 봐도 이제 막 데이트를 하러 나가는 야한 옷차림이었다. 그런데도 동생은 용케 그런 옷차림으로 온갖 집안일을 다 해냈다. 그러니 여자인 내가 보아도 아슬아슬하기 짝이 없는 선정적인 자세가 될 수밖에 없었다. 더 가관인 것은 수시로 형부를 불러대며 도움을 청하는 것이었다. 미미 아빠가 단번에 응하는 일은 없었다. 동생이 부르잖아요, 라고 미미 엄마가 채근을 하고 나서야 못 이기는 척 방을 나오곤 했다. 하물며 상추를 씻을 때도 심상치 않은 수작을 부렸다. 형부, 이것 봐요, 참 예쁘죠? 하면서 물에서 막 건진 상추를 들고 미미 아빠에게 보이다가 느닷없이 손을 흔들어서 물을 튀기며 혼자 좋아하며 까르르 웃었다.

그러면 미미 아빠는 깜짝 놀라며 뒤로 물러서다가 내 눈치를 보고는 벌어지던 입을 다물고 슬그머니 돌아섰다. 나는 차라리 봉자네가 있을 때가 그리웠고 동네 여자들과 단절해 버린 것을 후회했다. 아마도 동네 여자들의 시선과 입질이 무서워서라도 동생이 지금처럼 드러내놓고 엉큼한 수작을 부리지는 못하리라 싶었다.
 너무 내가 예민해지는 게 아닌가 싶어서 그만 외면해 버리자고 생각했다가도 마음과는 달리 동생의 목소리가 들리기만 하면 어느 새 내 오감의 촉수는 혀를 날름거리며 뻗어나갔다. 동생이 허벅지가 그대로 드러나 보이는 새빨간 미니 원피스를 입고 온 날, 나는 참다못해 미미 엄마의 마음을 은근히 들쑤셔 보기로 했다. 그날도 둔감한 미미 엄마는 엉큼한 속셈이 빤히 들여다보이는 옷차림의 동생을 그리 크지도 않는 단칸방에 남편이며 아이들과 함께 모셔놓고, 수돗가에 아예 목욕탕 의자를 깔고 앉아서 커다란 고무 대야 가득히 빨랫감을 쌓아놓고 씩씩거리며 기운을 낭비하고 있었다. 심심하다며 도와주는 척 옆으로 다가앉아 미미 엄마가 힘껏 비벼놓은 빨래를 건네받아 헹구면서 넌지시 말을 건넸다.
 "두 분 사이가 참 좋으신가 봐요."
 "아유, 무슨…… 남들보다 특별히 좋을 게 있나요?"
 "이사 오신 후로 한 번도 두 분 사이에 듣기 안 좋은 말이 소리가 오가는 것을 못 들었어요. 심지어 애들 야단치는 소리도요."
 "뭐 그럴 일이 있어야지유. 그리고 워낙 우리 아저씨가 사람이 좋아서요."

"제가 보기엔 아주머니가 워낙 무던하신 것 같던데요. 아주머니는 옛날로 치자면 큰 대문 집 안방마님이세요. 왜 있잖아요, 웬만한 일에는 눈도 돌리지 않는, 예를 들자면 주인어른이 첩을 집 안에 들여도, 아니 그냥 얼른 생각하자니까 그렇단 말이죠, 오히려 금침까지 깔끔하게 봐주시는 그런 대범하신 안방마님 말예요."

눈치를 보느라 가까스로 거기까지 말을 이어갔는데 더 이상은 어려웠다. 다행하게도 미미 엄마는 내 의도를 눈치 채지 못한 것 같았다. 큰 대문 집 안방마님이라는 말에 함박웃음을 감추느라 비누 거품이 잔뜩 묻어 있는 손으로 입을 가리며 머리를 살래살래 젓더니, 살그머니 웃음을 뒤로 감추며 진지한 표정으로 나직하게 말했다.

"다들 그렇게 보는데요, 사실은 제가 좀 문제가 있어요."

내가 의외라는 표정을 내보이자 미미 엄마의 목소리가 한층 더 낮고 작아졌다. 나는 미미 엄마의 입에 가까이 귀를 들이댔다. 미미 엄마가 자기 아랫배 쪽을 가리키며 속삭였다.

"미미 동생 낳고 나서 그걸 들어냈어요. 안 좋은 혹이 생겨서요. 그게 잘못 되었는지 그러고 나서는 밤이고 낮이고 영 생각이 없어요."

내가 무슨 말인지 알아듣지 못하자 미미 엄마가 눈을 찡끗해 보이며 손가락 두 개를 엑스 자로 꼬았다. 확 달아오른 얼굴을 옆으로 돌리면서 기어들어 가는 소리로 물었다.

"그게 무슨 큰 문제가 되나요?"

"새댁은 아직 몰라서 그래요. 그러니까 신랑하고 떨어져 있지요. 이제 애를 더 낳고 나면 큰 문제인지 아닌지 알게 되지유. 아무튼 나는 시늉만 하고 살아유."

나는 오히려 전보다 더 미미 엄마를 이해하기 어려웠다. 그렇다면 동생에게 더 예민하게 신경을 곤두세워야 하지 않는가.

"그래도 우리 집은 잘 살아요. 자랑하는 것이 아니라 새댁이 본 대로 실제로 잘 살아요. 우리 아저씨도, 나도 별문제가 없네유. 물론 내가 아저씨한테 좀 미안하기는 하지만, 행여나 그런 생각 할까 봐 얼마나 마음을 쓰는지 이제는 미안하다는 마음도 잊어버리고 사네유. 그리고 마음먹기 따라서 천국이 되고 지옥이 되더만요. 아무리 용을 쓰고 덤빈다고 해결되는 것이 아니더라고요. 괜히 헛기운만 쓰고 나자빠진다니께유. 총이나 화살이 없어도, 손가락 하나만으로도 얼마든지 호랑이를 잡을 수가 있다고 나는 생각해요."

그렇다면 이제 더 이상 내가 신경을 곤두세울 필요가 없었다. 미미 엄마가 말한 것처럼 나야말로 괜히 헛기운만 쓴 꼴이었다. 그만 눈도 귀도 닫아버리자고 마음먹었다. 나는 동생이 오면 얼른 마루문까지 닫아놓고 안방에서 좀처럼 나오지 않았다.

그런데 5월이 끝나갈 무렵에 미미 엄마가 친정에 며칠 다녀오겠다고 말했다. 내가 대뜸 물었다.

"혼자 가셔요?"

"그러네요. 아직은 우리 아저씨가 고향 땅을 밟을 만한 처지가 아니잖아요."

"애들은 놓고 가세요?"

"어머니가 애들을 보고 싶어하시니까……."

"그럼 아저씨 혼자 계신다는 거예요?"

"네? 아…… 조금도 신경 쓰시지 마세요. 혼자서도 잘해요. 그리고 가끔 동생이 와서 봐줄 텐데요."

아무래도 내 표정이 마음에 걸렸던지 미미 엄마가 미간을 좁히며 진지하게 말했다.

"우리 아저씨 때문에 걱정하지 않으셔도 돼요. 아무렴 새댁에게 해코지를 하려고요. 그동안 겪어보셔서 아시겠지만 허튼수작 같은 것은 절대로 안 하는 사람이에요. 정 마음이 안 놓으시면 누구라도 불러서 같이 있으시던가요, 아니면 친정에는 나중에 가죠."

"아. 아녜요. 그런 것이 아니라…… 다녀오세요. 괜찮아요."

미미 엄마의 엉뚱한 상상에 나는 그만 얼굴을 붉히며 얼버무렸다. 불쾌한 낯빛으로 돌아서는 미미 엄마를 바라보면서 나는 섣불리 동생 이야기를 하지 않은 것을 다행스럽게 생각했다. 그리고 공연히 미미 엄마의 상처를 건드리지 않았나 걱정스러웠다. 집을 떠나면서 미미 엄마는 또 한번 내게 진지하게 같은 말을 되풀이했다.

미미 엄마가 아이들과 시골로 내려간 뒤 이틀 동안은 문간방이 조용했다. 사흘째 되던 날, 남편에게 소포를 부치려고 버스를 타고 시내 중앙 우체국에 다녀온 나는 대문 앞에서 동생의 목소리를 들었다. 순간 나도 모르게 잠자고 있던 내 촉수가 화들짝 놀라며 깨어났다. 동생이 대문을 열어주자 나는 짐짓 놀라는 표정을 지으며 무심코 내뱉는 것처럼 말했다.

"어머나, 웬일이세요? 아저씨 혼자 계실 텐데……."

금방 세수를 한 것처럼 깨끗한 동생의 얼굴을 빤히 들여다보면서 능청을 떨었다. 그러나 동생은 만만한 상대가 아니었다.

"안 그래도 내려가면서 언니가 부탁을 하셨어요."

나는 옷을 갈아입는 둥 마는 둥 허겁지겁 억지로 빨랫감을 만들어서 잔뜩 팔에 들고 마당으로 나왔다. 그러고는 유난스럽게 소리를 내며 일을 시작했다. 문간방은 문이 닫힌 채로 아무런 기척이 없었다. 거칠게 문간방 쪽으로 빨래를 털면서 귀를 기울였지만 도무지 아무런 소리도 들을 수가 없었다. 한참 만에서야 동생이 나오더니 밖으로 나갔다. 그제야 한시름을 놓으려는데 이번에는 미미 아빠가 나간다며 대문을 걸라고 말했다. 미미 아빠는 저녁 무렵에 혼자 돌아와서 착실하게 손수 밥을 지어먹었다. 다음 날에도, 그 다음 날에도 동생은 오지 않았고, 미미 아빠는 점심 무렵이면 외출을 했다가 저녁에 돌아왔다. 다음 날은 내가 외출을 했다. 갓 결혼한 친구 집에 놀러갔다가 해가 저물 때 동네로 들어서는데 봉자네와 유별나게 친했던 미장원 여자가 가게 앞에 서 있다가 나를 보더니 팔목을 잡아끌며 안으로 들어갔다.

"그렇게 혼나고도 아무한테나 방을 내주었어?"

그 말에 가슴이 철렁 내려앉았다.

"왜요? 또 계가 깨졌어요?"

"아이고, 새댁이 이렇게 세상 물정을 모르니…… 그런 일이면 차라리 낫지. 아유, 흉해라."

갑자기 미장원 여자는 바깥을 새삼스럽게 살피더니 아무도 주위에 없는데도 내 귀에 대고 소곤거렸다.

"문간방 남자 말이야. 그 처녀하고 목욕탕에서 나오더라고."

나는 무슨 말인지 몰라서 멀뚱멀뚱 미장원 여자를 쳐다보았다.

"그 집에 드나드는 처녀 있잖아. 그 여자하고 목욕탕에서 나오더란 말이야."

"왜 두 사람이 목욕탕에서 나와요? 아, 둘 다 목욕하러 갔군요."

"에그, 답답하기는…… 하기는 새댁이 어떻게 알겠어. 가족탕 몰라? 남자 여자 같이 들어가는 데 말이야. 그런데 어쩌자고 그 두 사람이 거기를 들락거리냐고."

순간 나는 너무나 놀라서 아무 말도 할 수가 없었다.

"배짱도 좋더만. 아무도 아는 사람이 없다고 이 동네 목욕탕에 가? 한 번이 아냐. 벌써 어제 그저께 두 번이야. 세상에, 대낮에 그게 무슨 해괴한 짓이야? 아무튼 새댁이 골치 아프게 생겼어. 그런 일은 함부로 끼어들 수도 없고, 그렇다고 그냥 두고 볼 수도 없고 말이야."

다리가 후들거려서 어떻게 집에 왔는지 모를 지경이었다. 가슴은 콩닥콩닥 뛰고, 얼굴은 연신 화끈거리고, 팔다리는 후들거리고, 온몸에 기운이 다 빠져서 나는 대문 앞에서 한참 동안 쪼그리고 앉아 있었다. 얼마나 혼이 나갔던지 대문을 열어주는 동생을 보고도 멍하니 바라보기만 했을 정도였다. 동생은 뻔뻔하게도 말짱한 얼굴로 나를 흘낏 쳐다보더니 냉큼 도로 방으로 들어가 버렸다. 오히려 내가 차마 문간방을 쳐다볼 수가 없어서 눈을 내리깔고 재빨리 안으로 들어갔다. 두 번 다시 두 사람을, 아니 미미 엄마까지도 볼 수가 없을 것 같았다. 방에 틀어박혀 가까스로 마음을 진정시킨 뒤 나는 곰곰이 생각했다. 의심을 갖기는 했지만 막상 일이 그 지경이 되고 나니 너무나 엄청나서 어떻게 해야 좋을지 몰랐다. 어쨌든 미미네를 내보내야 한다는 결론은 내렸지만 그 다음이 문제였다. 한참을 궁리한 끝에 나는 직접 내가 사실을 확인해야 한다고 작정했다. 동네 여자 말만 듣고 섣불리 한 가정을 위태롭게 만들 수는 없었다. 다시 가슴이 세차게 뛰었지만 배 속의 아이를 생각하면 한시라도 머뭇거릴 수가 없었다. 나는 어금니를 악물고 발소리를 죽이며 마당으로 나와 문간방을 살폈다. 이미 어두워졌는데도 문간방은 불이 켜져 있지 않았다. 혹시라도 들킬 경우를 대비해서 빨랫줄에 걸려 있는 옷을 두 손으로 붙들고 귀를 기울였다. 문간방에서 흘러나오는 소리를 듣는 순간 나는 하마터면 주저앉을 뻔했다. 기묘하게 흐느적거리는 신음소리는 분명히 동생의 목소리였다. 몸이 움직이는 소리, 미미 아빠의 거친 숨소리, 뭔가 부딪히는 작은 소리……. 그만 돌아서야 한다고 생각했지만 내 발은 강력한 접착제를 붙인 것처럼 바닥에서 꼼짝하지 않았다. 동생의 흐느끼는 듯한 신음소리가 이어지더니 갑자기 조용해졌다. 그리고 뭐라고 두 사람이 주고받는 말소리가 들리자 나는 부리나케 안으로 들어갔다. 미안해, 미안해…… 불도 켜지 못하고 나는 깜깜한 어둠 속에서 무릎을 꿇은 채로 두 손을 잡고 배 속의 아이에게 연신 중얼거렸다. 대문 소리가 들렸는데도 나는 숨소리도 죽이고 그대로 있기만 했다.

 다음 날 오후 늦게 미미 엄마가 돌아오도록 나는 차마 미미 아빠와 마주칠 수가 없어서 방에서 꼼짝하지 않았다. 미미 엄마가 일부러 마루 앞에까지 와서 나를 불러낼 때에서야 방문을 열었다. 미미 엄마의 환하게 웃는 얼굴을 보자 왈칵 울음이 터져 나오려고 했다. 한 손으로 입을 가리며 애써 울음을 삼켰다. 미미 엄마는 친정에서 얻어온 음식을 한 아름 마루에 내려놓으며 내 안색을 살폈다.
"몸이 안 좋으셨어요?"
"아뇨. 그냥 좀…… 입덧이 도로 나타나는지……."
"저런…… 이제 예닐곱 달 되어가잖아요?"
"차차 나아지겠죠."
"별일 없으셨나 했는데…… 그래도 남이 해주는 것은 먹히니까 이것 좀 들어보세요. 우리 아저씨 때문에 신경 쓰셔서 그러신 것 아닌가요?"
"아. 아녜요. 정말 그런 게 아녜요."
"그럼 별일 없으신 거죠?"
"그럼요. 별일은……."
나는 미미 엄마를 외면하고 음식 보따리에 시선을 두며 말끝을 얼버무렸다. 적어도 하룻밤은 미미네를 평온하게 해주고 싶었다. 아이들과 미미 엄마의 목소리로 문간방이 소란스러워지자 나는 딴 세상에서 돌아온 것처럼 어제까지의 일이 까마득하게 생각되었다. 그러자 스르르 맥이 풀리면서 걷잡을 수 없이 졸음이 쏟아졌다. 제발 아니었으면…… 깨고 나면 다 잊어버렸으면……. 그렇게 나는 잠 속으로 빨려 들어갔다.
다음 날 동생이 오지 않았더라면 나는 또 하루를 미루었을 것이다. 미미네의 늦잠을 깨우며 들어선 동생을 보자 피가 거꾸로

숫구치면서 걷잡을 수 없이 화가 났다. 나는 도로 방으로 들어가 동생이 가기만을 기다렸다. 동생이 오자 미미네는 금방 소란스러워졌다. 한바탕 기름 냄새를 풍기며 점심을 차려 먹고도 동생은 해가 저물도록 깔깔거리며 방에서 함께 놀았다. 저녁까지 먹고 뻔뻔스럽게도 또 미미 아빠를 옆구리에 차고 나서는 동생을 보자 나는 더 이상 미룰 수가 없다고 생각했다. 마당에서 설거지를 하는 미미 엄마 옆으로 조심스럽게 다가가서 나는 어렵사리 말문을 열었다. 우선 나는 미장원 여자에게서 들은 이야기를 전해 주었다. 여전히 설거지를 하면서 미미 엄마는 단 한마디를 내뱉었다.

"저런……."

차마 고개를 들지 못하고 나는 떨리는 목소리로 내가 확인한 사실까지 다 털어놓았다. 허 참…… 내 말이 다 끝났을 때 미미 엄마가 허탈하게 웃었다.

"죄송해요. 그런 말을 하게 되어서……."

견딜 수 없는 마음을 나는 그렇게 표현했다. 미미 엄마는 아무 말 없이 밀린 설거지를 마저 끝냈다. 그동안 나는 참담한 마음을 붙들고 쥐 죽은 듯이 쪼그리고 앉아 있었다.

"부탁이 있는데유."

"네. 얼마든지……."

"방은 바로 비울게유. 그런데 제가 복덕방에 가서 내놓게 해 주세유. 그리고 우리 아저씨나 동생한테는 아무 눈치도 보이지 마세유. 되도록 빨리 나갈게유."

그리고 내가 뭐라고 대꾸를 하기도 전에 미미 엄마는 일감을 깔끔하게 챙겨들고 일어나 문간방 쪽으로 걸어갔다. 잘 살고 있다고 내게 그토록 장담했던 미미 엄마가 지금 얼마나 처참한 심정일 것인가. 그런 생각을 하니 말하기 전보다 더 가슴이 떨렸다. 온 신경을 귀로 모으고 벼락 치는 소리를 기다렸지만 문간방에서는 별다른 소리가 들려오지 않았다. 이상하게도 미미 엄마가 차라리 한바탕 소동을 부리며 폭발해 버리면 훨씬 내 마음이 편할 것 같았다. 그만 잠자리에 들었을 때 나는 온몸이 두들겨 맞은 것처럼 쑤시고 결리는 것을 느꼈다. 다음 날 아침에 어떻게 미미네를 대할 수 있을지 걱정스러워서 저절로 한숨이 나왔다.

미미네는 이 주일 만에 이사를 갔다. 그동안 여전히 동생은 태연하게 드나들었고, 전과 다름없이 문간방에서는 밤늦도록 화투놀이를 했다. 하지만 나는 하루도, 아니 자나 깨나 마음이 편하지가 않았다. 미미네가 이사 가기 전날 밤 나는 동생이 크게 외치는 소리를 들었다.

"언니, 형부, 잘 다녀오세요. 미미야, 동생 잘 데리고 외갓집에 갔다 와."

이사하던 날, 미미 아빠는 이사 오던 날처럼 앞집 담 앞에 두 아이의 손을 붙들고 서서 바라보고만 있었다. 미미 엄마가 떠나면서 내게 말했다.

"순산하시고 꼭 첫아들 낳으세유."

그렇게 엄청난 일을 겪은 사람치고는 너무나 엉뚱하고 천연덕스러운 인사였다.

시누님은 몇 달 안 되어서 셋방을 다시 내놓는다고 하자 내가 너무 까탈을 부리는 것이 아닌가 의심하는 눈치가 역력했다. 하지만 나는 억울한 누명을 풀자고 자초지종을 털어놓고 싶지는 않았다. 되도록 빨리 미미네 일을 잊고 싶어서였다. 문간방에는 다시 새 식구가 들어왔다. 중풍으로 몸 한쪽을 자유롭게 쓰지 못하는 친정어머니와 서른두 살의 노총각 남동생을 가까이 두고 틈틈이 살림을 돌보는 이웃 동네 아주머니가 하루에 한 번씩 왔다 가고 나면 집 안은 조용했다. 일주일쯤 지났을까. 누가 찾아왔다는 문간방 할머니의 말에 부엌에서 고개를 내밀었던 나는 대문가에 서 있는 미미 엄마의 동생을 보고 소스라치게 놀랐다.

"그냥 가려고 했는데 할머니가 부르신 거예요."

유난히 더 새하얀 얼굴을 한쪽 옆만 보여주면서 동생이 쌀쌀맞게 말했다. 동생을 보자 나는 공연히 죄를 지은 것처럼 가슴이 두근거리면서 떨렸다. 애써 천연덕스럽게 미미네가 이사한 사실을 몰랐냐고 물었다. 그 말에 그녀는 고개를 까딱하더니 나팔바지 주머니에 두 손을 넣으면서 한숨을 푹 내쉬었다. 그러더니 내게 물 한 잔만 달라고 말했다. 물 컵을 들고 나왔더니 염치 좋게도 동생은 마루 끝에 앉아 있었다. 앉은 채로 물 컵을 받더니 뚫어지라고 수돗가를 바라보면서 천천히 한 모금씩 마셨다. 어쨌든 처지가 딱하게 되었다는 생각이 들어서 묻지도 않은 말을 대답해 주었다.

"미미네가 어디로 이사를 갔는지 나도 몰라요. 어떡하죠?"

못 들었는지 아무런 반응을 보이지 않더니 내가 머쓱해서 고개를 돌리려는데 시큰둥하게 말했다.

"상관없어요. 금방 알게 될 걸요, 뭘."

그 말에 나는 그만 속내를 드러내고 말았다.
"그러면 안 돼요. 절대로 그러지 말아요."
그러자 힐끗 나를 쳐다보더니 코웃음을 치며 비웃었다.
"내가 찾으러 나설까 봐요? 흥, 그런 수고를 왜 해요? 얼마 있으면 놀러오라고 언니가 연락할 건데요."
한순간 눈앞이 아득해지는 것을 느꼈지만 도대체 무슨 말을 하는 것인지 알 수가 없었다. 조금 전 동생의 말을 몇 번이나 되풀이해 봐도 마찬가지였다. 점점 뒤죽박죽으로 헝클어지는 머릿속으로 동생의 혼잣말이 화살처럼 꽂혔다.
"좋아. 또 해보자고. 오라면 못 갈까 봐? 지가 철판 깔면 나도 철판 깐다고. 그래, 언제까지 그런 재주로 버티나 두고 보자고."
그러나 새파랗게 날을 세운 말과는 어울리지 않게 동생의 하얗게 질린 얼굴에는 두 줄기 눈물이 흘러내리고 있었다. 동생은 좀처럼 일어날 줄 몰랐다. 아무리 애를 써도 머릿속이 정리되지 않아서 나도 그대로 동생 옆에서 멍청히 서 있었다.
내가 그날 동생의 모순된 행동을 이해한 것은 몇 달 후였다. 양수가 터져서 부랴부랴 병원으로 가던 길이었다. 신호등에 걸려 서 있던 택시 안에서 잠시 진통이 사라진 틈에 길을 건너가는 사람들을 구경하는데, 왠지 낯익은 풍경이 눈에 들어왔다. 제법 잘 어울리는 멋진 남편과 아내가 두 아이의 손을 잡고 나들이를 나섰는데, 그 뒤로 두 손에 음식 보따리를 잔뜩 들고 가는 뚱뚱한 여자가 있었다. 엉겁결에 저기 미미 엄마, 라고 옆자리의 시누님에게 말하려다가 다시 시작되는 진통으로 나는 그만 신음 소리를 삼키며 입을 다물었다. 굳이 날카로운 칼을 들지 않아도, 무거운 철갑을 두르지 않아도, 그래서 전사의 흉내조차 내지 않아도, 얼마든지 철옹성을 가질 수 있다고 철석같이 믿고 있는 미미 엄마는 전보다 훨씬 더 뚱뚱해져 있었다.

사막에서 사는 법 6

 엘리베이터 문이 열리고 청양댁이 허둥지둥 걸어 나오자 현관문 앞에 널브러져 있던 왁자지껄한 소리들이 혼비백산하며 사방으로 흩어졌다. 고개를 쳐들고 현관문에 붙어 있는 숫자를 몇 번이나 확인해 보던 청양댁이 귀를 바싹 붙였다. 그래, 틀림없구나. 요것들이 여기에 다 모여 있었구나……. 묘한 쾌감이 일시에 온몸에 퍼지면서 찔끔 오줌을 지렸다. 잽싸게 가랑이를 오므라뜨리고 겉치마 위로 속바지를 끌어올린 뒤 청양댁은 초인종을 힘주어 눌렀다. 한 번, 두 번, 세 번…….
 "누구세요오. 문 열렸으니 들어오세요오."
 안에서 들려오는 소리를 들은 척도 하지 않고 청양댁은 찔끔 오줌을 지리면서 다시 초인종을 눌렀다.
 "어머나…… 세상에……."

활짝 문을 열고 고개를 내민 손자며느리가 소스라치게 놀라면서 현관문 손잡이를 놓쳐버리는 바람에 문은 요란한 소리를 내면서 닫혔다. 그 바람에 청양댁은 다시 오줌을 지리고 말았다.
"누군데 그래? 누가 오셨는데 문을 닫아버리니?"
분명히 병원에 가 있을 며느리의 목소리 때문에 또다시 오줌을 지렸다. 갑자기 안이 조용해졌다. 기다리다 못해 문을 열려는데 며느리의 얼굴이 불쑥 나타났다.
"안 그래도 아범이 점심 먹으러 들어오면 모시러 보내려던 참인데…… 아이구, 우리 어머님은 기운도 좋으시다니까. 여기를 어떻게 혼자 오셨수."
어사화를 흔들거리는 이 도령을 맞는 월매가 이보다 더할까. 유난스레 호들갑을 떨며 반색을 하는 며느리 때문에 또 오줌을 지렸다. 며느리가 어리벙벙해진 청양댁의 작은 몸을 얼싸안다시피 끌어안고 들어가자 시끌벅적하던 집 안이 순식간에 조용해졌다. 거실로 들어서자마자 여기저기에서 낯익은 얼굴들이 어설프게 웃음을 띠며 청양댁을 흘깃거렸다. 하루 종일 구석방에 쪼그리고 앉아서, 날 새기를 기다리는 지루한 잠자리에서 그토록 보고 싶어 했던 얼굴들이 한꺼번에 눈앞에 나타난 횡재를 감당하기 어려워서 청양댁은 연신 오줌을 지렸다. 축축해진 것은 아랫도리뿐이 아니었다. 인색하게 고개를 디밀고 마지못해 무릎을 꺾는 사람들 손을 억지로 잡아당기면서 금세 눈가도 축축해졌다. 이렇게 만나는 것을…… 이렇게 만질 수 있는 것을…… 집을 나설 때의 분노는 이미 씻은 듯이 사라져버렸다.
이것들을, 이 주리를 틀어도 시원찮을 것들을…….

손자마저 자신을 속였다는 사실을 깨달은 순간 청양댁은 한걸음에 달려가 온 집안을 풍비박산 내리라 작정했었다. 증손이 태어났다는 소식도 두 이레가 지난 다음에서야 알았고 아직도 상면을 하지 못했는데 하마터면 백일잔치도 놓칠 뻔했으니, 생각해 보면 정말 눈앞이 아찔할 지경이었다. 증손 얼굴도 못 보고 저승에 가게 되면 조상님들을 무슨 면목으로 뵐 수 있단 말인가.
 —종갓집 종부는 아무나 하는 게 아니다. 다 하늘이 내린 팔자이니라.
 시집오던 날부터 돌아가시던 날까지 틈틈이 그렇게 당부하시던 시아버님은 증손 얼굴도 못 보고 왔다면 그만 돌아앉으실 것이 분명했다. 제가 어찌 종부임을 한시라도 잊겠습니까. 어멈이 아직 해산 기미도 없다 하기에 그런 줄 알았고, 아범 또한 그런 경사가 있는 눈치를 눈곱만큼도 내보이지 않아서 그저 삼신할머니한테만 매달렸지요. 들며 나며 알토란 같은 친정 살림을 염치없이 빼내 가는 수희 년이 제 어멈 당부를 까먹고 입방정을 떨었기 망정이지, 구석방에 처박혀 사는 신세로 어찌 알 수가 있었겠습니까. 그러나 아무리 기막힌 사정이었다 한들 조상님들 앞에서는 한낱 구차한 핑계거리밖에 되지 않으리라. 그 또한 며느리 말을 빌리자면 모두 내 탓이 아니던가.
 —저희만 뭐라고 하실 일이 아니죠. 안사돈이 해산 간 하신다고 걔들 집에 와서 계시는데 무슨 흉을 잡히시려고 거길 가신다는 겁니까. 안사돈이 얼마나 깐깐하고 얌전한데요. 그래서 해산을 며칠 쉬쉬한 거라구요. 어머님이 바로 아셨어 봐요, 당장 증손 보시겠다고 병원에 가셨을 텐 데요. 그랬으면 속 모르는 사

람들이며 남의 말 하기 좋아하는 사람들이 얼마나 흉을 봤겠어요. 내막도 모르고 노인네를 어찌 저 지경으로 만들었냐고 우리 집안을 도마 위에 올려놓고 신나게 칼질을 해댔을 거예요. 그리고 저는 시어머니 구박하는 못된 며느리라고 홀라당 뒤집어썼겠죠. 제가 그런 억울한 소리 듣는 것은 상관없어요. 아범 체면이며, 우리 집안 체면이 뭐가 됩니까. 그러니까 백일잔치 때나 가세요.

그러니까 오줌 지리는 병 탓이고, 주위 사람들을 인정머리 없게 만드는 노인네 탓이라는 것이었다. 어쩔 수 없이 청양댁은 백일잔치만을 손꼽아 기다렸다. 그런데 아들도, 심지어 할미 불쌍한 줄 알던 손자도 백일잔치를 감쪽같이 숨기지 않았던가.

―아직 백일이 안 됐어요. 아무렴 소문 안 내고 잔치할까 봐 그렇게 성화를 하세요?

분명하게 가르쳐주지 않은 해산날을 어림잡아 백일을 손꼽은 것이 그저께였다. 아침상에서 슬쩍 며느리의 눈치를 떠보았던 청양댁은 그렇게 면박을 당하면서도 조금도 서운하지 않았다. 아무렴. 그렇겠지. 아무리 내가 볼품없이 지린내만 풍기는 노인네지만 그 녀석이 누군데 종부인 내게 그런 날을 숨길까……. 그러나 정말이지 조상님 덕분이 아니라면 종내는 헛살았을 뻔했다. 아무리 생각해 봐도 오늘 아침 둘째댁 질부의 전화를 받은 것은 조상님 덕분이었다.

아침 먹기가 바쁘게 인기척도 없이 밖으로 나가는 며느리가 오늘 아침에는 웬일인지 일부러 방문을 열고 들어와 몸살이 나서 병원에 가봐야겠다는 말을 전했다. 며느리가 나간 뒤 공연히 문단속이 의심스러워졌다. 현관문을 살피고 나서 느릿느릿 거실로 걸어가려는데 전화벨 소리가 요란하게 울렸다. 하루 종일 텅 빈 집 안을 지키고 있지만 청양댁이 전화를 받는 경우는 드물었다. 으레 내 전화가 아니려니 하고 생각하는 탓도 있지만, 며느리가 자동 응답 장치를 해놓았기 때문이었다. 늘 하던 대로 자동 응답 되는 소리를 들으려고 멀거니 전화기를 바라보는데 이상하게도 계속 벨 소리가 울리기만 했다. 한순간 무엇에 홀린 듯이 청양댁은 수화기를 들어 올렸다. 둘째댁 질부는 다짜고짜 백일잔치를 어디에서 하느냐고 물었다. 누가 또 백일잔치를 하느냐고 되묻던 청양댁이 한순간 목소리를 높였다. 그러자 이상한 낌새를 눈치 챈 둘째댁 질부가 착각을 했다면서 말끝도 제대로 맺지 못하고 허겁지겁 전화를 끊었다. 그제야 청양댁은 오늘이 아직껏 상면도 하지 못한 증손의 백일잔치 날이라는 사실을 알아차렸다. 그리고 기막히게 우연한 둘째댁 질부의 전화가 조상님(그중에서도 종부를 그토록 애지중지하시던 시아버님) 덕분이라고 확신했다.

눈가는 젖었어도 헤벌쭉하게 웃고 있는 청양댁이 사람들의 성화를 못 이기는 척 절을 받으려고 거실 한가운데에 막 앉으려던 참이었다. 가만, 가만…… 며느리가 황급히 달려오더니 엉거주춤 앉으려는 청양댁을 홱 일으켜 세웠다. 그러고는 들고 온 방석을 엉덩이 밑에 디밀었다. 고운 방석까지 챙겨주는 며느리를 의심할 겨를도 없이 그녀는 오랜만에 종부답게 꼿꼿한 자세로 거실 한가운데에 자리를 잡고 앉았다.

"성환이댁이에요. 걔는 셋째댁 며느리입니다. 지난달에 혼인

했잖아요. 아주머님이 그때 편찮으셔서 못 오셨지요."
 그래, 그래, 누군들 대수냐. 꿈이라도 좋으니 천천히 천천히 한 사람씩 보자꾸나……. 청양댁은 점점 흥건하게 고이는 눈물로 흐릿해진 시선과 갑작스러운 사람멀미에 어지러워진 눈으로 앞에서 어른거리는 얼굴들을 열심히 머릿속에 새겨놓느라 분주했다.

 어머님, 그 방석 드라이해야 되는데요.
 어이구, 드라이가 문제냐. 그래도 저 카펫을 세탁하는 것보다야 훨씬 낫지.
 드라이해도 냄새가 안 빠질 것 같아요. 아유, 이 지독한 냄새…….
 냄새 안 빠지면 내가 새로 사주마. 어떡하니. 그래도 카펫을 버리는 것보다야 훨씬 경제적이잖니. 그러니 제발 조용히 해라. 할머니 들으실라. 안 그래도 언제 소동을 부리실지 몰라서 조마조마한데…….
 며느리와 손자며느리가 식당에서 복잡한 표정을 교환하며 수군거리는 것도 모르고 청양댁은 절정에 다다른 감격을 감당하지 못해 자꾸만 오줌을 지리면서 푸짐함 절을 받느라 싱글벙글했다. 손자며느리의 절을 마지막으로 종부에 대한 예우가 끝이 났다. 청양댁은 새삼스럽게 거실 안의 사람들을 둘러보았다. 세상에 이런 보물들이 어디 있을꼬. 어느 한 사람, 어느 한구석 모난 곳 비뚤어진 곳 서툰 곳 없이 반듯한 인물들…… 이것들이 궁금해서 조상님들이 얼마나 나를 학수고대하실꼬…… 그러니 꼼꼼히 봐두었다가 눈으로 보시는 듯 자상히 말씀드려야지…… 가만 있자, 저 아이가 뉘 댁이라고 했더라. 청양댁이 도움을 받으려고 며느리 얼굴을 찾았다. 그러나 연거푸 눈 그물을 던지는 데도 번번이 허탕을 짚는 것이, 조금 전까지만 해도 빼곡하게 거실을 채웠던 사람들이 애써 청양댁의 눈길을 피하며 하나둘 슬금슬금 빠져나갔던 것이다. 마지못해 엉덩이를 붙이고 앉았던 조카가 금방 샐쭉거리는 청양댁의 표정을 읽었던지 막 점심상을 받으려던 참이었다고 변명을 했다. 청양댁이 새치름하게 오므렸던 입가를 넉넉하게 폈다. 그러고는 때맞춰 눈 그물에 걸려든 손자며느리를 불러 세웠다.

"아가, 우리 증손은 어디 있냐? 금쪽같은 우리 증손을 나는 아직 상면도 못했어. 어디 그놈 얼굴 좀 보자."

손자며느리가 난감한 표정을 내비쳤다. 그 대신 안방으로 쟁반을 들고 가던 며느리가 고개를 외로 꼬며 대꾸를 했다.

"좀 이따가 만나세요. 지금 막 잠이 들었어요. 애가 어찌나 까탈 부리는지 어미가 밤마다 잠도 제대로 못 자고 애를 쓰나 봐요. 지금도 간신히 재웠어요."

"어느 방에 재웠는데…… 애들 자는 얼굴이야 선녀지."

"어이구, 그 방엔 아무도 못 들어가요. 바람 소리에도 질겁하고 깨어나는 걸요. 창문이고 방문이고 꼭꼭 닫고 숨소리도 못 내요. 게다가 오늘은 무슨 바람이 그리도 세게 부는지 간신히 달래서 재웠어요. 애, 뭣 하니, 어서 할머니 점심 차려드리지 않고……."

손자며느리가 기다렸다는 듯이 쪼르르 주방 쪽으로 달아났다.

"그래, 피는 못 속이지. 아범 키울 때 애를 먹으니 우리 시어머님이 네 남편도 그리 애를 먹였다고 하셨지. 영민한 탓이다. 영민한 애들이 그렇게 자질구레하게 애를 먹이지. 하지만 크게 속을 썩이는 일은 없단다. 아가, 두고 봐라, 머리 좋아서 공부 잘할 것이고, 네 시아버님처럼 의사 될 거다. 네 남편도 그랬잖어. 그래서 의사 되었잖니."

이미 저만큼 가버린 손자며느리에게 청양댁은 자상하게 일러 주었다. 텅 빈 거실 한가운데 앉아서……

글쎄, 내가 실수했다니까. 노인네 생각은 까맣게 잊고 전화를 했지 뭐야.

그렇게 눈치가 없어? 노인네한테 쉬쉬하는 것 알면서도…….

미안해. 아무튼 노인네가 누가 백일잔치 하느냐고 물어보는데 큰 실수 했구나 했지. 그래도 저렇게 금방 눈치를 채고 달려오실 줄은 정말 몰랐어. 그랬으면 오자마자 얘기를 해줬지. 그런데 여기를 어떻게 혼자 오셨지? 한동안 꼼짝 못 하신다고 했잖아.

한동안은 그랬지. 돌아가시는 줄 알고 상석까지 맞췄다니까. 그런데 워낙 대가 세신 양반이라서 그런지 이내 살아나시더라고.

그래도 팔십 넘은 노인네가 어떻게 혼자 버스를 타고 오셨을까.

그러니 내가 무슨 기운으로 당해. 아직도 밥 한 그릇을 깨끗이 비우셔. 노인네가 길눈은 또 얼마나 밝다고. 한번 갔던 길은 귀신같이 알아내셔.

버스 타고 오는 동안 그 안에 탔던 사람들이 고생했겠네. 저 냄새를 어떻게 견뎠을꼬. 어유, 정말 지독하네. 밥 먹고 싶은 생각이 다 달아났어.

　사람들은 속 모르고 노인네 냄새난다고 나를 욕하지만 나도 지쳤어. 오죽하면 아침 먹자마자 뛰쳐나올까. 아이고, 나도 몰라. 그놈의 냄새가 집 안에 달라붙어서 옴짝달싹도 안 해. 돌아가시고 나면 이사를 하든지 해야지. 도배를 해도 소용없을 거야. 오죽하면 백일잔치를 숨겼을까.

　정말 고생하네. 잠시도 견디기 어려운데 매일 맡고 살아야 하니 오죽해.

　며느리가 안방에서 위로를 받는 동안 청양댁은 얌전히 거실에 앉아서 증손이 깨어나기만을 기다리고 있었다. 누구를 닮았을꼬. 할아버지를 닮았으면 이마가 훤칠할 텐데. 뒤통수는 제 아비를 닮아야 할 텐데. 에미 닮아서 코끝이 반질반질할까. 그러면 너무 인정머리 없게 보일 텐데. 코끝이야 할아버지처럼 두툼하니 가라앉아 있어야지 재복이 있지. 눈은 에미 닮으면 좋을 텐데. 시원시원하게 생겼으니……. 청양댁은 한쪽 손바닥 위에 꼼꼼히 증손 얼굴을 그렸다. 그리다가 손자며느리 얼굴이 생각나지 않아서 슬그머니 일어나 주방 쪽으로 걸어갔다. 그러나 식당 가득히 차려놓은 음식상 때문에 주방으로 다가갈 엄두를 내지 못하고 고개만 기웃거렸다.

　이게 무슨 냄새야? 아기 엄마, 무슨 음식에서 이런 고약한 냄새가 나지?

음식이 아니라 저기 할머니한테서 나는 냄새죠.
정말 지독하네. 아니 저기 계시는데 바로 옆에 있는 것처럼 지독하게 냄새가 나네. 거름 하려고 오래 묵힌 오줌장군 냄새 같아. 왜 저렇게 상 앞에서 얼씬거리실까. 시장하신가? 어쩌지? 음식에 냄새가 다 배겠어. 가서 말 좀 해요. 다른 데 가 계시라고.
이런 아파트에서 다른 데 계신다고 냄새 안 나요? 정말 속상해 죽겠네. 도대체 어머님은 뭐 하고 계시는 거야. 좀 있으면 우리 엄마랑 올케가 올 텐데. 창피해 죽겠네.
저 거실 문이라도 좀 열어놓을까 봐. 문을 닫고 있으니 냄새가 안 빠지지.
하지만 쌀쌀할 텐데요.
이제 10월인데 좀 어때. 그리고 저 냄새 맡고 있느니 감기 들리는 게 낫지. 내가 가서 열어놓을게.

파출부가 식당을 빠져나오며 청양댁을 돌려 세웠다. 거실 문이 열리자 코를 들이대며 으르렁거리고 있던 바람이 우르르 안으로 몰려들어왔다. 그 바람에 축축한 아랫도리에서 한기가 느껴졌다. 그제야 청양댁은 자신의 실수를 깨달았다.
—제발 이거라도 빠트리지 마세요. 얼마든지 사드릴 테니 꼭 꼭 챙기세요.
청양댁의 오줌소태 병에 넌더리를 내는 며느리가 궁리 끝에 종이 기저귀를 사왔다. 그래서 청양댁의 방 한구석에는 종이 기저귀 봉지가 넉넉하게 쌓여 있었다. 속옷도 종이로 만든 것이 있다고 수희 년이 제 어멈에게 속삭이는 것을 엿들었지만, 며느리는 속옷까지 종이로 대체할 생각은 없다고 단호하게 말했다. 그나마 다행한 일이었다. 수희 년 말대로 속옷마저 종이로 입게 되었다면 어쩔 뻔했는가. 큰일 본 뒤에 닦아내는 허드렛일 종이도 아까워 콩잎이며 아주까리 이파리를 한 움큼 쥐고 뒷간에 들어갔던 시절이 엊그제인데, 속옷까지 비싼 종이로 주워 입는(그나마 빨아서 입을 수도 없이 쓰레기통에 내버려야 하는) 벼락 맞을 짓을 할 수는 없지 않은가.

―제발 아끼지 마세요. 그것이나마 제대로 챙기셔야 증손도 보러 가고 하지요.

하루 쓰고 버리는 것도 송구스러워 이틀이 넘게 기저귀를 갈아 차지 못하던 청양댁은 그 말을 들은 후로 종이 기저귀 아까운 생각을 깔끔히 털어버렸다. 작년만 했어도 증손을 앞세운들 그런 간 큰 짓은 하지 않았을 것이다. 올해 들어 부쩍 자주 오줌을 지리고, 냄새며 빛깔이 점점 더해 가니 이제 조상님 뵐 날이 얼마 남지 않았다는 생각에 며느리의 성화를 순순히 따르기로 작정한 것이다.

기를 쓰고 몰려 들어오는 바람을 고스란히 맞고 서 있으면서 청양댁은 연신 진저리를 쳤다. 하필 이런 날에 기저귀를 까맣게 잊어버렸다고 혀를 찼지만, 이미 엎질러진 물이었다. 그렇다고 이대로 돌아갈 수는 없는 일이고, 그렇다고 눈길 한번 제대로 마주치지 않는 며느리를 붙들고 궁색하게 사정할 수는 없는 일이며, 그렇다고 손자며느리에게 사정한다는 것은 더욱 어렵고 난감한 일이었다. 황망히 사방을 두리번거리며 궁리해 보지만 그런 사정을 알아줄 만한 사람은커녕 눈에 제대로 들어오는 사람도 없었다. 문득 허허벌판에 맨 속곳 바람으로 내버려진 것처럼 망연했다. 한동안 거실 한복판에 구부정하게 서 있던 청양댁이 주방 쪽으로 고개를 틀었다. 점심상은 여태도 차려지지 않았는지 주방 안의 사람들이 소란스럽게 움직이고 있었다. 청양댁은 멀거니 사람들의 움직임을 바라보았다. 오늘인가, 내일인가. 혼자 애를 태우며 백일 날을 손꼽느라고 며칠 전부터는 숟가락질도 건성이었다. 오늘 아침상에서도 아들 내외의 눈치를 살피느라 헛손질만 하고 반쯤 남은 밥공기를 그대로 밀어내 놓았던 것이다. 허출한 배 속이 바람을 거슬러온 음식 냄새를 맡고 요동질을 시작했다.

"금방 오신다던 사부인이 왜 이리 늦으시냐. 한꺼번에 상을 들여가야지 될 텐데⋯⋯."

주방 쪽으로 슬그머니 걸음을 옮기려던 청양댁이 며느리의 목소리를 듣고 도로 물러섰다. 며느리의 안중에 시어미가 있을 리 없다는 것을 모르고 사는 것은 아닌데도 새삼스럽게 서운해지는 것을 어쩔 수 없었다. 가만 있자, 내가 밥 한 끼 얻어먹자고 여기를 달려왔던가. 청양댁이 흠칫 놀란다. 아들 내외며 식구들의 야속하고 치사한 행세에도 불구하고 허둥지둥 달려온 것은 그놈 얼굴 한번 보고자 했던 게 아니었던가. 행여 조상님들께서 채신머리없는 시장기를 눈치 채실까봐 짐짓 허리를 반듯하게 펴고 청양댁은 증손을 찾아보기로 작정했다. 살그머니 바람보다 가볍게 다가가면 아무리 까다로운 놈이라고 해도 눈치 채지 못하리라. 그러려면 우선 무지근한 오줌통을 비워야 했다. 청양댁이 서둘러 화장실로 들어갔다.

─소변보시고 나면 잊지 마시고 이걸 내리세요. 자꾸 잊어버리니까 변기에 누렇게 오줌 때가 달라붙잖아요.

이미 증손과의 상면에 들뜨기 시작한 탓으로 청양댁은 수없이 며느리에게서 당조짐받던 일을 까맣게 잊어버리고 오줌통을 비우는 둥 마는 둥 허겁지겁 속바지를 끌어올리며 화장실을 나왔다. 이 방인가, 저 방인가. 청양댁이 문간방 쪽으로 조심스럽게 다가갔다.

제발 좀 죽어봐!

막 방문 손잡이를 비틀려던 청양댁이 방 안에서 뛰쳐나오는 소리에 화들짝 놀라며 뒤로 물러섰다. 이것들이…… 가슴이 벌렁벌렁 뛰기 시작했다. 다리도 후들후들 떨렸고, 서두르느라 말끔히 비우지 못한 오줌통이 덩달아 움직였다.

제발 그만 좀 죽어. 나 좀 들어가게.
왜 이래? 공포의 칠각장이야. 그러니까 언니한테 함부로 죽어라 마라 하지 마. 공연히 인심 사나워진다. 아무리 그래 봤자 난 죽어도 고우니까 화투 만지고 싶으면 나가서 오줌싸개 할머니하고 판 벌려. 부잣집 할머니니까 속바지가 두툼할 거 아냐.
아유, 잘도 두둑하겠다. 그 노인네 꼴 못 봤어? 육교 위에 올라앉아서 손바닥 펴고 엎드려 있으면 딱 알맞겠더라. 말이 나왔으니 말인데, 이렇게 아들네까지 호사하게 살게 해주면서 노인네 꼴은 왜 그 지경으로 놔둘까.

　남 이야기라고 함부로 하는 게 아니다. 그야말로 밑 빠진 독에 물 붓기지. 하루 종일 붙어 앉아 있으면서 갈아입히고 씻기고 해도 끝이 없다더라. 그 노인네 오줌 병이 엊그제 생긴 병이냐? 그런 데다가 고집이 얼마나 센지 당신 병은 병도 아니라면서 병원도 안 가고 아들이 치료하겠다고 나서도 펄쩍 뛰었단다. 그 병이 어떻게 생겼는지 노인네한테 한번 들어봐라. 그 얘기 들으면 기가 막혀서 웃음도 안 나온다. 정말 무지막지해. 어떻게 그런 어머니한테서 의사 아들이며 손자가 나왔는지 몰라. 아이고. 아까 그 양반이 현관에 들어서시는데 그 냄새…… 아유, 생각만 해도 속 느글거린다. 지금 거실에 나가보면 골이 지끈지끈 아플 거다. 그러니 모두 방으로 도망쳤지. 아니 똥광이 왜 거기에서 나오니? 암만해도 광박 쓰겠네.

　얼굴이 확 붉어지면서 청양댁은 또다시 오줌을 지렸다. 그랬었구나. 그러니까 다들 달아나버린 것이로구나. 요망한 것들. 그 에미에 그 자식이 어떻게 나왔냐고? 망할 것들. 제 년들이 뭘 안다고 지껄여. 그래, 그 에미에 그 자식이라는 소리 안 들으려고 내가 어찌 했는데…….

　시아버님이 내민 종이에는 틀림없이 인(寅)시라고 적혀 있었다.

　―아들이 틀림없다. 그런데 그날이 해산일이 분명하다면 인시에 나와야 할 텐데…… 그러면 제 애비처럼 부모보다 앞서가는 불효도 없을 것이며, 영특하고 재물도 남 못지않게 누릴 것이야. 하지만 다 사람 욕심이지, 낳고 죽는 것이 다 하늘의 뜻인

것을…….

그러나 청양댁은 하늘의 뜻만을 기다릴 수 없었다. 설사 하늘의 뜻인들 사람이 거역한다고 해서 안 될 리 없다고 믿었다. 또한 무엇보다도, 못 다한 효도를 하기 위해서라도 아직도 구천을 헤매면서 제명을 누리지 못한 억울함을 원통해하고 있을 남편이 홀로 남은 아내의 뜻을 절대로 외면하지 않을 것이라고 믿었다. 그래서 청양댁은 자(子)시부터 머리통을 세상으로 내미는 아이와 진땀을 흘리며 싸움을 했다. 축(丑)시가 되었을 때에는 해산어미가 청양댁의 엉덩이를 함부로 철썩철썩 때리면서 고래고래 소리를 질렀다.

—자네가 죽으려고 환장을 했고만. 그만 힘 풀어. 그러다가 자네도 애도 다 죽어.

그러나 청양댁은 사타구니를 틀어막은 발뒤꿈치에 죽자 사자 더 힘을 주었다.

—인시가 되면 기별하시오. 인시가 되기 전에는 죽는 한이 있어도 나를 못 말릴 것이오.

눈을 부릅뜨고 신음을 하는 산모의 위급지경을 전해 듣다 못해 시아버님이 방문 앞에서 소리쳤다.

—이제 그만 나와도 천복은 있을 놈이다. 아이를 죽일 셈이냐?

청양댁은 기어코 발뒤꿈치를 빼내려는 해산어미를 방 밖으로 내쫓고 방문을 안으로 걸어 잠갔다.

—차라리 죽어서 나가리다. 인시를 못 맞출 바엔 나도 아이도 죽는 게 낫소.

피가 거꾸로 치솟고 온몸이 나락으로 떨어지는 지경에도 청양댁은 소리쳤다.

―인시가 되면 소리치시오!

온몸이 터져 나가는 고통을 견디다 못해 어흥어흥 소리 내어 울다가 깜박 혼절했을 때였다.

―아가, 인시다!

시아버님이 외치는 소리와 함께 방문 두드리는 소리를 어렴풋이 들었다.

―시애비 말도 못 믿느냐. 이제 빨리 몸을 풀지 않으면 방문을 부수고 들어가서 주리를 틀어버릴 것이다.

서슬이 시퍼레진 시아버님의 고함소리를 들은 다음에서야 청양댁은 발뒤꿈치를 사타구니에서 빼냈다.

세상에 그렇게 독한 양반인 줄 몰랐네. 그래서 이렇게 손자까지 의사 노릇하면서 떵떵거리고 사는구나. 며느리도 아들 낳을 때 뒤꿈치를 처박았나?

글쎄, 그때 오줌 병이 생겼다는 것 아냐. 그러니까 당신은 병이 아니라고 우기잖니. 하긴 당뇨만 없어도 냄새가 그렇게 독하진 않을 거야. 얼마나 지독한지 아들 내외가 새집을 사놓고도 이사를 못 가잖니. 노인네를 두고 갈 수도 없고, 그렇다고 이사를 가자니 하루도 못 가서 냄새가 집 안을 도배할 것이고…… 좀 야박한 말이지만 아들 내외 고생 덜 시키고 집안 망신 덜 시키려면 그만 돌아가셔야 해. 어머나, 또 피박이야?

그러니까 그만 죽어.

나 죽을 때 기다리지 말고 나가서 점심상이나 보라니까.
이 집 사돈이 오셔야 상 들여올 작정인가 봐. 다른 손님은 손님으로 안 보이나. 어이구, 제발 좀 그만 죽어!

내가 안 죽으려고 기를 쓰는가. 증손만 안아보고 나면 네년들이 속바지 가랑이를 붙들고 막아도 갈 거야. 화를 삭이느라 오줌을 찔끔 지린 청양댁이 속바지를 끌어 올리고 돌아섰다. 며느리가 들락거리는 것으로 보아서는 안방에는 손님들이 앉아 있을 것이니, 그놈이 자는 방은 건넌방이리라. 청양댁이 건넌방을 향해 걸어갔다. 갑자기 거실 벽에서 노랫소리가 흘러나왔다.
"사부인이 오셨구나. 그렇지?"
며느리가 쪼르르 안방에서 나오며 호들갑을 피우기 시작했다. 그러자 방마다 들어차 있던 사람들이 고개를 내밀며 나왔다. 얼떨결에 청양댁이 거실 한쪽 구석으로 밀려났다. 그러나 사람들의 따가운 시선에 떼밀려 이내 베란다로 나갔다.

맙소사, 지독하군. 눈 감고 앉아 있어도 노인네가 어디 있는지 훤히 알겠네. 풍향계가 따로 없어도 일기예보 하겠어.
아니 어쩌자고 변기 물을 안 내리실까. 화장실 좀 들어가 봐.
그렇게 흉만 보지 말고 얼른 화장실 좀 씻어내. 지금 사부인이 올라오시는데 이게 무슨 창피야. 얘, 거기 락스 좀 가져와라. 그거라도 뿌려놓자. 아이고, 왜 저렇게 버티고 서 계신다니. 사부인 오신다고 향기 풀풀 선사하시려고 베란다까지 나가셔서 바람 맞으시나봐. 얼른 문을 좀 닫아라.

문 닫으면 안에 있는 이 냄새는 어떡하라고.
저쪽 방 창문을 열어봐. 저기도 열고…… 그러면 환기가 되겠지. 방향제 없어? 없으면 향수라도 좀 뿌려보지. 어, 눈치를 채셨나? 노인네가 베란다 저쪽으로 숨으시네.

구석방의 창문으로 내다보이는 바깥 풍경과 그리 다를 바 없는 아파트 단지 안을 한눈으로 훑어보고 나니 달리 할 일이 없었다. 안에서 문을 닫아버리는 바람에 황당해졌지만 문득 밖으로 내쫓긴 신세가 되어버린 자신이 부끄러워져서 사람들이 보이지 않는 한쪽으로 몸을 숨긴 것이었다. 바람에 휘둘린 아랫도리의 차가운 한기가 온몸으로 퍼지는 것보다도 눈을 제대로 뜰 수가 없는 것이 더 불편했다. 실눈을 하고 무심코 위를 올려다본 청양댁이 별안간 얼굴 가득히 함박웃음을 지었다. 아이고 세상에, 저것이 우리 새끼가 입는 옷이구나. 빨래 건조대에서 깃발처럼 펄럭거리고 있는 아기 옷들이 증손을 보는 듯 반가웠다. 청양댁은 뒤꿈치를 한껏 들어올려 키를 높이고 제멋대로 나부끼는 윗도리를 두 손으로 간신히 붙잡았다. 코끝에 옷을 대니 고소한 냄새가 맡아졌다. 솜털처럼 보드라운 이 살 냄새……. 조금 전과 달리 이제는 간드러지게 하늘거리는 바람을 따라 그리움처럼 옛일들이 되살아났다. 하얀 명주 저고리 속에서 꼬물거리던 아들의 작고 뽀얀 몸뚱이가 눈앞에 있었다. 내 강아지, 조그만 몸뚱이를 품에 안으면 온 세상이 다 내 품에 안겼지. 청양댁은 아이를 품에 안은 듯 흡족한 기분을 감미롭게 즐기느라 점심상을 들여가면서 부산을 떠는 소리를 듣지 못했다. 자꾸만 오줌을 지리는 것도 느끼지 못했다.
　그러나 증손의 옷을 품에 안는 것만으로는 성이 차지 않았다. 오히려 더 답답증만 생기고 그리움만 감당할 수 없을 만큼 커졌다. 청양댁은 거실 유리문을 통해 집 안을 들여다보았다. 어느새 거실은 텅 비어 있었다. 청양댁은 살그머니 들어서서 거실 문을 소리 나지 않게 닫았다.
　"문을 닫으시면 어떡해요."
　점심상을 들여가느라 한바탕 법석을 치르고 난 뒤 식탁 의자에 앉아서 장딴지를 주물럭거리고 있던 파출부가 앙칼지게 말했다. 엉겁결에 도로 문을 열어놓고 안방 쪽을 기웃거리는 청양댁을 파출부의 날카로운 목소리가 낚아챘다.
　"제발 이리저리 돌아다니지 마시고 차라리 이리로 오세요. 점심상 봐드릴 테니 여기 한곳에 얌전히 앉아 계세요."
　파출부가 마지못해 찡그린 얼굴로 일어나며 의자를 내밀었다. 청양댁은 엉거주춤한 모양으로 식당에 들어서며 파출부를 사나운 눈초리로 쏘아보았다. 못된 것 같으니라고. 제가 날 언제 봤다고 얌전히 있어라 마라 해. 내가 얌전히 굴지 못한 게 뭐 있어. 정승 집 강아지는 호랑이가 되던가. 그러나 괘씸하기로 치자면 며느리요, 그 치마 폭에 휩싸여 어미 몰라라 하는 아들이지 주인 행세 본 따 하는 파출부가 아니었다. 내키지 않아서 주섬주섬 한 접시씩 한 손으로 들고 와 식탁 위에 늘어놓는 성의 없는 상차림을 멀거니 바라보던 청양댁이 갑자기 파출부의 손목을 붙잡았다.
　"이것 봐, 우리 증손께서 어느 방에서 주무시는가?"

"아유, 이 손 놓으세요. 어느 방이면 어쩌시려구요. 왕자님 위세가 얼마나 대단한지 아세요? 눈만 떴다 하면 방바닥에 안 붙어 있어요. 온 식구들이 왕자님 비위 맞추느라고 벌벌 떨어요. 애 엄마가 나가고 없는 날에는 하루 종일 안고 있다보면 팔이 다 빠져나간다니까요. 우리 애들 팽개치고 나와서 주먹만 한 애를 붙들고 종일 씨름하다 보면 정말이지 서럽기 짝이 없다니까요. 그래도 오늘은 손님들이 오셨다고 양반 흉내 좀 내시네요."

"함부로 주둥아리 놀리지 마."

청양댁이 다시 사납게 파출부를 쏘아보았다.

"양반 흉내라니. 어엿한 양반집 자손을 두고 그따위로 주둥아리를 나불거려? 아무리 세상이 험해졌기로서니 아랫것들이 주둥아리 잘못 놀려서 좋은 일이 어디 있다고 싸가지 없이 지껄이고 있어."

"아랫것들이라니요? 아니, 할머니. 이런 일 한다고 사람 우습게보시지 마세요."

"남의 집 귀한 자손을 우습게보지 말란 말이야. 이 집안이 어떤 집안인데……."

"아무렴 대단하지요. 그래서 할머니가 이 모양이세요? 대단하신 집안의 할머니가 향기를 풀풀 내니까 모두 코를 싸매고 달아났고만요. 대단하신 할머니, 어서 한술 뜨시고 밖에라도 좀 나가 계셔요. 다른 사람들이 밥을 먹을 수가 없잖아요. 제발 사돈 손님들께서 가실 때까지만이라도요."

"우리 증손 보기 전에는 어림도 없어. 내가 오늘은 무슨 일이 있어도 그놈을 만나볼 거야. 저 건넌방에 있는 게 틀림없지?"

"조금 전에 사돈어른께서 보시겠다고 해서 안방으로 모시고 갔어요. 아유, 이 냄새, 정말 머리가 아파서 견딜 수가 없네. 내가 여간해서 비위가 상하지 않는 사람인데 구역질이 나려고 하네. 할머니는 냄새도 못 맡으세요? 얼마나 지독하게 냄새를 풍기시는지 모르세요?"

그런데도 청양댁은 코를 움켜쥐고 오만상을 찌푸리는 파출부를 사납게 쳐다보기만 했다.

"할머니가 오시니까 저기 거실에 앉아 있던 사람들이며 모두 다 기절초풍을 하고 이 방 저 방으로 내뺐단 말예요. 어지간하셔야죠. 그리고 보니 그 식탁 의자에도…… 맙소사, 빨리 일어나세요. 가죽 의자라서 한번 냄새가 배면 큰일인데. 아유, 그쪽으로 가셔도 마찬가지요. 그냥 서 계시는 게 낫겠어요. 엉덩이를 아무 데나 대시지 말고 그냥 서 계시라니까요."

정신없이 설레설레 손짓하는 파출부에게 떠밀려 식당에서 쫓겨 나온 청양댁의 손에는 여태도 말끔한 숟가락이 들려 있었다. 파출부가 아예 거실과 식당을 유리문으로 나누어버렸다. 청양댁은 빈 숟가락을 든 채로 어정쩡하게 서 있었다. 눈빛만 유별나게 반짝거리면서, 수희가 뒤늦게 잔칫집에 들어설 때까지…….

현관문을 열어주러 나간 파출부가 집 안의 상황을 잽싸게 일러바치자 수희가 구두도 제대로 못 벗은 채 뛰어 들어왔다. 수희가 다짜고짜 청양댁의 팔을 잡아끌더니 도로 현관 쪽으로 나가려고 했다. 그러나 청양댁은 요지부동이었다.

"어쩌자고 여기에 이러고 서 계시는 거예요."

안방의 사돈 식구들을 염두에 둔 탓인지 수희가 속삭이는 목소리로 말했다. 곤혹스러운 표정이 역력한 수희의 얼굴을 빤히 올려다보면서도 청양댁은 여전히 바위 덩어리였다. 청양댁의 얼굴이 발갛게 상기된 것으로 보아 나름대로 꽤나 기를 쓰고 있는 것이 분명했다. 수희가 빠르게 속삭였다.

"할머니가 얼마나 서운하셨을지는 말씀 안 하셔도 알아요. 허지만 오죽하면 우리가 그랬겠어요. 그런 엄마나 우리도 기분 좋은 일은 아니었다고요. 그러니 제발 저랑 나가세요. 이렇게 고집 피우실 일이 아니라니까요. 어서요, 제발, 할머니……."

그러나 파출부의 힘까지 빌렸는데도 지엄하신 조상님들과 구천을 떠돌면서 지켜보고 있을 남편의 눈빛을 의지하며 버티고 있는 청양댁의 힘을 당해낼 수가 없었다. 초조하게 안방을 흘낏거리면서 애를 태우는 수희를 태연하게 바라보기만 하던 청양댁이 마침내 입을 열었다.

"수희 이년아, 냉큼 안방에 들어가서 우리 증손을 안고 나와라."

수희가 어처구니없다는 듯이 픽 하는 소리를 내면서 웃었다.

"당장에 데리고 나오지 않으면 불문곡직하고 내가 안방으로 쳐들어갈 것이니 네 에미한테 일러라. 지린내 풍기는 시어미 때문에 사돈 식구들한테 망신당하지 않으려거든 우리 증손을 할미한테 내보내라고 말해라."

수희가 눈을 동그랗게 떴다. 청양댁은 수희의 손을 홱 뿌리쳤다.

"봐라, 내가 이렇게 아무 곳에나 닿기만 해도 금방 지린내가 밴다고 야단들이다. 할미 말이 거짓인지 네가 맡아보렴."
 청양댁이 겉치마를 들고 거실 소파며 카펫 위를 이리저리 옮겨 앉으며 축축한 속바지를 함부로 비벼댔다. 수희가 질겁하며 일으켜 세우려고 덤벼들었지만 아예 치맛자락을 펄럭거리면서 사방으로 냄새를 날리는 청양댁의 시퍼런 서슬을 당해낼 수가 없었다. 거실을 한 바퀴 돌며 지린내 나는 도장을 야무지게 찍어대더니, 청양댁은 오광에 피박까지 곁들여 스리고를 외쳐대는 문간방에 들어가 다짜고짜 화투판에 털썩 주저앉았다. 그제야 수희가 안방 문을 조심스럽게 열고 제 어미를 불러냈다.

 그 노인네가 완전히 망령이 나셨구나. 아이고, 이 냄새. 거기 문 좀 열어. 사방 다 열어놓아. 기어이 노인네가 노망을 피우시네.
 글쎄 이만저만한 게 아냐. 저 방에서 사람들이 코를 싸매고 도망 나오잖아. 안방으로 들어가겠다는 말이 빈말이 아냐. 게다가 어찌나 기운이 장사인지 아무도 못 말려.
 하지만 아가씨, 어떻게 우리 아가를 할머님하고 있게 해요? 무슨 병이라도 생기면 어떡해요?
 내참, 아무리 지독한 냄새지만 그런다고 병이 생기겠어? 그리고 냄새 때문에 애가 울면 그 핑계 대고 얼른 데리고 나오면 되지. 이따가 내가 목욕 잘 시킬 테니까 걱정하지 마. 올케네 손님들 가실 때까지는 다른 방법이 없어. 어서 들어가서 애 안고 나와.
 그래 수희 말이 맞다. 할 수 없잖니. 할머니가 들어가시기 전에 얼른……. 수희야, 너 여기에 방향제 좀 뿌려라. 아이고, 이 냄새 때문에 내가 제명을 다 못 채울 거야.

유난히 바람이 거센 날이었다. 사방의 문을 다 열어놓자 여기저기에서 오락가락하던 냄새가 곤두박질치며 흩어졌다. 흥이 깨진 손님들이 코를 틀어쥐고 주섬주섬 손가방이며 소지품을 챙겨 들고 하나둘 일어났다. 수희가 청양댁을 부리나케 화장실 옆의 구석방으로 떠밀며 들어갔다. 못 이기는 척 끌려 들어간 청양댁이 대뜸 방바닥에 앉더니 다시 지린내 나는 도장을 찍기 시작했다. 소리 나게 방문을 닫고 나가는 수희를 아랑곳하지 않고 청양댁은 열심히, 꼼꼼하게, 야무지게 지린내 도장을 찍어댔다. 이제는 오줌 지리는 것도 그리 걱정할 일이 아니었으므로 연신 찔끔거리면서 부지런히 옮겨 앉았다. 수희가 증손을 안고 들어서자 청양댁은 화들짝 놀라며 두 손을 내밀고 일어섰다. 그러나 수희는 매몰차게 청양댁을 물리쳤다.

"할머니 소원대로 증손자를 데리고 왔어요. 하지만 약속하셔야 해요. 사돈 식구들이 가실 때까지만 이 방에서 꼼짝 않고 계시다가 곧바로 집으로 돌아가시는 거예요. 그런다고 약속을 하셔야지 드려요. 안 그러면 도로 데리고 갈 거예요."

"그래, 그래. 그놈만 안고 있으면 천지가 무너진다고 해도 여기에서 꼼짝하지 않을 거야. 그러니 어서 이리 다오."

종이 기저귀까지 챙겨 놓은 뒤 하얗게 눈을 흘기고 수희가 방을 나가도록 청양댁은 증손을 안고 어쩔 줄 몰라 했다. 할미다. 이놈아. 증조할미야. 이놈아, 할미도 안 보고 싶었냐. 아이고,

내 새끼. 이런 보물이 세상천지에 어디 또 있을꼬. 이놈아, 눈 좀 떠봐라. 눈을 뜨고 이 할미 좀 봐라. 이놈아…….

쪼그린 채로 증손을 샅샅이 살펴보던 청양댁이 문득 증손을 방바닥에 살그머니 내려놓았다. 그러고는 바지를 벗기고 종이 팬티 안으로 손을 집어넣었다. 아이구, 내 강아지, 쉬를 하셨구려. 그런데도 이리 곤히 주무시니 얼마나 양반이신가. 청양댁이 떨리는 손으로 종이 팬티를 벗겨냈다. 그리고 증손의 아랫도리에 손바람을 불어주었다. 자, 자, 할미 손으로 거풍을 하십시다요. 아이고, 시원하시다고 다리를 쭉쭉 펴시는구려……. 새 팬티를 갈아입힌 뒤 다시 증손을 안으려다가 청양댁이 벗겨놓은 종이 팬티를 한 손으로 들어올렸다. 흠, 흠, 이 고소한 냄새. 아이고, 고마워라. 할미 사정을 알아주시는 사람은 우리 증손뿐이시네. 벌써 이 할미한테 효도를 하시는구려. 함박 같은 웃음을 증손에게 내보이고 청양댁은 종이 팬티를 들고 방 한쪽 구석으로 갔다. 그리고는 증손이 볼세라, 은밀하고 잽싸게 축축한 속옷 안으로 증손의 젖은 종이 팬티를 집어넣었다. 속바지를 추어올리고 옷매무새를 다듬은 뒤 청양댁은 개운하고 환한 표정으로 돌아섰다. 쪼르르 달려가 증손을 안아 올리는데 방문이 살그머니 열리더니 손자며느리가 얼굴을 디밀었다. 코를 찌르는 냄새에 잔뜩 얼굴을 찌푸린 손자며느리가 한쪽으로 몸을 사리며 창문 쪽으로 빠르게 걸어가더니 조그만 틈새를 만들어 놓았다. 그러자 좁은 틈 사이로 바람이 아우성치며 밀려 들어왔다. 반사적으로 돌아서서 바람을 등으로 막고 서 있는 손자며느리가 울상을 지으면서 쫑알거렸다.

"오늘따라 왜 이렇게 바람이 부는 거야. 정말 속상해 죽겠네."

그러나저러나 청양댁은 증손을 안고 흥얼거렸다. 바람이 분들 어떠랴. 비가 온들 어떠랴. 할미는 바람 부니 좋기만 합니다. 바람이 불어서 너무나 좋습니다……. 그런데도 저승 꽃마저 시들하게 지고 있는 청양댁의 볼을 타고 주르르 눈물이 흘러내리고 있었다.

사막에서 사는 법 7

 저기요, 손님, 누가 오시기로 하셔서 기다리시나요?
 왜, 들어온 지 삼십 분도 안 된 손님을 내보내고 그만 문 닫고 들어가시게?
 벌써 문을 닫아요? 이제 겨우 10시가 넘었는데요.
 문 열어놓고 있다고 어디나 다 손님이 들어오나?
 오늘 날씨가 지독해서 그렇지. 저 혼자 심심하게 있는 날은 별로 없어요. 웬만큼 추워야지요. 밖에 나가면 얼굴을 누가 싹 도려내서 가져가는 것 같아요. 들어와서도 한참 동안 얼굴을 찾아보잖아요. 그런 지가 일주일도 넘었잖아요. 그러니 죄다 꽁꽁 얼었지요. 아까 저 문을 여는 데도 얼마나 애를 먹었는지 몰라요. 사람들이 도무지 밖으로 나오지를 않아요. 읍내가 모두 피난 나간 것처럼 텅 비었어요.

그러니 날이 계속 추워야겠네.

아유, 아니죠. 날이 이렇게 추우면 없는 사람들 살기 어려워요. 장사하는 사람들도 그래요. 사람들이 나돌아 다녀야지 사고 팔고 하지요.

워낙 그런 거요, 아니면 그런 척하는 거요?

제가 뭐 잘못 말했어요?

내참…… 날이 추워야, 그래야 사람들이 안 돌아다니니, 그래야 이 집에 손님 없는 핑계가 될 것 아니오.

아, 그래서 추워야 한다는 거예요? 아이, 안 그래도 돼요. 워낙 추워서 그렇지 제가 심심하게 있는 날은 별로 없다니까요. 제 말이 믿어지지 않으면 날이 풀린 다음에 한번 와보세요.

그렇게나 해야지, 다시 오는 손님이 있을라고.

아이 참, 답답해라.

아무리 봐도 답답해할 사람이 아닌데 그래. 남을 답답하게 하는 재주는 있어도…… 어쨌든 답답하니까 맥주 한 잔 들자고. 못 이기는 척 앉아봐.

어머나, 정말 제가 손님을 답답하게 했어요?

아, 됐어, 내가 알아서 따라 마시는 게 편해. 다른 손님들도 마담이 답답한 사람이라고 하지 않던가?

가끔 그러시는 분도 계시지만. 이런 데서 듣는 말이야 곰곰이 새겨듣게 되나요?

그런데 정말이냐고 왜 물어? 겉보기보다는 단수가 높네그려.

그 말을 칭찬으로 들어도 될까요?

글쎄, 듣는 사람 마음대로지만, 지금 마담 나이가 콩인지 팥인지 구별이 안 되는 나이는 아니잖아. 그런데 마담이기는 해?

그럼요. 당연히 마담이지요.

하기는 이 집에는 더도 덜도 아닌 딱 맞춘 마담이네.

콩인지 팥인지 구별되는 나이로 듣기에 지금 그 말씀은 칭찬이 아닌 것 같네요.

해 넘어간다고 그냥 넙죽넙죽 받아먹은 나이는 아니군. 아니, 됐다니까. 잔 비우기가 무섭게 채워놓는 것 딱 질색이야. 누가 쫓아오는 것처럼 숨이 가빠진다고. 그냥 내 맘대로 따라 마시게 둬. 그런데 얼굴 마담은 아닐 테고, 주인 마담이야?

어머나, 그걸 어떻게 아셨어요?

주인이 말아먹자고 작정하지 않았다면 자네 같은 인물을 얼굴 마담으로 쓰겠는가. 어찌어찌해서 간신히 제 돈으로 문을 열었으니 염치 좋게 마담이라고 앉아 있는 거지.

어쩐지…… 처음 들어오실 때부터 그렇게 말씀하실 줄 알았어요. 아까 저 문 열고 고개 디미실 때, 그때 척 알겠더라고요. 생각나시는지 모르지만, 인상을 팍 쓰고 들여다보셨지요.

이미 밖에서부터 인상을 팍 썼어.

왜요? 밖에 뭐 구질구질한 것 있었어요? 다 치웠는데…….

차라리 그냥 우리말로 술집이라고 하든가, 아니면 생긴 대로 주막이라고 하든가…… 에이, 카페가 뭐야. 달랑 문짝 하나에 꽉 막힌 창문 하나 붙어 있는데, 카페 갈매기? 갈매기는 또 뭐야? 딱 보는 순간 저절로 인상이 팍 써지더라고.

그런데 왜 문을 열었어요? 그냥 가시면 될 텐데.

도대체 어쩌자는 것인가 하고 들여다봤지.

인상을 팍 쓰시고요. 들여다보시니 생각이 달라지셨나요?

야, 이런 데서도 술장사를 하는구나 했지. 아무리 촌구석이지만, 술 먹자고 이 집 문 열고 들어설 위인들이 있을 것 같지 않더라. 봐. 저 그림들…… 틀림없이 어느 달력에서 오려낸 것이지?

그럼 어때서요? 동해 일출을 아무나 보나요? 귀동냥으로 얻어들었는데요. 삼대가 덕을 쌓아야만 볼 수 있대요. 그런 복을 감히 바랄 수는 없으니 저기에 걸어놓고 실컷 보기라도 해야지요.

그럼 저기 스키 타는 놈팡이는 몇 대가 덕을 쌓았을꼬?

얼마나 멋있어요? 저는 아직 한번도 못 타봤지만, 보기만 해도 기분이 시원해지잖아요. 볼 때마다 몇 년 묵은 체증이 싹 씻겨 내려가는 것 같고요.

저기 아흔아홉 칸쯤 되어 보이는 고대광실은 마담이 태어난 집인가?

그랬으면 제가 지금 여기에 있겠어요? 대문이 멋있다고 찍힌 집인데요. 누구나 저런 집에서 한번 살아보고 싶을 것 같아서 액자를 만들어서 걸었지요. 저 그림은 어때요?

간판 때문에 억지로 걸어놓은 것 아냐? 항구도 아니고, 바다 냄새도 맡기 어려운 내륙 지방에 웬 갈매기야?

그거야 주인 마음이지요. 아무튼 손님 눈에는 영 형편없는 술집이라는 말씀인데요. 그렇다고 제가 손님을 들어오시라고 억지로 잡아끌었어요? 물론 저도 첫눈에 여기 들어오실 분이 아니라고 생각했어요. 그래서 그냥 문 닫고 가실 줄 알았는데, 그래서 제가 들어오시라 마라 아무 말도 하지 않고 힐끗 쳐다보기만 했는데, 그런데 손님이 스스로 들어오신 거잖아요. 그리고 지금도 앉아 계시고요. 여전히 인상을 쓰고 계시기는 하지만…… 아무튼 처음에 알아봤어요. 이 양반이 보드라운 성격은 아니겠구나 했지요.

 태어날 때 비단 자락이었어도 험하게 살다 보면 삼베 자락이 되는 거지.

 험하게 살았다고 다 삼베 자락이 되나요? 그리고 손님은 험하게 사신 분은 아닌데요, 뭘.

 마담이 남의 인생사를 어찌 안다고?

 저희 가게에 오시는 손님들은 대부분 험하게 사신 분들이거든요. 아까 말씀드렸지만, 그런데 손님은 저희 집에 오실 손님이 아니더라고요. 어떻게 사는 것이 험하게 사는 것인지 잘 모르시나 봐요.

 멀쩡하게 처자식이 있는데 혼자서 이리저리 떠돌아다니면 험하게 사는 것이지.

 행여나…… 입성으로 보아도 거짓말이네요. 오늘 아침에 사모님이 다리미질한 바지 주름이 아직 그대로 있는걸요.

 오호, 보기와는 딴판으로 눈썰미가 매섭네. 그런데 다 맞힌 것은 아냐. 마침 오늘은 집에서 자고 나온 날이라서 그렇지, 혼자서 이리저리 떠돌아다닌다니까.

 아유, 그래요, 그렇다고 하지요. 그런데 여기는 어떻게 오신 건가요?

 나한테 누구 기다리느냐고 물어보지 않았나?

 참, 내 정신 좀 봐. 여태 딴소리를 했네. 누가 오실 건가요?

깜박깜박하는 걸 보니 은퇴할 때가 지난 지도 꽤 되었구먼. 왜, 혼자 오면 안 되나?

어머나, 그러면 누구를 만나러 오신 게 아니라 혼자 오신 거예요?

빤히 보면서 물어봐?

설마…….

그렇다고 해서 내가 지금 마담하고 신소리를 하면서 노닥거리고 싶어 하는 것처럼 보이나?

그러게 설마하는 것이지요. 여태 손님이 하신 것으로 봐서는 기다리시는 분이 오시면 두말 않고 일어나서 가실 참이었어요. 그런데 일부러 혼자 오셨다니…….

누가 일부러 왔다고 했어? 어쩌다가 들어왔다니까.

정말 이상한 분이시네. 암만 해도 퉁퉁거리시는 게 취미이신가 봐요.

그래서 별로 마음에 안 드는 손님일 텐데, 왜 그렇게 빤히 쳐다봐?

지나가시다가 그냥 우연히 들어오신 것 아니죠?

그럼 마담한테 홀딱 반해서 들어왔단 말이야?

여기 사람 아니시죠? 첫눈에 알아봤어요. 타지 사람인 것을…….

첫눈에 알아본 것도 많다. 그걸 뭘 대단한 추리라고 쪽 집게 무당 행세를 하는데, 이 손바닥만 한 읍내에서야 누구라도 한 시간만 앉아 있으면 타지 사람인지 아닌지 가려낼 수 있겠다. 아, 그 눈 좀 내려봐. 정들면 어쩌려고 그렇게 쳐다봐.

손님 같은 분은 아무한테나 정을 안 주시지요. 이 동네가 초면은 아니시죠?
　점쟁이 그만 해. 성가시게 왜 그래?
　잘은 모르지만 아마 5학년은 되신 것 같고요.
　왜, 쉰 넘은 사람은 못 들어오게 되었나? 그런 마담도 4학년은 넘었겠네. 은퇴를 했어도 몇 번은 했겠어. 어허, 마담이 그런 말에 횟술 마실 나이는 아니지. 남이 돈 내는 술이라고 그렇게 쫙쫙 마시면 되나. 게다가 갑자기 눈은 왜 그리 빛이 나는 거야?
　솔직히 말씀해 보세요. 이 동네에 처음 오신 것 아니시죠?
　이 좁은 땅덩어리에서 이 나이 되도록 안 밟아 본 곳이 몇 군데나 될까. 어디 이 나라뿐인가. 월급 받아먹고 살자니 더운 나라, 추운 나라, 흰둥이 나라, 검둥이 나라, 축축한 나라, 뽀송뽀송한 나라, 잘사는 나라, 못사는 나라……
　그러니까 한 십 년 되셨나요? 아니 더 넘었을지도, 한 이십 년이 되려나.
　그랬으면, 그때 마담이 나하고 뭔 일이 있었다고 하려고?
　아무렴 제가 없던 일을 있었다고 우기겠어요?
　어허, 왜 그렇게 정색을 하고 따져? 이 바닥에서 그만큼 뭉개고 있는 사람이 그만한 말로 안면을 바꾸고 그래. 보기와는 점점 딴판이 되어가네.
　손님 말씀대로 저희 집이 뭐 볼 게 있나요? 여기 군청 뒷골목 쪽은 옛날하고 달리 한물갔고, 새로 생긴 물 좋은 술집들이 저기 한가운데 쪽에 많이 생겨서, 웬만해서는 눈에 띄지도 않아요. 그러니 옛날 생각이 아니라면 굳이 여기를 혼자서 찾아오지 않지요. 물론 대부분 이 동네 오래 사시는 양반들이 그래도 섬섬옥수라며 만만하고 임의롭게 드나들지만, 가끔 손님 같은 분들이 있지요.

그렇게 왕년에 마담이 날렸었나? 지금 보니 통 실감이 나지 않는데…… 겉으로는 안 보이는 기막힌 재주가 있나?

어쩌다가 이 근처에 오실 일이 있거나, 아니면 지나다가 문득 이정표를 보니 생각이 났거나, 그래서 슬슬 읍내를 돌아다니다가 옛날 기억이 조금씩 나는 거지요. 흘러간 세월에 따라서 변한 것도 많겠지요. 하지만 뭐 그리 많이 변했어요? 가게들이 많이 생겼고, 건물들이 옛날하고 다르게 세련되게 지어졌고, 피자 햄버거 치킨 다 있고요, 별별 대리점들도 다 있고, 젊은 애들 머리 색깔이 제멋대로 요란하게 변했고…… 뭐 그런 거지요.

그건 정말 못마땅했어. 어디 가나 왜들 그리 머리를 그냥 놔둔 젊은것들이 없어. 머리만 보면 죄다 양코배기야. 도대체 세상이 어떻게 되려고 그러나 몰라. 하기는 나도 큰소리를 칠 수가 없어. 전에는 그런 녀석들만 보면 기를 쓰고 입에 거품을 물었지. 도대체 부모라는 작자들이 어떻게 가르쳤기에 자식들이 저 꼴이야 했는데, 내 자식들 머리가 그 지경이 되니까 할 말이 없어. 어쨌든 이젠 시골 오는 재미도 없어졌어. 어찌 된 셈인지 눈꼴사나운 일은 더 빨리 전염된다니까.

큰길을 따라서 한두 번 돌아보면 어수선해진 것뿐이지 여전히 시골이라는 것을 알게 되지요. 그래서 괜히 들어왔다 싶어지고, 얼른 돌아서 나가자고 버스 터미널을 끼고 큰 골목으로 들어서지요.

 그 골목이 그래도 아직까지는 때를 타지 않았더라. 딱 돌아서니까 그 낡은 시멘트 삼층 건물이 보이는데, 그 볼품없는 군청 건물이 왜 그리 반가워.

 그 담이 끝나는 데까지 오면 바로 기와지붕이 보이지요.

 이름도 푸짐하지, 다복여관이라…… 그런데 이제 보니 참 촌스러운 이름이야.

 그래도 육이오 때 헤어진 누이동생 만난 것처럼 감격하셨을 텐데요 뭘.

 요즘은 그런 이름 붙이면 며칠 못 가서 문 닫게 될 걸. 무슨 장, 무슨 모텔, 모두 느끼한 외국 이름을 붙여놓고…… 허기는 옛날 여관하고야 다르지. 오래 묵다 보면 다른 방 손님하고도 한 식구처럼 떠들어대고, 주인하고도 겸상하고…… 다복여관 간판을 보면서도 행여나 그대로 있을까 했지. 야, 그런데, 저절로 입이 벌어지더라. 여전히 대문이 활짝 열려져 있고, 그 마당 말이야, 지금 겨울이라서 그렇지, 아니면 그 마당 가운데 화단에, 그 뭐야, 왜 있잖아, 이런 시골에 와야지 보는 꽃들 말이야.

 백일홍, 목단, 작약, 수국, 봉숭아…….

 그것도 있잖아, 그 뭐야, 맞아, 맨드라미…… 또 동그랗고 빨갛게 피는 것, 그것 뭐지?

 달리아요?

 맞아. 달리아…….

 채송화도 있어요. 그 채송화가 얼마나 예쁜지 알아요? 아침에 방문을 열었는데, 이렇게 이불 속에서 허리만 세우고 말예요.

그런데, 내 눈에 물을 흠뻑 뒤집어쓴 빨간 채송화가 햇빛에 반짝거리면서 나를 쳐다보는데, 그 집 주인 할머니가 얼마나 부지런하세요. 그래서 아침 일찌감치 물을 뿌린 거죠. 그런데 야, 갑자기 눈물이 핑 도는데⋯⋯. 자, 원 샷으로 쫙 들이켜세요. 저도 한잔 따라주세요. 아이, 잔은 부딪쳐야 맛이지요. 자, 다복여관 채송화를 위해서!

얼씨구, 신났네, 신났어.

수세미는 생각 안 나세요? 그 화단 가운데에 걸쳐놓은 철사다리에 수세미가 주렁주렁 열리면 얼마나 기가 막히는데요.

그것도 아침에 방문 열고 허리만 세우고 바라봤는가?

수세미 끝에서 물방울이 톡톡 떨어지는데⋯⋯ 머릿속이며 온 몸속이 다 깨끗하게 맑아지는 것 같지요.

아무리 이 바닥에서 나이를 먹었다지만, 사람이 좀 염치가 있어야지. 그러니까 지금 나한테 허구한 날 그 여관방에서 뒹굴었다고 자랑하는 거야?

뭐라고요?

그렇잖아. 뭘 볼 때마다 아침에, 다복여관에서, 방문을 열고, 이불 속에서⋯⋯.

그만 하세요. 어쩐지 아귀가 착착 들어맞는다 했더니⋯⋯.

앉아, 왜 일어나?

아무래도 손님한테는 제가 별 도움이 안 되는 것 같아서요.

그런다고 일어나면 마담만 손해지 뭘 그래. 이런 날 더 올 사람도 없을 텐데, 기왕 온 손님한테 본전을 뽑아야지 난로 기름 값이라도 때울 것 아냐. 나 혼자 마시면 매상이 올라가나? 자,

홧술 한잔 마시고 화 풀어봐. 그래도 깜냥에 토라질 줄도 아시네.

다른 데 가서도 이러세요? 아니면 저희 집을 워낙 우습게 봐서 그러시는 건가요?

다른 데 가서도 그리 보드랍지는 않지만, 마담이 성질이 좋아 보여서 그런가, 자꾸 말이 꼬이네. 어허, 젊고 예쁜 얼굴도 아닌데 인상까지 쓰면 술이 들어가나? 처음에 딱 알아보았다면서 새삼스럽게 뭘 그래.

병 주고 약 주시네요. 잘 알아들었으니까 다복여관 대문 앞에서 다시 시작하세요.

마담 말대로 그래서 다복여관으로 들어갔어. 여태 그대로 있는 게 너무 신기하고 대견해서, 주인도 그대로인가 싶어서 들어가 봤지.

할머니는 돌아가셨지만, 며느님이 그대로 하고 있지요.

그런데 안주인만 있나 봐. 나만 한 아들이 들락거렸는데.

그 아드님이 세상 떠난 지가 벌써 언제인데요. 손님보다 훨씬 나이가 많지요.

그래 봤자 열 살이나 더 먹었을까. 그러면 아직 당연히 떠날 나이는 아니지.

그렇지요. 휴우…….

갑자기 웬 한숨이야? 그 아드님이 마담하고 어쩌고 어쨌던 사이였어?

손님도 참…… 무조건 그렇게 갖다 붙이시네. 그 양반을 보신 적이 있으시니까 아시겠지만, 저 같은 여자가 당키나 하나요? 이런 촌구석에서 썩기는 정말이지 아까운 사람이었죠. 인물 좋고, 허우대 좋고, 사람 좋고, 그야말로 한량 중에 한량이었죠.
그러니 마누라 속 썩이기는 최고지, 뭘.
그런데 복을 다 가지고 태어나는 사람은 없다더니, 그 양반이 그랬어요. 간질이라고 아시죠? 느닷없이 소금 벼락 맞은 미꾸라지처럼 배배 틀다가 거품 물고 정신이 나간다니까요. 그 할머니가 그래서 아들 하나, 그 양반만 낳고 더 안 낳았잖아요. 그 양반은 결혼도 안 하려고 했는데요, 부인이 죽자 살자 해서 했대요. 서른도 훨씬 넘어서 했지요. 그런데 그 양반이 결혼을 하고서도 부인 마음을 돌리려고 얼마나 지독하게 굴었는지 몰라요. 소문으로는, 삼 년이라던가, 같이 안 잤대요. 평생을 같이 안 잤다는 소문도 있었어요. 손님은 모르셨어요?
나는 처음 듣는 이야기네. 지금 주인아줌마 보니까 그런 사연이 있는 사람 같지 않던데. 인물이며 통 볼품은 없지만, 얼굴은 아주 밝아.
부처님이지요. 생 부처라고 할 수 있지요.
그 정도 사연으로 생 부처가 되면 가는 데마다 생 부처하고 부딪쳐서 성가시겠다.
서론만 들으셨으니까 그렇게 말씀하시지요. 그 후에 더 지독했지요. 부인이 그 양반 몰래 애를 가진 거예요. 고부가 함께 쉬쉬했지요. 처음에는 감출 수 있지만 배가 불러오는데 그럴 수가 있나요? 절대로 안 된다면서 병원에 끌고 갔지만 이미 때가 지난 걸 어떡해요. 그런데 어느 날 작심을 하고서 저기 저 산 중턱으로 끌고 올라가서 부인을 패기 시작한 거지요. 그것도 배만 집중적으로…… 그러다가 그 양반이 발작을 하는 바람에 모자가 살아난 거지요. 모자는 살아났지만 대신 그 양반이 목숨을 끊었지요. 어차피 태어날 운명인 줄 알았더라면 그랬겠어요? 그 일로 애가 배냇병신으로 태어났으니…… 차라리 간질이 낫지요.
 그런데 평생 안 잤다는 소문이 있었단 말이야?
 그러니까 사람이 제일 징그럽지요. 그 부인 입장을 생각하면 기가 막히는데, 남의 자식을 배서 그 양반이 부인이고 아이고 다 죽이려고 했다고들 수군거리는 사람들도 있었어요. 가만있자, 그 애가 지금 스무 살이 넘었지? 그런데도 태어나서 여태 한번도 제 목을 제대로 가누지 못하고 방 안에 누워서 온갖 시중을 다 받고 있어요.
 그런 소문을 듣지도 못했나? 그런데도 여태 여기서 왜 살아?
 누구요? 다복여관 마나님요?
 징그럽기는 바로 그 양반이 징그럽네. 그러고도 그 여관을 그대로 끌어안고, 꼭 방 안에 무슨 대단한 보물단지라도 쌓아놓은 사람 같은 얼굴을 하고 있으니…….
 맞아요. 그렇지요. 정말 징그러운 양반이지요. 얼마나 징그러우냐 하면요, 여기 사람들이 다 알고 있는 그 모든 사실들을 절대로 믿지 않아요. 그 마나님이 하는 이야기를 들어보면, 정말이지 듣는 사람이 황당해진다니까요. 여기 사람들이 다 알고 있는 사실이 그 양반한테는 황당무계한 전설의 고향이라니까요. 심지어 모자가 죽을 뻔했던 그 끔찍한 사건도 여기 사람들이 다 꾸며낸 이야기가 되었어요. 남편하고 진달래 구경하러 산으로 올라가다가 발을 헛디뎌서 굴러 떨어진 거래요.
 그때 일로 약간 정신이 이상해져서 그러나?

아녜요. 아주 말짱하세요. 총기가 얼마나 좋으신지, 누가 생각이 가물가물한 옛날 일이 있으면 다복여관으로 가요. 어떤 일도 그 양반이 다 아주 정확하게 기억해내셔요. 그런데 영감님하고 관련이 있는 일만은 완전히 당신 마음대로 소설을 쓰셔요. 글쎄, 그때 산에 피어 있던 진달래꽃이 얼마나 예뻤는지를 설명하면, 그 마나님 말이 진짜로 믿어져요. 그뿐인가요? 해마다 진달래꽃 필 때 되면 산에 올라가 잔뜩 꺾어서 안고 내려오세요. 그러면 다복여관 방마다 진달래꽃이 활짝 피어 있지요. 아무것도 모르는 손님들은 주인아줌마 취미가 참 멋있다고 칭찬들 하지만, 그 일을 아는 사람들은 괜히 섬뜩해지지요. 모텔이 생기면서 방이 텅텅 비었지만 그래도 그때만 되면 진달래꽃이 손님 대신 방을 차지하지요.

그 정도면 마나님 말이 사실인가 보네. 아무렴 남편이 그렇게 무지막지하게 굴었겠어? 사람들이 꾸며낸 말일 수도 있지. 그렇잖아. 사람들은 남의 일은 더 나쁜 쪽으로만 비틀고 싶어 하잖아.

그것 보세요. 손님도 마나님 말을 진짜라고 믿네요. 그 마나님을 한번이라도 본 사람들은 다 그렇게 믿어요. 어디 그뿐인가요? 이제는 여기 사람들도 다 마나님 말대로 기억하는 것 같아요. 아무도 아니라고 우기지 않으니까요. 아니라고 입에 거품을 물던 사람들도 다 잠잠해졌어요.

그럴만한 사람들이 다 나이 들어서 세상 떠났거나 떠들 기운도 없는 거지, 뭘.

꼭 그렇게 말씀하셔야 되나요? 설사 그렇다고 해도 이런 데서는 소문도 대를 물리는 걸요.
 요즘에는 텔레비전이며 비디오며 볼 것도 많고 들을 것도 많은데 그런 고리타분한 이야기가 어디 팔리겠어? 그런데 무슨 이야기를 하다가 또 엉뚱한 샛길로 빠진 거야? 그래, 그래서 다복여관에 들어갔다고 했지. 그 다음을 들어보라고. 아침에 집에서 나올 때만 해도, 아니 이 근처에 오기 전까지만 해도, 다복여관에서 묵게 될 줄은 정말 몰랐지.
 서울에서 출장 내려오신 거죠?
 출장이 아니라, 출장차 올라갔다가 월급 타먹는 곳으로 내려가는 중이야.
 그럼 여기 이 근처가 아닌가요?
 세게 밟아도 두 시간은 더 밟아야 돼.
 그렇게나 멀리요? 뭐 하시는데요?
 알아서 뭐 하게? 얼마나 우려먹을 수 있는가 따져보려고?
 손님을 우려먹을 수 있을 만한 처지라면 여기에서 손님한테 구박받고 있겠어요?
 다행히 주제 파악은 하네. 거창하게 말하자면 국토 개발 사업이지. 이 좁은 땅덩어리를 있는 대로 늘려보는 거지.
 아, 그러니까, 가령, 바닷물 막아서 땅 만드는 것, 그런 것 말씀하시는 건가요? 어머나, 상상이 안 되는 일을 하시는 분이네. 그 파도치는 바다를 어떻게 막지요?
 내가 두 팔 들고 서서 막아?
 아무래도 본때 없이 말씀하시는 걸 취미로 삼으셨나 봐. 높은 자리 계시죠? 부장은 오래전에 넘었고, 이사님이겠네.

높은 자리면 뭘 해. 순식간에 미끄러져 내려갈 텐데…… 남 보기에는 그럴싸하겠지만, 마누라하고 애들은 서울 집에 놔두고 나는 회사에서 가라는 대로 사방 천지 홀아비 신세로 돌아다니는 처량한 신세야. 그래도 젊었을 때는 구경하는 재미라도 있었는데, 이제는 어디를 가도 시들해. 이쪽은 참 오랜만에 와보네. 그런데 참 이상해. 아무리 길이 막혀도 고속도로에서 좀처럼 내려오지 않는데, 오늘은 이상하게 짜증이 나서 생전 안 가던 국도로 빠져나왔다니까. 안 그랬으면 여기에 들어올 일이 없지.

오늘은 여기에 오실 운명이신 거죠.

거기에다가 마담하고 만날 운명이라고 우기려고? 아이고, 됐네.

이미 만난걸요. 아니라면 하필 저희 가게를, 안이나 겉이나 인상이 팍 써지는 그런 술집을 굳이 찾아 들어오실 까닭이 있어요?

다복여관은, 방바닥은 절절 끓는데 이불 밖으로 나온 데는 시베리아 벌판이야. 어째서 아직도 이 모양이냐고 주인마나님한테 따지다가 엉뚱한 이야기만 길어졌지.

그 마나님이 여기 가보라고 그러셨어요?

뭘 볼 게 있다고 가보라고 해?

이야기가 길어지면 옛날이야기 나오는 것이고, 그러면 갈매기다방이 나오게 되어 있지요.

그러고 보니 두 집이 각본을 짰군. 그렇게 해서 손님을 같이 우려먹기로 했구먼.

어쨌든 손님 입에서는 말이 곱게 안 나오게 되어 있나 봐요.

그런데 갈매기다방이 왜 이렇게 됐어? 그때는 이보다 훨씬 더

넓었는데…… 언제 마담이 빼앗은 거야?

다복여관에서 뭐라고 듣고 오신 거예요?

갈매기다방 레지가 카페 갈매기 마담으로 승진했다고.

그래서 저를 보러 오신 거예요?

그럼 나를 알아?

알면 왜 이렇게 서론만 질질 끌고 있겠어요.

그럼 착각하지 말아야지. 그런데 왜 하필 갈매기야? 바닷가 항구도 아니고, 바다 냄새도 안 나는 이런 내륙 지방에서…… 그런데 누가 갈매기라고 붙인 거야?

정말 여기 사람이 아니시네. 이제는 그런 것 물어보는 사람 없는데…… 다들 손님처럼 그렇게 물어보았죠. 그때마다 마담 언니는 그랬어요. 뭐라고 해야 좋은데요? 그럼 별별 말이 다 나오죠. 손님들마다 다 한마디씩 하죠. 게다가 설명까지 붙이니까 한번 시비가 붙으면 끝이 없어요. 마담 언니는 쌕쌕 웃으면서 그냥 다 들어줘요. 그러다가 나중에 한마디 하죠. 그래도 전 이게 제일 좋아요. 그러면 아무도 더 할 말이 없지요.

마담 언니가 갈매기를 한번도 본 적도 없었구먼. 마담도 안 봤어? 갈매기를 실제로 보면 그렇게 낭만적이지 않아. 가까이 보면 눈매가 좀 섬뜩하지 않아. 혹시 그 마담 언니가 배를 타는 선장하고 눈이 맞았던 것 아냐? 그것도 외항선 선장이고, 유부남이고. 그래서 이루어질 수 없는 사랑인데, 어느 날 태평양 한가운데서 배가 폭풍우에 뒤집히는 바람에 선장은 물속으로 사라져버리고…….

혼자 계시면서 매일 비디오만 빌려다 보셨나 봐요. 그것도 홀러간. 그래서 아주 싼 비디오만 골라서 빌리셨나 봐. 월급도 많이 타실 텐데 그걸 다 어디다 쓰려고 그렇게 짜게 사세요. 선장이 아니라 배우였대요. 그것도 연극배우요.

영화배우보다 연극배우가 낫다는 말이야?

저는 잘 모르지만 마담 언니는 그렇다고 했어요. 돈은 더 못 벌지만, 훨씬 더 고상하다고요. 그런데요, 유명한 배우는 아니고 유명해지려고 애를 쓰는 중이었나 봐요. 몸이 안 좋아서 시골에 와 있다고 내려와 있다가 막 얼굴 마담으로 여기에 온 마담 언니하고 만났대요.

유부남이고, 이루어질 수 없는 사랑은 맞지 않아? 그리고 그 배우놈이 결국 죽었을 것이고, 아마 폐병이었을 거야.

유부남도 아니었고, 죽지도 않았어요. 가끔 와서 커피 한잔 마시면서 이야기하면서 정이 들었대요.

그래서 정 주고 마음 주고 몸도 주고…….

이런 데 있다고 몸을 함부로 굴리는 줄 아세요?

깜짝이야. 갑자기 왜 화를 내고 그래?

우리도요. 순수한 데가 있다고요. 사람에 따라서 우리도 달라져요.

벌써 취한 거야? 조용조용하게 말해도 다 알아들어.

가진 게 몸뚱이밖에 없어서 그거라도 주려고 해도 너무 과분하다고 절대로 안 받는 사람이 있단 말예요. 그래서 마담 언니가 갈매기라고 다방 이름을 달고 평생 그 배우를 가슴에 품고 살았지요. 손님이 갈매기를 보셨으면 뭐 해요. 연극「갈매기」를 모르실 텐데요. 그런 연극 못 보셨죠?

연극? 영화도 보러가기 어려운데 연극을 언제 어디서 봐? 마담은 그런 연극을 봤단 말이야?
　제가 언제 봐요. 제가 여기 오기 전 일인데요. 마담 언니도 못 봤어요. 아무튼 그런 연극이 있다고 했대요. 그 배우가 자기를 받아주지 않는다고 우는 마담 언니에게 그 연극 이야기를 해주면서 그랬대요. 중요한 것은 출세도 아니고 성공도 아니다. 어떻게 내 십자가를 짊어지고 믿음을 갖고 끝끝내 버티는 거다. 여자 주인공이 하는 말인데, 나는 아무것도 가진 게 없으니 당신한테 그 믿음이 되어주겠다. 그러니까 앞으로 살면서 아무리 힘들고 고달파도 언젠가 이렇게 팔베개 해주며 같이 잘 사람을 만나게 될 것이다. 그렇게 믿고 절대로 험한 마음 먹지 마라, 그랬대요.
　에이, 사기꾼 같은 놈. 그냥 화끈하게 한번 품어주는 게 낫지, 귀신 씻나락 까먹는 말로 백날 염불하면 뭐 해? 기운도 시원찮고, 그럴만한 능력도 없고 하니까, 그러니까 겨우 고자를 면한 정도랄까. 괜히 망신당하는 것보다 그렇게 그럴싸한 말을 지껄여서 모면하는 게 나을 거 같으니까 그럴싸하게 연극을 한 거야. 써먹을 재주라고는 그것밖에 없으니까 말이야. 안 그래? 마담은 그 말이 무슨 뜻인지 알겠어?
　마담 언니가 해석해 줬는데요. 어떻게 무엇으로 버티면서 살아가냐가 중요하다는 거잖아요. 말하자면 살기 위해서 어떻게 하느냐 외에는 따질 게 없다는 거죠, 뭘. 우리 같은 사람들에게 꼭 필요한 말 아닌가요? 그러니까 마담 언니가 누가 뭐라고 해도 간판을 안 바꿨죠.

참, 꿈보다 해몽이 좋다더니…… 내 말이 맞아. 내가 남자라서 그 엉큼하고 시꺼멓고 치사한 속을 잘 알아.

손님 같은 분은 이해 못하시죠.

뭘, 내가 뭘 어때서?

성공하셨고, 출세하셨고, 그래서 가진 것도 많고…….

성공은 무슨 얼어 죽을, 젠장, 출세 좋아하네, 언제 모가지가 잘릴지 모르는 판국인데, 돈이나 많이 모아 놓았으면 본때 있게 때려 집어치우고 골프나 치러 다니지.

그런데도 괜히 화가 나고, 괜히 억울하고, 괜히 허망하고, 그런 분은 이해 못 하시죠. 제 말이 틀리나요?

어라, 점점 목소리가 커지네. 주사 있는 것 아냐?

누가 받아준다고 주사가 있어요? 괜히 말 돌리지 마세요.

그래 좋아, 마담 언니는 그래서 그렇다고 치고, 마담까지 왜 갈매기야? 마담이 바뀌었으면 간판도 바꿔야지. 마담한테도 그런 갈매기가 날아왔었나?

아무한테나 그런 이야기 하고 싶지 않은데요.

에이, 그러면 안 되지. 어째서 내가 아무나인가? 그래도 갈매기다방 레지가 마담으로 승진했다고 해서 왔는데…… 아무나 이런 추운 날에, 이런 썰렁한 주막에, 이런 폭삭 늙은 주모를 앞에 두고 술을 마시나?

손님은 참 이상한 분이시네. 마음에 들었다가, 안 들었다가, 언제 본 것 같았다가, 생전 처음 보는 것 같았다가, 좋은 사람인 것 같았다가, 나쁜 사람인 것 같았다가…….

나 말고, 마담한테 날아온 갈매기 이야기를 하라니까.

듣고 나면 또 얼마나 퉁퉁거리실 텐데요.

장담할 수는 없지만, 그럴지 안 그럴지는 두고 봐야 알 것 아냐? 그 갈매기도 배우였나? 그 작자도 「갈매기」라는 연극을 읊은 거야?

아뇨, 회사원이었을걸요, 아마…….

뭐 하는지도 안 물어봤단 말야?

물어보고말고 할 수가 없었어요. 얼굴도 잘 기억 안 나는걸요.

불 꺼놓은 방에서 얼굴이 보여?

하기는…… 했으면 하고, 그걸로 끝났죠, 뭘.

그럼 마담도 그런 고자를 만난 거야?

계속 그러시겠어요? 가만히 듣고만 계시면 안 되나요?

알았어, 알았어. 듣기만 할 테니까 성질 내지 말고 계속해 봐.

그때가, 그러니까 막 티켓을 시작했을 때예요. 마담 언니가 안 해도 좋다고 했지만, 다들 하는데 저라고 안 할 수가 있나요? 한가하게 놀려고 이 바닥에 들어온 사람이 어디 있나요? 다 돈 벌자고 나온 건데요. 그때가 스물세 살인가, 그런데도 이미 산전수전 다 겪은 참이죠. 열여덟 살에 집 나왔으니까요. 그래도 그때는 얼른 돈 모아서 보란 듯이 집에 돌아갈 생각이 있었지요. 그러니까 남보다 더 많이 티켓을 끊으려고 애를 썼지요. 그때는 여기에 티켓이 처음이라서 엄청 바빴어요. 그날도 밤에 티켓 끊고 다복여관으로 배달을 나갔어요. 방에 들어갔는데, 손님이 무슨 일을 하고 계시면서 조금만 기다리라고 하시더라구요. 출장을 오신 것인지, 급한 회사 일을 마저 끝내려고 했던 거죠. 그래서 커피를 따라드리고 기다렸는데, 벽에 등을 대고 앉아서 기다리다가 너무 피곤해서 그만 잠이 든 거예요.

그 마당에 잠이 와?

그날 좀 많이 힘들었어요. 이런 데서는 티켓 안 끊어도 거의 다 배달시켜요. 손바닥만 한 데지만 종일 걸어 다니자면 얼마나 다리가 아픈지 아세요? 그때가 4월 말이라서 날씨가 따뜻하니까 가만히 있어도 몸이 늘어지는데 종일 엉덩이 붙일 틈도 없이 종종거리다가 방에 앉았으니 그만 맥이 탁 풀린 거죠. 벽에 등을 기대고 쪼그리고 앉은 채로 잠이 들었어요. 얼마나 늘어지게 잤던지…… 그렇게 제대로 달게 자본 적은 그 전에도 그 후에도 없었어요. 늘어지게 하품을 하면서 기지개를 켜면서 일어나 보니, 글쎄, 이불 속에 있잖아요.

밤새 무슨 짓을 했는지도 몰랐단 말이야?

아이 참…… 아무 일 없이 그냥 요 위에서 이불 덮고 잤어요. 그 손님이 이불 펴고 요 깔고 그 위에 저를 눕히고, 자기는 따로 이부자리 펴고 주무셨어요. 얼마나 곱게 눕혔는지 제가 아무것도 몰랐다니까요. 생각해 보세요. 매일 여기저기 시달리고 잠이라고는 다방 한쪽 골방에서 깔고 덮는 것도 제대로 없이 다른 애들이랑 새우잠을 잤는데, 폭신폭신한 이부자리 위에 누웠으니 얼마나 골아 떨어졌겠어요?

그런데 눈을 떠보니 옆에서 근사한 남자가 밤새 들여다보고만 있었다는 거야?

자꾸 그러시면 저 그만 가게 문 닫고 들어갈래요.

무슨 영화에서 본 장면이 그렇다는 거지, 뭐. 너무 열심히 듣다보니 나도 모르게 추임새를 넣는 거야. 조심할 테니까 계속해

봐. 그래서?

아무튼 일어나 보니 아무도 없었어요. 그냥 황당하데요. 그 손님이 왜 그랬는지 몰라서 멍청히 앉아서 기다렸지요.

기분이 나빴단 말이야?

나쁘다는 말은 좀 그렇고, 뭔가 찜찜하고 언짢았어요.

공밥 얻어먹은 것처럼?

말을 해도 꼭 그렇게…… 처음 당하는 일이라서 당황한 거죠. 손님도 남자지만 남자들이 얼마나 치사한지 아세요? 얼마 되지도 않는 돈인데도 어떻게든 본전을 뽑으려고 별별 짓을 다 해요. 실컷 기운을 빼놓고서 해준 게 없다고 깎는 놈들도 있어요. 그러니 그날 아침에 제가 기분이 좋을 수가 없지요. 한번도 그런 황송한 일을 겪어보지 않았으니까요. 그 후로도 없었지만. 아무튼 처음에는 그랬어요. 아무리 기다려도 손님이 들어오지 않고, 그래서 혹시나 하고 다복여관 할머니한테 물어보았더니 손님이 나가면서 실컷 자게 내버려 두라고 해서 안 깨웠다고 하시며 맡겨놓은 돈을 내주시는데, 올나이트로 계산했더라구요. 솔직히 돈 때문에 손님을 기다리기도 했어요. 어쨌든 돌아가서 마담 언니하고 계산을 해야 하는데, 제 돈을 쑤셔 넣어야 할 판이니 안 그렇겠어요?

돈 말고는 보이는 게 없었구먼. 그렇게 벌어서 다 뭐 하고 지금까지 이러고 있어?

이런 팔자야 뻔하죠. 밑 빠진 독에 물 붓는 팔자지요.

하긴 이나마 붙잡고 있는 것도 다행이지.

기분 좋은 말은 아니지만 맞는 말이네요. 제가 생각해도 대견

하지요.

　갈매기 이야기는 다 끝난 거야?

　손님이 자꾸 엇나가시니까 그렇지요. 그래서 돈을 받고 갈매기로 돌아가는데, 터덜터덜 신작로를 걸어가다가 갑자기 밑도 끝도 없이 눈물이 콱 쏟아지는 거예요.

　그건 또 무슨 변덕이야?

　그냥 막 창피하고, 서럽고, 그러면서 숨을 못 쉴 만큼 가슴이 빠개지도록 아픈 거예요. 그래서 아무 골목이나 들어가서 쪼그리고 앉아서 큰 소리로 막 울었어요. 골목 사람들이 쫓아 나와서 들여다보는데도 그냥 울었어요. 그날은 그대로 골방에 박혀서 마담 언니가 아무리 악을 써도 꼼짝도 안 했어요. 자꾸만 가슴이 뭉클해지고, 그럴 때마다 눈물이 주르르 흐르고…….

　겨우 그거야? 그렇게 해서 그 고자가 마담의 갈매기가 되었단 말이야?

　그리고 그 다음 날 일어나니까 세상이 달라 보였어요. 생전 처음으로 세상이 살 만하다고 생각했지요. 손님에게는 겨우 그것이겠지만, 그래서 저는 평생 그것 붙들고 버티는걸요.

　정말 답답하네. 그럴 만한 일이어야지. 거기에 비하면 마담 언니 갈매기는 이야기가 들어줄 만하네. 겨우 그런 사연으로 여태 여기에서 못 떠난 거야?

　여기는 워낙 좁은 데니까, 언제라도 다시 오시게 되면 만날 수 있을 것 같아서요. 처음 몇 년은 그랬어요. 그러다가 마담 언니가 아프면서 못 떠나게 되었고, 마담 언니 죽고 나서는 갈매기다방을 떠맡았으니 마담 언니가 서운해할까 봐 못 떠났지요.

이런 바닥에서는 그렇게 한군데서 뭉개는 게 어렵잖아?

그러니까 이런 손바닥만 한 주막으로 줄어들었지요. 이나마 붙들고 있기도 어려웠지요.

정말 그 갈매기 얼굴을 몰라?

기억 못 한다고 말씀드렸잖아요. 그날 방에 들어갔을 때 홀끔 쳐다보고는 그만이었으니까요. 안 그렇겠어요? 굳이 손님 얼굴을 볼 필요가 없으니까요. 하지만 지금도 딱 보면 알아볼 수 있을 것 같아요. 나이로는 손님도 비슷하네요.

그때 마담이 마음만 먹었으면 누군지 알아볼 수 있었을 텐데.

이상하게도 그러고 싶지가 않았어요. 그냥 마음에 품고 싶었어요.

그럼 아직 못 만났단 말이군.

가끔 긴가민가하는 손님들이 있기는 했어요. 그런데 이야기를 요리조리 끌어가다 보면 금방 알 수 있죠.

나도 긴가민가하나?

글쎄요. 그렇기도 하고, 아니기도 하고…… 느닷없이 다복여관을 찾아가셨다는 것이며, 또 여기를 일부러 찾아오신 것이며, 그렇기도 하고…… 있던 정도 다 떨어지게 말씀하시는 것을 보면 아니기도 하고…….

정 떨어지는 말 더 해줄까?

좋죠. 기왕이면 똑 떨어지게 해보세요.

마담 갈매기 이야기를 듣다 보니 생각난 거야. 내 친구가 겪은 일이야. 그 녀석이 옛날에 어느 지방에 출장을 갔다가 호기심에 여관에서 티켓 다방을 부른 거야. 그런데 막상 레지가 오니까 망설여진 거야. 집에 있는 배부른 마누라 생각도 나고, 레지 얼굴이며 몸매도 그저 그렇고, 온갖 촌놈들이 다 주물렀다고 생각하니 찜찜하고, 그런 거지. 그래서 괜히 일을 벌려놓고 바쁜 척하면서 조금만 기다리라고 한 거야. 그런데 조금 있다가 보니까 그 레지가 졸고 있는 거야. 다리를 옆으로 하고 꾸벅꾸벅 졸고 있는데 하도 어이가 없어서 물끄러미 쳐다봤나 봐. 그런데 여기저기 보다가 다리를 쳐다보았는데, 하필 발뒤꿈치를 본 거야. 정확하게 말하면 발꿈치 위 발목 양쪽 말이야. 무심코 거기를 봤는데, 뽀얗게 흙먼지가 앉아 있더라는 거야. 종일 맨발에 슬리퍼 같은 걸 신고 돌아다니니 얼마나 흙먼지가 달라붙었겠어. 발가락에는 새빨간 매니큐어가 거의 다 벗겨져 있고…….

그러고 다녔으면 어지간히 날씨가 따뜻할 때였겠네요.

그랬겠지. 정확하게는 모르지만…… 솔직히 다리를 눈으로 더듬을 때는 티켓을 써먹을 생각이었는데, 그걸 가만히 쳐다보고 있으려니 그런 생각이 싹 사라지더라는 거야.

먼지 때문에요? 씻으라고 하면 되잖아요.

생각해 봐. 마담이 만약 장날에 장바닥에서 뽀얗게 흙먼지를 뒤집어쓰고 있는 과일을 보면, 아, 이것 씻어서 먹어야지, 그러면서 침을 흘리나? 저걸 누가 먹나 하고 심란하게 생각하지. 안 그래?

그래서 내쫓으신 거예요?

처음에는 하도 심란해서 그냥 놔뒀고, 조금 있다 보니까 괜히 안됐다는 생각이 들어서 이부자리를 펴고 눕혔대. 눕히고 말 것도 없는 게. 슬쩍 이부자리 쪽으로 밀었더니 그대로 쓰러지더니 어느새 이불을 끌어당기는가 싶더니 드르렁드르렁 코까지 골면서 정신없이 자더라는 거야. 그러니 깨울 수가 있어?

왜 못 깨워요? 흔들어 깨우든지, 아니면 정신 나게 한 대 때려주던가, 그러면 벌떡 일어나지요. 그래서 아침까지 그대로 재웠대요?

그건 몰라. 거기까지만 들었으니까 거기까지만이야.

정말 손님 친구가 그랬어요? 손님이 아니고요?

내 친구가 그랬다니까.

그 친구 분이 레지 아가씨 얼굴을 기억하신대요?

하도 오래되어서 어디 기억하겠어? 그동안 까맣게 잊어버렸는데, 어느 날 차를 타고 그 지방을 지나가다가 별안간 흙먼지 낀 발목이 생각나서 혼자 웃었대.

그런데 하필 그런 이야기를 하세요?

정이 똑 떨어지게 해달라고 했잖아.

천만에요. 갑자기 손님한테 정이 붙는데요.

이것 봐, 마담. 갑자기 술이 확 깨는걸. 가만, 가만…… 보기와는 영 딴판으로 마담이 아주 단수가 높네. 어떻게 그 나이 그 인물로 여태 이 장사를 하고 있나 했더니, 그런 이야기로 매상을 올리다가 그렇게 달라붙는구먼.

말 돌리지 마세요.

내 친구 이야기를 한 건, 그만 꿈 깨라는 거지. 만약 그날 그 손님도 내 친구처럼 그랬다면, 마담이 완전히 착각한 거지. 얼마나 웃기는 일이야?

절대로 그렇지 않아요.
물론 아니지. 그건 순전히 내 친구 이야기고, 마담하고는 아무 상관 없는 일이지. 하지만 그날 그 손님도 그런 황당한 이유가 있었을지도 모르잖아. 그렇다면 마담이 착각한 거잖아. 얼마든지 그럴 수 있어. 두 사람이 똑같은 일을 당했어도 생각하는 것은 완전히 다를 수 있으니까. 다 자기 입장에서, 자기가 좋은 대로 해석하니까 말이야.
손님, 저는 설사 그날 그 손님이 손님 친구 같은 일을 당했다고 해도, 또 제가 그걸 이제야 알게 되었다고 해도, 저는 아무 상관 없어요. 그럼 어때요? 중요한 건 제가 어떻게 믿고 있는 거지요.
말이 틀리잖아. 그 손님을 만나려고 여태 여기 있었다면서…….
철이 없을 때 이야기지만, 처음에는 하루라도 빨리 그 손님을 다시 만나고 싶었어요. 그런데 한해 두해 지나면서 마음이 달라졌어요. 때로는 그 손님이라고 믿고 싶은 사람이 있었어요. 그러면 그 손님이기를 바라는 마음에서 그전처럼 이야기를 돌려가면서 확인해 보지 않고, 아닐까봐 겁이 나서, 얼른 제가 원해서 모시고 가지요. 정말 그 손님이라고 믿으면 가슴이 마구 두근거리고 신방 들어가는 새색시처럼 기분이 묘해지지요.
갈매기 덕분에 엉뚱한 작자들이 대접을 받았겠구먼. 그중에서 한 놈 묻지 그랬어?
안 그래도 그러고 싶은 사람들이 있었지요. 그쪽에서도 같이 살자고 하는 사람들도 있었고요. 그런데 참 이상하지요? 틀림없이 그 사람이라고 생각했는데도, 아침에 눈을 뜨면 절대 아니라고 제가 저한테 우겼어요.

아침에는 제정신이 돌아왔구먼.

비꼬는 말씀인 줄 알지만, 그 말씀이 아주 틀리지는 않지요. 아무래도 밤에는 기분이 묘해지기 쉬우니까요. 그런데 점점 더 이상해지는 것이, 그 손님이라고 믿고 싶으면서도 정말 그럴까 봐 겁이 나는 거예요. 그래서 막상 그 손님이다 싶으면 절대로 아니라고 딱 잡아떼는 거예요.

그건 또 무슨 변덕이야?

변덕이라고요? 하기는 손님이 달리 어떻게 이해하시겠어요. 그래야 또다시 그 손님을 기다리는 것을 어떻게 이해하시겠어요. 그러면 하루하루가 훨씬 수월하게 지나가는 것을, 속상한 것도 억울한 것도 모욕당하는 것도 서러운 것도 훨씬 수월하게 견딜 수 있는 것을 어떻게 이해하시겠어요. 그 덕분에 세월이 얼마나 잘 지나갔는지 어떻게 이해하시겠어요?

그러고 보니 다복여관 마나님만 징그러운 게 아니라 마담도 참 징그럽구먼.

엉뚱한 말로 얼버무리지 마세요.

괜한 말 아니니까 잘 들어봐. 나무 한 그루 자라지 못하는 모래사막에 말이야. 어쩌다가 씨가 날아와서 열매도 꽃도 없는 볼품없는 풀 같은 것이 자라게 되었단 말이야. 그러면 그 척박한 사막에서 물기를 찾아 내려가느라고 얼마나 뿌리가 길어지는지 알아? 수십 미터, 아니 수백 미터도 될 수 있다니까. 그나마 곧 바로 반듯하게 내리지도 못하지. 이쪽인가 싶으면 아니고, 그래서 저쪽으로 비틀고, 그렇게 본능적으로 물기를 찾아가다가 그만큼 길어진 거지. 얼마나 길던지, 그림으로 보는데도 징그러울 정도였다니까. 아무도 그게 그런 뿌리를 갖고 있는지, 직접 캐어서 볼 때까지는 상상할 수조차 없을 거야.

갑자기 이 엄동설한에 사막이 왜 나와요? 뿌리는 또 뭐고…….

글쎄, 나도 잘 모르겠네. 마담 이야기를 듣다보니 그냥 슬그머니 그 그림이 떠올랐어. 그런데 말이야, 지금 이 자리에서 마담을 들어올리면 아마도 끝도 없이 뿌리가 나올 듯싶네 그려.

손님이 그런 이상한 말을 하시니까 내 발밑에 뭐가 치렁치렁 매달려 있는 것 같잖아요.

틀림없이 징그럽게 길 거야.

그런 이상한 이야기는 그만 하시고 이 잔이나 비우세요. 더 늦기 전에 다복여관으로 돌아가셔야 하잖아요.

다복여관 대문이야 언제나 활짝 열려 있을 텐데, 뭘.

아까도 숨이 턱 막힐 만큼 춥던데, 점점 더 매서워질 거예요. 그러면 다복여관까지 가는 것도 쉽지 않을 텐데, 그만 일어나세요. 다복여관도 이제는 밤새워 대문을 열어놓고 있지 않아요. 어서 가세요.

그럼 티켓 끊어서 다복여관으로 오려고?

글쎄요. 하도 오랜만이라서…… 그런데 발목에 먼지 끼지 않았나 몰라요.

내가 아니라 내 친구라니까.

물론 손님이 아니라 손님 친구 이야기였죠. 알아요. 손님은 절대로 그날 그 손님이 아닌 줄 알아요. 그럼요. 절대로 아니지요. 그 손님이 아닌 줄 잘 알고 있어요. 아직 그 손님을 만나지 못해야 하는데, 절대로 그 손님이 아니지요. 아무렴, 아니지요. 자, 손님, 이제 그만 일어나실래요?

사막에서 사는 법 8

거칠게 몸을 흔들어대는 우악스러운 힘을 느끼면서도 꿈인가 했다. 꿈속에서 언제나 그는 혼자서 멀찌감치 달아났다. 그와의 간격은 애를 태울수록 점점 더 멀어지기만 했다. 그래서 눈을 뜨면 맨 먼저 조심스럽게 그의 자리를 더듬었다. 그런데 처음으로 그녀는 그보다 앞장서서 달아나고 있었다. 미처 따라오지 못하는 그 때문에 그만 멈추려고 했지만 다리는 제멋대로 움직이기만 했다. 그녀는 연신 뒤돌아보며 팔을 허우적거렸다. 그러다가 언뜻 된소리를 들은 것 같았다. 오랜 세월 동안 몸뚱이는 탄력을 잃고 맥없이 늘어졌지만 귀만은 언제나 빳빳하게 곤두서 있었다. 그녀는 그 소리에 반사적으로 몸을 일으켰다. 일어나기에는 아직 어둠이 짙었다. 그는 여전히 우악스럽게 그녀의 몸을 성한 한 손으로 흔들어댔다. 그렇게 그녀를 깨운 적은 없었다.

오늘은 뭔가 다르다는 불길한 예감이 들었다. 그가 다시 된소리를 냈다.

(불 켜봐, 얼른…….)

불을 켜고 그녀는 잽싸게 이불을 걷어냈다. 퀴퀴한 냄새가 허리를 펴고 일어났다. 쓰러진 뒤 한동안 그는 마음대로 움직이지 못하는 몸뚱이를 그녀에게 맡길 때마다 치욕스러움을 견디지 못해 바드득바드득 이를 갈았다. 가까스로 왼쪽 팔이 되살아날 때까지 그는 쉴 새 없이 으르렁거리며 그녀를 닦달했다. 그가 내지르는 된소리를 정확하게 알아듣게 되자 조용해졌다. 허둥지둥 그의 파자마 바지를 내렸다. 아랫도리를 물수건으로 닦아내고 새 기저귀를 채우는 데도 금방이라도 그가 으르렁거릴 것 같아 등에서 진땀이 났다. 웬일인지 그는 잠잠했다. 가까스로 파자마 바지를 끌어올리고서야 그녀는 한숨을 돌렸다. 이불을 덮기 전에 그의 다리를 주물러야 했다. 다리를 가지런히 놓으려고 손으로 만지다가 그녀는 흠칫 놀랐다. 어젯밤에는 그의 발이 너무 차가워서 놀랐다. 그런데 몇 시간 만에 장딴지까지 차가워진 것이다. 지독하게 더딘 세월이었는데 왜 느닷없이 쏜살이 되는가. 그가 눈치 챌까 봐 그녀는 얼른 다리를 가지런히 모으고 주무르기 시작했다.

(죽을 때가 된 거야. 그때가 되어서 다 쏟아내는 거야.)

느닷없는 그의 말에 놀란 그녀의 가슴 한 귀퉁이가 와르르 무너졌다.

(사람이 죽으려면 가진 구멍으로 다 내보내.)

"무슨 그런 말씀을…… 제가 잘못해서 그러신 것을…… 용서

하세요."

(걱정 마. 자네 고생도 다 끝났어.)

"왜 자꾸만 그런 말씀을……."

(날 밝기 전에 목욕까지 다 해야겠어.)

"다른 날보다 이른데 한두 시간 더 주무시고 나서……."

(날 밝기 전이라니까.)

그는 절대로 번복하지 않았다. 그래도 행여나 하는 마음으로 그를 바라보았다.

(뭐라고 해도 소용없어. 안 가. 이번에는 안 가. 못 들었어?)

그가 눈을 뜨고 사납게 그녀를 쏘아보았다. 일그러진 한쪽 눈에서 시퍼런 빛이 새어나왔다. 그가 고집을 피울수록 그녀는 더 두렵고 불안해졌다. 마음이 진정되지 않을 때에는 몸을 되도록 많이 움직이는 게 상책이었다. 언제라도 그의 마음이 변할 때를 대비해서 몰래 짐을 챙기고 꾸려놓을 작정으로 조금 전에 한쪽으로 치워둔 빨랫감을 일부러 그에게 보이면서 일어났다. 두 평 반짜리 방에 반 평 남짓한 부엌이 전부인 공간에서 날카롭게 날이 선 그의 청각을 피하기는 어려웠다. 그녀는 수도꼭지를 한껏 비틀어 놓고 플라스틱 함지 대신 쭈그러진 알루미늄 대야로 바꾸어놓았다. 요란한 물소리 사이로 방 안의 소리를 엿들으면서 우선 눈으로 짐을 쌌다. 빨래를 끝냈을 때는 죽 냄비도 된 숨을 뿜고 있었다. 습관처럼 귓바퀴를 방 쪽으로 활짝 열었다. 방 안은 조용했다. 벌써 가슴까지 차가워진 것인가. 그녀는 살그머니 방문을 열었다. 그는 입을 악다물고 천장을 노려보고 있었다. 도로 방문을 닫고 그녀는 가슴을 쓸어내렸다. 얼마나 시간이 남은 것일까. 끝내 고집을 꺾지 않는다면, 그래서 기어코 가죽 잠바가 이곳으로 들이닥친다면…… 그 다음에서 어찌 해야 될지를 몰라 그녀의 생각은 자꾸만 제자리에서 맴돌았다.

다른 날과 달리 그는 군소리 없이 죽 냄비를 비웠다. 수저를 놓으면서 그가 천엽을 먹고 싶다고 말했다. 소의 생 간과 함께 그가 가장 좋아하는 음식이 천엽이었다. 일 년도 넘게 찾지 않아서 오래 앓다 보니 입맛도 달라졌다고 짐작했었다. 그런데 죽을 겨우 넘기면서 날고기를 찾으니 다시 불길한 생각이 들었다. 그뿐이 아니었다.

(씻고 나면 옷 좀 챙겨줘.)

밥상을 들고 일어나려다가 그녀는 도로 내려놓았다.

(파자마를 입고 손님을 맞으란 말이야?)

손님이라니. 손님을 맞으시다니. 이제는 정신까지 놓으시려는 것인가. 눈조리개를 좁히며 그의 눈빛을 살폈다. 눈빛은 조금도 흐려지지 않고 여전히 매섭고 서늘했다. 그 눈빛으로 그녀를 쏘아보며 목소리를 높였다.

(내가 허튼소리하는 것 봤어? 내 정신은 아직 멀쩡해.)

설거지를 하면서, 목욕물을 준비하면서, 갈아입힐 옷을 챙기면서 그녀는 떨리는 몸을 진정하느라 진땀을 흘렸다. 여태껏 그를 찾아온 손님은 가죽 잠바뿐이었다. 언제나 두려워하며 피했지만 두 번이나 가죽 잠바는 그를 찾아냈다. 오 년 만에 가죽 잠바가 근처에 다시 나타난 것은 이틀 전이었다. 골목 어귀의 가게 여자가 무심코 흘리는 말을 슬그머니 주워 담고 집으로 돌아오는 그녀의 다리가 부들부들 떨렸다. 가죽 잠바는 눈에 보이지 않았을 뿐이지 언제나 어디에서나, 심지어 꿈속에서도 얼마든지 와락 뒷덜미를 움켜쥘 수 있었다. 그러니 그가 전처럼 성한 몸이라면 그처럼 떨리지 않았을 것이다. 그런데 그의 반응은 그녀를 더욱 두렵게 만들었다. 찾는 사람이 있었다는 가게 여자의 말을 전해 듣고도 그의 눈에서 새파란 빛이 나오지도 않았고, 거칠게 콧김을 뿜어내며 와드득 이를 갈지도 않았고, 몸에서 섬뜩한 한기를 내뿜지도 않았고, 회오리바람을 일으키며 그녀를 채근하지도 않았다. 어느 때는 이삿짐을 풀다가도 낯선 사람의 그림자가 얼른거린다며 도로 짐을 싸기도 했다. 그런데 뜻밖에도 그는 끙 하고 신음소리를 내뱉을 뿐이었다. 그렇게 예전과 달랐는데도 그녀는 심상찮게 여기지 않았다. 말짱한 정신과 달리 마음대로 움직일 수 없는 육신 때문에 더 이상 옴짝달싹할 수 없다는 절망감을 그렇게 내지른 것이라고 생각했다. 꼼꼼히 되짚어 생각해 보니 그는 놀라지도 않은 것 같았다. 이제야 그녀는 아무래도 그가 맞을 준비를 하고 기다리는 손님이 가죽 잠바일지도 모른다고 짐작했다. 어쩌면 그는 가죽 잠바가 나타나기 전부터 기다렸는지도 몰랐다. 갑자기 상태가 나빠지기 시작했던 때부터인가. 하지만 아무리 저승을 눈앞에 두고 있다고 해도, 도저히 그를 이해할 수 없었다. 날이 밝기 전에 다시 그의 마음을 돌려볼 수밖에 없었다. 그녀의 움직임이 빨라졌다.

    그를 목욕시키고 옷을 갈아입히는 동안 이따금 그녀는 힘에 부친 나머지 된 신음소리를 흘렸고, 그때마다 그는 길게 내쉬는 숨소리로 대꾸했다. 그가 고른 옷은 쥐색 남방과 감색 바지였다. 양말까지 신고서도 그는 개운한 표정이 아니었다. 그녀가 빗질해 준 머리를 성한 손으로 자꾸만 쓰다듬었다. 단장이 끝나고서도 그는 누우려고 하지 않았다. 이불을 접어서 등 뒤에 대고 비스듬히 반쯤 누운 자세로 만들어주자 그의 얼굴이 편안해졌다. 그가 눈을 감는 것을 보자 그녀는 눈으로 짐을 싸기 시작했다. 한 보따리를 꾸렸을 때 그의 된소리가 뒷머리를 때렸다.

(그동안 아들놈하고는 한번도 연락이 없었나?)

그녀는 큰 눈을 끔벅거리면서 그를 바라보았다.

(나 몰래 연락해 보지 않았나? 처음 몇 년은 서너 번 그놈이 찾아왔던 것 알아. 어디 사는 줄도 몰라?)

"하도 오래되어서 얼굴도 생각이 안 납니다."

(그게 어미가 할 소리야? 겨우 십사 년이야. 클 만큼 커서 떠났으니 얼굴도 달라질 게 없어. 작정하면 금방 찾을 거야. 자네가 이 세상천지에 갈 곳이 거기밖에 더 있어?)

"떠날 때 어미는 없다고 생각한다고 했습니다."

(자네를 닮아 모질지가 못해서 배 아파 낳아준 어미를 몰라라 할 놈은 아냐. 내가 미워서 그런 거지.)

"한번도 그 애가 그런 말 한 적 없었습니다."

(말 안 한다고 몰라? 나라면 그런 의붓아비를 죽이고 달아났을 거야. 다 알아. 내가 얼마나 지독하게 굴었는지.)

"감히 그런 생각을 어떻게 하겠습니까? 그 덕분에 배 안 곯고 고등학교도 나왔고……."

(애당초 아비 노릇 할 생각은 없었어. 숨어 살려니 아들도 있는 게 나을 것 같아서 그런 거지. 억울하고 서운하겠지만 자네하고의 인연도 그래. 모르진 않았을 거야. 자네한테도 지독하게 굴었으니까.)

"처음에 그런 말씀을 다 하셨습니다. 그래서 조금도 억울하거나 서운하지 않았습니다. 형편이 그렇지 않았으면 제가 어디 당키나 한 사람입니까? 여태껏 살아온 것도 제 팔자에는 너무나 과분합니다."

(그렇게 생각했으면 나 죽고 나서 다 잊어버려. 나도 그렇겠지만 이승에서 우리 인연은 아예 없었다고 생각해. 하필 내가 자네가 일하는 하숙집에 묵은 것이며, 팔 년 만에 시장 바닥에서 우연히 다시 만난 것이며, 다 재수 없어서, 팔자가 사나워서, 그리 되었다고 생각해. 무식하고 아둔한 자네를 이용하고 살았지만, 나도 자네만큼 재수 없고 팔자가 사나웠으니까 피장파장인 거야. 그러니까 나 죽고 나면 다 잊어버리고 홀가분하게 살아.)

그의 말투는 그 어느 때보다도 너그러웠지만 여태껏 들어온 그 어떤 험한 말보다도 더 잔인하고 끔찍했다. 그녀는 떨리는 몸을 감추느라고 작고 마른 몸을 한껏 웅크렸다.

(여기 방바닥 밑에 통장이 있어. 도장은 이 베개 속에 있고. 더 일러줄 말이 없으니까 나가봐. 늦기 전에 천엽이나 먹었으면 싶네.)

그래도 그녀는 꼼짝하지 않았다. 마지막으로 한번 더 그의 마음을 돌려보고 싶었다.

(뭘 그리 꾸물거려. 날이 다 밝았는데.)

"지금이라도 안 늦었습니다. 짐 싸는 것도 어렵지 않고, 불편하시지 않게 모실 테니 떠나신다고 말씀만 하시면……."

(자네가 뭘 안다고 건방지게 내 일에 간섭을 해? 그러려면 지금 당장 자네가 떠나. 이제는 자네가 없어도 아쉬울 것도 없고 불편할

일도 없어.)

그는 너무나 화가 나서 숨조차 제대로 쉬지 못했다. 그 서슬에 놀라 그녀는 황망히 방을 나왔다. 헛손질 때문에 시장을 가려고 출입문의 자물쇠를 잠그는 데만도 꽤 애를 먹었다. 허청거리며 골목을 빠져나가면서 그녀는 어둑새벽에 시달렸던 꿈을 되새겼다. 아무래도 그는 죽기로 작정한 것 같았다. 큰길로 나오자 기지개를 켜던 햇살이 눈을 찔렀다. 그녀는 눈을 가리는 척 거친 손바닥으로 눈가의 물기를 닦아냈다.

"꽤 오랜만에 천엽을 찾으시네. 할아버지가 많이 좋아지셨나 봐요."

정육점 사내는 용케도 기억을 하고 있었다. 사내의 놀라운 기억력에 그녀는 움찔했다. 숨소리도 제대로 내지 못했는 데도 가죽 잠바가 다시 찾아올 수 있었던 까닭을 그녀는 비로소 이해할 수 있었다. 그를 간병하느라, 쫓기는 사람에게 세상은 너무나 좁다는 사실을 한동안 잊고 있었다. 돌아가는 길에 골목 어귀의 가게에 들러 다시 확인을 해봐야 될 것 같았다. 그는 달아나기를 포기했지만, 그녀는 포기할 수 없었다. 그녀를 위해서가 아니었다. 세 살 난 아들 손을 잡고 시장 바닥을 헤매고 있을 때 이미 그녀는 살아 있는 사람이 아니었다. 너무나 잘나고 훌륭해서 똑바로 얼굴 한번 쳐다보지 못했던 그가 그녀를 쓸모 있다고 붙잡았을 때 다시 살아났다. 그래서 그와 함께 사는 세월이 그녀의 팔자에는 너무나 과분한 덤이라고 믿었다. 그 믿음 때문에 그가 아들에게 따뜻한 눈길 한 번, 말 한 마디 건네지 않아도 서운해하지 않았다. 열이 펄펄 끓는 아들을 옆방에 두고도 그의 지칠 줄 모르는 욕망을 채워주었다. 그의 박대와 멸시를 견디다 못해 떠나는 아들의 간곡한 애원도 끝내 듣지 않았다. 몇 번이나 다시 몰래 찾아와 어미 없는 놈이 되겠다고 위협해도 눈물 한 방울 흘리지 않고 되돌려 보냈다. 이제 그녀는 끝까지 그에게 쓸모 있는 사람이 되고 싶어서 포기할 수 없었다. 정육점을 나온 그녀는 약국으로 들어갔다.

"할아버지가 예순여덟이시면 깊은 잠을 못 주무시는 게 병이 아니지요. 잠이 안 와서 괴로워하시면 이 약을 하나씩 드시게 하세요."

"이대로 잡수시면 좀 불편하실 텐데……."

"순가락으로 으깨거나 마늘 빻는 방망이로 살짝 찧어서 가루로 만드세요. 그런 다음에 물이나 우유, 아니면 잡수시는 것 뭐든지 간에 거기에 섞어서 드시면 되지요."

"워낙 잠이 깊지 못하셔서 주무시면서도 무슨 소리든지 다 듣고 일어나시는데 이걸 드시면 정신없이 주무실까요?"

"요즘 갑자기 그러세요?"

"아니 그게…… 워낙 그러시지요."

"낮잠을 많이 주무시나요?"

"낮잠은 무슨…… 한번도 그러신 적이 없으세요."

"할아버지께서 신경이 굉장히 예민하시나 봐요. 두 개까지는 괜찮지만 한꺼번에 더 이상 드시면 안 됩니다. 그래도 못 주무시면 병원으로 모시고 가보세요."

그녀는 약 봉투를 잠바 안주머니에 깊이 넣고 약국을 나왔다. 그의 뜻을 거스른다는 것이, 그를 속여야 한다는 것이 너무나 무섭고 두려웠지만 가죽 잠바가 그를 죽이도록 그냥 내버려 둘 수는 없었다. 지금껏 다리 한 번 제대로 펴지 못하고 살았던 그가 끝내 두려움에 떨면서 죽게 할 수는 없었다. 이삿짐을 꾸리는 데야 한 시간도 걸리지 않을 것이다. 작은 용달차 한 대면 충분할 것이고, 이불 보따리에 그를 기대어 앉히고 부축하면 아무도 의심하지 않을 것이다. 그가 깊이 잠들 수만 있다면 가죽 잠바가 들이닥치기 전에 방을 비울 수 있다고 생각하자 조바심으로 그녀의 걸음이 빨라졌다.

"오늘도 커피믹스 세 개요?"

가게 여자가 조심스럽게 안을 살피며 들어서는 그녀를 보고 물었다. 쓰러지고 나서도 그는 어김없이 하루 세 번 커피를 찾았다. 매일 가게에서 커피믹스 세 개를 사는 일은 그녀의 하루 일 중에서 가장 중요했다. 달리 그녀의 집을 기웃거리는 사람을 태연하게 알아낼 수 있는 방법은 없었다. 그녀는 대답 대신 헤벌쭉하게 웃어 보였다.

"하기는 그렇게 해서라도 할머니가 바깥바람을 쐬셔야지. 할머니는 아니라고 하시지만 그게 바로 의처증이지. 할머니가 되셨는데도 그러시니 젊으셨을 때는 얼마나 대단하셨을까. 몸이 불편하신 뒤로 더 그러시나 봐. 하기는 할머니가 아니면 아무도 말씀을 못 알아들으니…… 그러다가 돌아가실 때도 같이 가자고 하시면 어째?"

"무슨 그런…… 생전 찾아오는 사람도 없이 심심해서 한 번씩 나와보는 거지요."

"엊그제 누가 찾던 집이 할머니 집 아니었어요?"

"언제?"

"그저께인가, 맞아, 그저께야. 누가 집을 찾는다고 물어보는데…… 내가 할머니한테 말 안 했나? 딱 할머니 집이던데…… 그래서 내가 말한 것 같은데…….."

"누가 뭐라고 그랬는가요?"

"검은 가죽 잠바를 입은 노인네인데, 친척집을 찾는다고 하면서 생김새를 일러주는데, 들으니까 딱 할아버지하고 할머니야. 이름이 뭐라고 하더라, 아무튼 내가 할아버지 이름까지는 모르고 생김새로는 비슷하다고 했더니 집이 어디냐고 물었어. 대답을 하면서 무심히 할아버지가 중풍환자라고 했더니 언제부터 그랬냐고 하더라고. 그게 조금 안 맞았나 봐. 그때 찜찜해하더니만, 그럼 아니었나? 그런 사람이 가지 않았어요?"

"그런 사람 통 몰라요. 그 사람이 언제 또 왔어요?"

"아니오. 못 봤어요. 할머니 집이 아니었나 보네. 딱 할머니 집이던데…….."

"우리 집 아니오. 또 오면 아니라고 해요. 큰일 나려고…….."

"맞아. 괜히 누가 기웃거리면 할아버지가 의심하셔서 난리 내실 거야. 아유, 할머니는 너무 사랑받으셔서 고생하시네. 얼른 들어가 보세요. 늦었다고 또 의심하실 텐데…….."

깔깔거리면서 등을 밀어대는 주인 여자에게 못 이기는 척 떼밀려 가게를 나왔다. 새삼스럽게 가죽 잠바가 나타난 것을 확인한 그녀는 더할 수 없이 마음이 급해졌다. 좁은 골목길을 허둥지둥 올라가면서 그녀는 자꾸만 뒤를 돌아보았다. 점점 숨이 가빠지는 만큼 마음도 더 바빠졌다. 자물쇠를 열고 들어서자마자 방문을 열어보느라 그녀는 출입문 잠그는 것을 잊어버렸다. 그는 여전히 비스듬하게 등을 대고 앉아 있었다. 그제야 가쁜 숨을 가라앉히고 천엽을 씻기 시작했다. 밀가루와 굵은 소금으로 빡빡 문지른 뒤 펄펄 끓인 물을 끼얹고, 숟가락으로 긁어낸 뒤 깨끗이 씻어 가늘게 썰었다. 천엽 그릇을 앞에 놓고 참기름 병을 손에 든 채로 그녀는 한참 동안 숨을 몰아쉬었다. 뚜껑을 열고서도 자꾸만 약 봉투를 흘낏거렸다. 막 참기름 병을 기울이려는데 드르륵 출입문이 열리는 소리가 들렸다. 그녀가 소스라치게 놀라며 뒤돌아보았다.

"누, 누구세요?"

그러나 이미 가죽 잠바는 신을 신은 채로 방으로 들어서고 있었다. 들어서자마자 가죽 잠바는 소리를 내질렀다.

"김태호, 네 이놈! 잽싸게 달아나더니 겨우 여기에 처박혀 있었구나."

순간 그녀는 머리 꼭대기로 빠져나가는 혼백을 와락 움켜쥐었다.

"네 이놈! 네놈이 반병신 꼴을 하고 있으면 못 찾을 줄 알았더냐? 하다하다 할 짓이 없어서 중풍쟁이를 하냐, 이놈아? 썩 일어나! 당장에 일어나, 이놈아! 네놈이 그런다고 내가 속을 것 같으냐? 그런 구질구질한 꼴을 하면서까지 살고 싶으냐? 내가 이렇게 왔는데도 최명섭이라고 행세할 생각이냐?"

기다시피 그녀는 방 안으로 들어가서 그의 목을 움켜쥐고 흔들어대는 가죽 잠바의 팔을 붙들었다.

"이거 놓으세요. 놓고 말씀하세요. 이분은 많이 편찮으십니다. 제발 이 손을 놓으시고 제 말 좀 들으세요. 제발, 제발……안 도망갈 테니까 제발 제 말 좀 들으세요."

"뭘 안다고 자네가 끼어들어?"

"그때 선생님이 가신 뒤에 쓰러지셔서 벌써 오 년이나 이러고 사셨습니다."

"처음에는 하숙집 식모 마누라와 당치도 않은 아들놈 때문에 공소시효가 넘도록 못 찾았어. 그 다음에는 쓰러져서 죽은 척하는 바람에 놓쳤어. 이번에는 반병신 행세 때문에 못 찾을 뻔했어."

"흉내 내는 것 아닙니다. 제발 믿으세요."

"여태껏 한통속으로 이놈하고 붙어사는 자네를 믿으라고?"

"어떻게 해야 믿으십니까? 보세요, 여기 좀 보세요. 이분 다리가 어디 성한 사람이십니까?"

그녀는 함부로 그의 바지를 끌어 내렸다. 치욕스러움을 견디지 못해 질끈 눈을 감고 있는 그의 얼굴이 벌겋게 달아올랐다.

"보세요. 빼빼 말랐어요. 그리고 여기 이 기저귀도 좀 보세요. 이분이 이런 것을 하고 계실 분이십니까?"

그제야 가죽 잠바가 손을 놓으며 털썩 주저앉았다. 목이 풀리자마자 그가 시퍼런 눈빛으로 그녀를 쏘아보았다. 그녀는 와들와들 떨리는 손으로 바지를 끌어 올렸다.

"김태호, 네 이놈! 하늘이 무심치 않아서 천벌을 받았구나."

가죽 잠바의 목소리가 한결 가라앉았다. 그는 눈을 부릅뜨고 천장을 올려다보면서 된 신음 소리를 내질렀다. 그녀는 멀찌감치 한쪽 구석으로 물러나 떨리는 몸을 동그랗게 말았다. 한동안

방 안은 숨 막히는 침묵에 휩싸였다. 가죽 잠바가 구두를 벗어 옆에 놓고 입을 열었다.

"오 년 동안이라고? 그러면 처음 이삼 년은 멀쩡해지려고 안간힘을 쓰면서 발광을 했을 것이고, 삼사 년이 지나니까 천벌을 받았구나 했을 것이고, 그 나머지 시간에는 인생이 무상하고 허망한 것을 깨달았겠구나. 그렇다면 이제는 진실을 털어놓을 때가 되었겠구나."

또다시 진실이라는 말을 듣자 두려움에 그녀는 숨소리조차 죽였다. 진실은 윤이 나고 반듯했던 젊은 사내들의 얼굴을 끔찍하게 일그러뜨렸고, 세상을 쥐고 흔들 만큼 잘나고 훌륭한 젊은 사내들을 본능적으로 쫓고 쫓기는 초라한 짐승들로 바꾸어놓았다. 진실은 사십 년이라는 긴 세월을 단숨에 꿀꺽 삼켜버렸다. 그러고도 진실은 아직도 두 사람을 쥐고 짧은 꿈속을 어지럽히고 있었다. 그 때문에 살점 하나 없이 말라비틀어진 그녀의 육신은 진실 앞에서 몸 둘 바가 없었다.

"진실을 밝히지 않으면 네놈은 절대로 편히 눈을 감지 못할 것이다. 얼마나 더 살지 모르지만 나는 너를 그냥 앞세우지는 않는다. 잘 생각해 봐라. 어떻게 하는 것이 현명한가를 말이다. 끝내 감출 생각은 하지 마라. 나를 알아본 것을 잘 안다. 내가 이 방에 들어섰을 때 네놈은 나를 알아보았다. 그러니 네 육신은 망가졌어도 정신은 말짱한 것이 분명하다. 그렇지? 이놈! 나를 똑바로 쳐다보고 대답해!"

가죽 잠바가 그의 얼굴을 거칠게 돌려놓았다. 그러자 그가 똑바로 시선을 세우며 말했다.

(아직 내 정신은 멀쩡하다.)

"뭐야? 그래도 나를 우롱하려는 거야?"

가죽 잠바가 순식간에 그의 목을 다시 움켜쥐며 소리쳤다. 그녀가 화들짝 놀라며 가죽 잠바의 손을 붙잡았다.

"그런 게 아니라 이분은 말씀을 잘 못하십니다."

"아냐! 이놈이 끝까지 나를 속일 작정이야!"

"정말입니다. 알아듣기는 하셔도 말씀은 제대로 못하십니다."

(자네가 말을 옮겨. 내 말을 들은 대로 그대로 한 마디도 빠트리지 말고 옮겨.)

"뭐라는 거야? 도대체 왜 이러는 거야? 그럼 쓸 줄도 몰라? 왼팔이라도 쓸 수는 있잖아?"

"쓰시는 것도 못 하십니다."

(얼른 내 말을 옮기라니까. 아직 내 정신은 멀쩡하다고 말해.)

"말도 안 돼! 절대로 용서할 수 없어! 너는 진실을 말해야 해! 어서 말해!"

(뭘 해? 어서 말해 줘. 뭐 하는 거야? 내 말 안 들려?)

그의 눈빛이 시퍼렇게 날을 세우고 달려들었지만 그녀는 입을 열지 않았다.

"김태호, 네 이놈! 네가 이럴 수는 없어! 평생을 네 입을 열게 하려고 쫓아 다녔어! 그런데 이게 뭐야? 네가 이럴 수는 없어!"

(이년! 얼른 해!)

"자, 나를 쳐다보고 천천히 똑바로 말해! 말해!"

(그래 잘 봐. 내 입을 잘 봐. 저년, 저, 년, 저, 저…….)

"어? 아냐? 저? 맞아? 그 다음은? 다음은?"

(저, 년, 년, 년, 이, 알, 아, 들, 어.)

"저 사람을 가리키는 거야? 맞아?"

그의 손가락질을 알아들은 가죽 잠바가 그녀에게 얼굴을 돌렸다.

"뭐라는 거야? 자네는 알겠어?"

그녀는 미친 듯이 고개를 옆으로 흔들어댔다.

"자네도 몰라?"

"모, 몰라요. 무슨 마, 말인지 저, 정말 몰라요. 그, 그러시, 신지, 오, 오래 되셨어요. 마, 말씀을 모, 못하세요. 그, 그게 병입니다."

(이년! 네년이 감히! 이년!)

"정말 몰라? 짐작이라도 할 수 있잖아?"

"조, 조금……."

"조금이라도 좋아. 자, 이리 가까이 와서 잘 들여다봐."

가죽 잠바가 그녀를 잡아끌어 그의 앞에 마주 앉혔다. 차마 그의 시퍼런 눈빛을 볼 수가 없어서 질끈 눈을 감았다. 그의 성한 손이 잡히는 대로 그녀의 몸을 쥐어뜯었다.

"자, 천천히 말해. 기억을 분명하게 더듬어서 대답해. 그때 어른을 살해한 놈이 너였지? 자네 잘 보고 짐작해 봐."

(그래. 내가 그랬어. 그건 너도 이미 알고 있어.)

그녀가 말하기도 전에 그의 고갯짓을 보고 가죽 잠바는 알아챘다.

"좋아. 그렇단 말이지. 결국 네놈 입으로 실토를 하고 말았어. 과연 네놈이 살날도 얼마 남지 않았구나. 지독한 놈. 그 말을 들으려고 내가 인생을 다 걸고 사십 년 동안 네놈을 쫓아 다녔어. 부모도 형제도 다 버리고 오로지 네놈만 쫓아 다녔지. 오직 진실을 밝히려고 말이야. 그런데 오늘에서야 비로소 진실을 알게 되는구나. 버러지보다도 못한 놈. 어른께서 우리를 얼마나 자랑스럽게 생각하셨는데…… 어른께서는 네놈을 더 믿고 아끼셨거늘…… 그래서 아직도 편히 영면하시지 못하셨을 것이다. 내가 그대로 어른 곁에 있었더라면 절대로 그런 일은 없었을 것이다. 그래서 네놈이 어른을 가장 가깝게 모시던 나를 치안국의 깡패 검거에 몰아넣었지? 좋아, 그렇다고 끄덕이는 거지? 그러고 나서 어른을 회유하러 갔다가 뜻대로 안 되니까 협박했고, 그도 안 되니까 살해한 거지? 좋아, 분명히 끄덕인 거야. 그러면 누구야? 누가 네놈을 사주한 거야? 왜 가만히 있어? 누구야? 말해! 진실을 말해!"

(나는 대의를 따랐을 뿐이야. 대의를…….)

"누구야? 누구라고 하는 거야?"

"대이라는 사람이랍니다."

"대이? 아니라잖아. 봐, 고개를 옆으로 흔들잖아."

"틀림없이 대이라는 사람을 따랐다고 하셨습니다."

"누구를 따라? 대이를 따라?"

"예. 틀림없습니다. 그 사람을……."

"무식하기는…… 대의라는 말이겠지. 대의를 따랐다고 했겠지? 그렇다고? 김태호, 네 이놈! 어떻게 네놈이 감히 대의라는 말을 입에 담을 수 있어? 네놈 혼자서 출세해 보겠다는 사리사

욕에 사로잡혀 살인까지 마다하지 않고서 네놈이 감히 대의라는 말을 해? 대의라고? 무슨 대의? 김태호, 네 이놈! 그따위 허섭스레기 같은 말은 집어치우고 진실만을 말해! 이놈! 왜 입을 다물어! 말해! 어서 말해! 평생을 내던지고 너만 쫓아 다녔어! 어서 말해! 어서!"

가죽 잠바는 그녀를 밀어제치고 그에게 덤벼들었다. 함부로 그의 몸을 흔들어대면서 울부짖는 가죽 잠바의 기세에 눌려 옴짝달싹하지 못하면서 그녀는 아득해지는 정신을 가까스로 붙들고 있었다.

그대로 억겁이 흘러가는 것 같았다. 그런데 어느 순간에 모든 것이 멈추었다. 그리고 뜻밖에도 가죽 잠바가 먼저 제풀에 지쳐 맥없이 물러나 앉았다. 그제야 그녀는 벌벌 기어가 허둥지둥 두 손으로 그의 몸을 발끝에서부터 더듬어 올라갔다. 다시 한번 더듬어 올라갔지만 새벽에 손끝으로 느꼈던 섬뜩한 한기는 온데간데없었다. 희미하게 울음소리가 들렸다. 그녀는 얼른 그의 얼굴을 눈으로 더듬었다. 분명히 울음소리가 들리는데 그는 웃고 있었다. 천장을 바라보고 있는 눈도 굳게 다물고 있는 입도 꼬리를 올리고 있었다. 얼굴도 전처럼 불그스레했다. 땀으로 범벅이 되어 윤기가 흐르는 것 같기도 했다. 그제야 그녀는 등 뒤에서 울음소리가 들려오는 것을 알았다. 가죽 잠바는 맥없이 두 팔을 늘어뜨린 채 어깨를 들썩거리면서 오래오래 울었다. 가죽 잠바가 우는 동안 그의 입에서는 간간이 웃음소리가 새어나왔다. 그의 웃음소리가 스멀스멀 그녀의 몸을 기어 다녔다. 그의 웃음소리를 피해 슬금슬금 방문 쪽으로 물러났다. 울고 있던 가죽 잠바가 문득 고개를 들고 그에게 바싹 다가갔다. 그러고는 정중하게 무릎을 꿇고 그의 손을 잡았다.

"김태호, 제발 한번만 진실을 말해라. 부탁이다. 그래도 한때는 우리가 평생 동지를 약속했던 사이가 아니냐. 그 정리를 생각해서라도 그럴 수 있지 않으냐. 그렇다고 해서 네가 이제 무슨 해를 당할 것이냐. 아무도 너를 단죄하지 않을 것이다. 나도 너를 단죄하지 않을 것이다. 꽤 오랫동안 나는 너를 찾아서 기어코 죗값을 받게 하려고 했다. 그러나 이제는 아니다. 아무도 그 사건을 기억하지 못하겠지. 심심풀이 이야기도 되지 않겠지. 그래도 나는 그저 죽기 전에 진실을 밝히고 싶을 뿐이다. 그만큼 버티었으면 그들에게서 돈을 받은 대가는 치른 것이 아니냐. 그래, 네 말대로 어른을 살해한 것은 대의라고 치자. 그래도 네가 나를 억울하게 감옥살이시킨 대가는 치르는 게 옳지 않으냐. 이미 오래전에 너는 그들에게 이용 가치가 없어졌다. 그리고 그들도 이제 다 늙어서 무대 뒤편으로 사라진 지 오래다. 세상도 몇 번이나 바뀌었다. 그러니 이제 네가 진실을 밝힌다고 해서 그들이 너를 어쩌지는 못한다. 김태호, 부탁이다. 제발, 내가 이렇게 무릎 꿇고 애원한다. 끝내 네가 내 인생을 허망하게 만들 셈이냐? 네 인생 또한 얼마나 허망하냐?"

가죽 잠바가 그녀의 팔을 낚아채 앞으로 끌어당겼다.

"자, 다시 말해 봐. 네가 기어코 저승까지 진실을 감추고 갈 작정이냐?"

(어쩔 수 없지.)

"어쩔 수 없다고 하십니다."

"뭐라고? 이 지독한 놈. 저승을 눈앞에 두고 무섭지도 않으냐?"

가죽 잠바가 무릎을 세우며 한쪽 팔을 쳐들었다.

(무섭지 왜 안 무서워. 무서워서 그래.)

"무서워서 그러신답니다."

"네놈도 별 수 없구나."

(그때 어른을 죽인 뒤로는 언제나 나는 무서웠어. 너무나 무서워서 차라리 죽어버리려고 했어. 그런데 감옥에서 나온 네가 나를 찾고 있다는 말을 듣자 무서움을 잊어버렸어. 어떻게든 너에게 잡히지 않으려고 달아나기만 하면 되었으니까.)

"언제나 무서웠다고, 그, 그래서 죽어버리려고 하셨는데…… 무, 무슨 말씀인지 잘 모르겠습니다."

"그러니까 얼른 진실을 말하란 말이야. 어서……."

(이제는 저승이 무서워. 나 혼자 거기를 어떻게 가야 하는 건지 너무나 무서워.)

"저, 저승이 무섭다고 하십니다. 혼자, 어떻게, 무서워서……."

"그런 말 말고! 제발 말해! 네가 죽으면 끝날 줄 알아? 말하지 않으면 나는 저승까지라도 너를 기어코 쫓아갈 거야."

갑자기 그가 성한 팔로 그녀를 우악스럽게 잡았다. 그리고 새파란 눈빛을 뿜으며 말했다.

(이 말은 분명히 옮겨. 안 그러면 죽어서도 너를 가만 놓아두지 않을 거야. 내가 분명히 아는데, 나는 오늘이나 내일이면 죽어. 그런데 나는 진실을 가지고 갈 거야. 어서 말해! 내가 오늘이나 내일

죽는다고 말해! 진실을 가지고 간다고 말해! 나를 따라오라고 말해!)

그러나 그녀는 살갗이 뜯겨지는 아픔을 느끼면서도 그에게 쓸모 있는 사람이 되기를 바랐다. 그녀는 돌아앉으며 말했다.

"더 이상 아무 말도 할 수 없으니 제발 살려주시랍니다."

"뭐라고? 김태호, 네놈도 참 불쌍하구나. 무서워서 발버둥을 치는 네놈 꼴을 보니 너를 오래전에 죽여버리지 못 한 것이 이리도 후회될 수가 없구나. 이런 꼴을 보려고 내 평생 너를 쫓아다녔단 말이냐. 차라리 십육 년 전에, 아니 오 년 전에라도 죽여버렸어야 했는데…… 지금 당장이라도 네놈을 죽이고 싶다만, 그러면 네놈의 죄는 그만큼 덜어질 것이고 억울하게 내 죄만 커질 것이니 그렇게는 못 하지. 차라리 저승까지 네놈을 따라가서 기어코 진실을 밝힐 것이다."

(그래. 그래야 해. 나를 따라와.)

"제발 살려주시랍니다. 저도 부탁합니다. 어차피 이분은 오래 사시지 못하십니다. 그러니 오늘은 이만 돌아가시고 다시 오셔서 말씀하십시오. 이러다 정말 끝내 말씀을 안 하시고 돌아가시면 어쩌시렵니까. 내일도 모레도 다시 오셔서 말씀하시게 하세요. 오늘은 이만큼만 하세요. 제발 부탁입니다."

"그래서 다시 달아나려고?"

"이렇게 불편하신 분을 모시고 어디로 가겠습니까? 믿어주세요. 믿지 못하시겠다면 남은 돈을 다 드리겠습니다. 자, 다 드리겠습니다."

그녀는 그가 누워 있는 자리를 옆으로 밀어내고 방바닥의 비닐 장판을 들추어 통장을 찾아냈다. 함부로 그의 베개를 뒤져 도장도 찾아냈다.

"이게 없으면 아무 데도 갈 수가 없습니다. 그러니 이걸 가지고 오늘은 이만 돌아가세요."

(안 돼. 가면 안 돼.)

"보세요. 이걸 드리면 안 된다고 하십니다. 얼른 가지고 가세요."

망설이던 가죽 잠바가 통장을 받아 들었다. 한참 동안 잠자코 통장을 펼쳐 보더니 손을 내밀었다. 도장까지 손에 쥐자 가죽 잠바는 다시 기세가 등등해졌다.

"그래. 나도 구역질이 나서 더 이상 그 병신 꼴로 무서워 발버둥을 치는 것을 보고 싶지 않다. 그렇게 벌건 얼굴로 살고 싶어 하는 것을 보니 당장에 죽지는 않겠구나. 오늘은 이만 가주마. 그러나 내일도 모레도 와서 네놈이 죽기 전에 반드시 진실을 밝힐 것이다."

가죽 잠바가 일어났다. 그러자 그가 성한 팔을 휘저었다.

(안 돼. 가지 마. 나는 죽어. 가지 마.)

"참으로 버러지만도 못한 놈이구나. 그렇게 살고 싶으면 내일 내가 다시 왔을 때 다 말해라."

가죽 잠바는 거만하게 버티고 서서 그를 내려다보며 혀를 찼다. 가죽 잠바가 나갈 때까지 사십 년보다 더 긴 시간이 지나가는 것 같았다. 그는 더 이상 아무 소리도 내지 않고 죽은 듯이 누워 있었다. 출입문을 잠그고 들어와 무릎을 꿇고 앉자 그가 바드득 이를 갈았다.

(네가 감히…… 이 무식하고 더러운 년. 네가 뭘 안다고…….)

"죽을죄를 졌습니다."

(절대로 용서하지 못해. 내가 구천을 떠돌아다니는 한이 있어도 너를 가만두지 않을 거야.)

"어떻게 하셔서 좋습니다. 하룻밤만이라도 편안하게 주무실 수 있게 하고 싶어서 제가 감히 거짓말을 했습니다. 어리석게도 그게 제가 모시고 살 수 있게 해주신 은혜를 갚는 것이라고 생각했습니다. 내일은 말씀하시는 대로 다 전해 드리겠습니다. 그러니 오늘 밤만 제가 편안하게 모실 수 있게 해주십시오. 못나고 어리석은 년의 소원입니다."

(네년이 안 그래도 나는 오늘 안 죽어. 절대로 못 죽어.)

그리고 된 신음 소리로 그녀를 물리치면서 눈을 질끈 감았다.

방을 나와 그녀는 숨소리를 죽이고 쪼그리고 앉았다. 하룻밤 동안이면 저승길을 얼마나 갈 수 있을까. 몸뚱이는 이승에 두고 혼백만 저승길을 갈 것이니 이승 걸음보다 훨씬 더 가벼울까. 저승사자가 잡아끌어도 가죽 잠바를 기다리시겠다고 하시려나. 저승길의 칠흑 같은 어둠이 이승 일을 다 덮어버릴 수 있을까. 하룻밤 동안이면 얼마나 멀어질 수 있을까. 아무것도 이승에서는 분명하게 알 수 없지만, 어떻게 하든지 한 발짝이라도 더 멀어져야만 한다고 그녀는 믿었다.

더 이상 시간을 내버릴 수 없었다. 약 봉투를 손에 들고 그녀는 약사가 했던 말을 기억하려고 애를 썼다. 아무리 해도 기억나지 않아서 그녀는 다섯 개를 꺼내고도 한 개를 더 꺼냈다. 그가 아무 소리도 눈치 채지 못하게 수도꼭지를 열어놓고 그녀는 숟가락으로 알약을 으깨기 시작했다. 아무래도 한 개를 더, 아니 또 한 개를 꺼내야 될 것 같았다.

사막에서 사는 법 9

 준호 엄마의 전화를 받은 것은 아파트 마당을 덮고 있던 뒷동의 그림자가 절반 넘게 줄어들고 있을 때였습니다. 안 그래도 해넘이에 꽃을 한 아름 안고 아파트 마당으로 들어서던 준호 엄마를 생각하던 참이었습니다. 그 장면은 생각만 해도 기분이 좋아지지만 자주 볼 수는 없습니다. 한 달에 한 번쯤 그런 준호 엄마를 볼 수 있습니다. 그럴 때 모자 쓴 준호 엄마의 화사한 모습은 금방이라도 날아오를 것처럼 가볍고 상쾌해 보입니다. 더할 수 없이 행복해 보여서 보고 있는 사람도 덩달아 행복해집니다.
 준호 엄마의 목소리는 어제보다 더 낮고 침울했습니다. 닷새 전만 해도 준호 엄마의 목소리는 지금보다 한 옥타브나 높았습니다. 마치 하늘로 두둥실 올라가는 풍선처럼 떠 있었습니다.

하기는 그 풍선이 막 깎은 손톱만 스쳐도 터져버릴 것처럼 잔뜩 부풀어서 아슬아슬한 느낌이 들었습니다. 아무래도 그 풍선이 터지기 전에 주의를 주어야 한다고 생각했습니다. 그래서 준호네 집을 나오면서 뒤돌아보지도 않고 짐짓 무심하게 요즘엔 준호 아빠가 괜찮으시냐고 물었습니다. 그럼요. 괜찮고말고요. 잡고 있던 끈을 놓친 풍선처럼 등 뒤에서 준호 엄마의 목소리가 포르르 올라갔습니다. 그런데 닷새 만에 준호 엄마의 목소리는 끝없이 추락하고 있습니다.

준호네가 300세대 남짓한 우리 아파트 단지에 계약 기간 이 년의 전세입자로 이사 온 지는 칠 개월이 조금 넘었습니다. 전세든 월세든 대부분의 세입자들은 좀처럼 현관문을 열어주지 않습니다. 그런데도 우리 아파트 단지의 웬만한 사람들은 준호 엄마를 알고 있습니다. 그만큼 준호 엄마가 너울가지가 좋아서가 아닙니다. 옷차림도 유별나기는 하지만 그것은 순전히 준호 엄마의 모자 때문입니다. 준호 엄마는 모자를 쓰지 않고서는 밖으로 나오지 않습니다. 준호 엄마의 모자가 백 개도 넘을 것이라고 말하는 사람들도 있지만, 실제로는 서른 개 정도를 가지고 있습니다. 누구나 모자를 그만큼 갖고 있지는 않습니다. 많기도 하지만, 번갈아 바꿔 쓰니까 그렇게들 착각하는 것입니다. 게다가 모자뿐 아니라 옷도 두 번 연속 똑같이 입고 나오는 적이 없기 때문입니다.

어쩌면 옷이 그렇게 유별나지만 않아도 눈에 덜 띄었을지도 모릅니다. 준호 엄마의 옷 중에는 무채색이 없습니다. 중간색도 거의 없습니다. 마흔이 다 되어가는 여자에게는 도무지 어울릴 수 없는 형광색도 준호 엄마에게는 완벽하게 어울립니다. 지난해 9월, 빼빼 마른 몸집이 그대로 드러나는 민소매 티셔츠에 집시 풍의 스커트를 입은, 게다가 크라운이 낮고 테두리가 넓은 픽처를 쓴 준호 엄마를 처음 보았을 때 제 시야 속에서 그녀를 뺀 나머지 부분은 순식간에 흑백으로 바뀌었습니다. 그래서 준호 엄마를 한번이라도 본 사람은 절대로 잊어버리지 않는 것 같습니다.

그런 준호 엄마를 두고 무성한 소문들이 나돌았습니다. 차마 준호 엄마에게는 말할 수 없었지만 일본인의 현지처라는 소문도 있었습니다. 모자를 쓴 유별나게 화려한 옷차림의 여자가 배기량이 2500cc나 되는 하얀색 차를 몰고 다니면서 이런 아파트를 전세로 살다보니 불순한 소문이 날 만도 합니다. 그러니 저를 통해서 준호 아빠가 대기업의 생명 공학 연구소에 근무하는 박사 출신 연구원이라는 사실을 알았을 때 사람들이 믿을 수 없다는 표정을 지은 것도 무리는 아닙니다. 대학 시절에 만난 준호 아빠가 열렬히 구애를 해서 결혼했다는 말에 앞동의 반장 여자는 혀를 끌끌 차기도 했습니다.

"연구 박사라면서 여자 보는 눈은 통 연구를 안 했구먼."

준호 엄마의 모자는 테두리가 거의 없다시피 좁고 거의 눈썹 아래까지 눌러 쓰는 클로시가 대부분입니다. 픽처는 지난 9월 이후에는 잘 쓰지 않는 것으로 보아 주로 더울 때 쓰는 것 같고, 가끔은 운동모자도 씁니다. 주로 클로시를 쓰지만 잔뜩 흐린 날이나 비 오는 날에는 앞의 테두리를 올린 브르통을 쓰기도 합니다. 어쩌다가 서울을 벗어나는 나들이 갈 때를 빼고는 모자를 쓰지 않는 제가 그런 모자 이름을 알 수 있게 된 것은 준호 엄마 덕분입니다. 사람들이 준호 엄마가 "병적으로" 모자를 쓴다라고 입을 비쭉거릴 때마다 저는 "굳이" 모자를 쓸 수도 있다라고 말합니다. 하지만 아무도 제 말을 귀담아 들으려고 하지 않습니다. 그렇다고 해서 제가 우길 수는 없습니다. 그러자면 준호 엄마가 굳이 모자를 쓰는 까닭을 털어놓아야 하는데, 준호 엄마가 절대로 원치 않기 때문에 안타깝지만 어쩔 수가 없습니다.

 준호 엄마가 짙은 기미 때문에 모자를 쓴다는 사실은 이 아파트 단지에서 저밖에 모릅니다. 준호 엄마는 기미를 키우는 햇빛을 '병적으로' 싫어합니다. 그래서 햇빛이 쨍쨍한 날에는 되도록 밖에 나가지 않습니다. 언제나 엘리베이터를 타고 내려가는 지하 주차장을 이용하지만, 부득이 야외 주차장에 차를 세워두었으면 모자를 쓰고도 뛰어가 재빨리 차 안으로 들어갑니다. 준호 엄마를 유흥업소 출신으로 오해받게끔 했던 짙고 야한 화장이 실은 기미를 감추기 위한 방법인 것도 저만 알고 있습니다. 그리고 준호 엄마의 얼굴에 왜 그렇게 기미가 무성한지도……. 모자에 가려서 사람들이 알아채지 못한 준호 엄마의 유난히 깜작거리는 눈이 기미와 무슨 상관이 있는지도 다른 사람들은 모릅니다. 저만 알고 있는 것은 그뿐이 아닙니다. 그러나 절대로 다른 사람들에게 말하지 않습니다. 누구나 신뢰감을 갖지 않고서는 자신의 비밀을 털어놓지 않습니다. 그 신뢰감을 망가뜨리지 않으면 더 많은 비밀을 알게 됩니다. 그래서 저는 제법 많은 사람의 꽁꽁 감추고 싶어 하는 불행을 알고 있는지도 모릅니다.

끝없이 올라가던 준호 엄마의 목소리가 바닥으로 곤두박질친 것을 알게 된 것은 사흘이나 지난 그저께였습니다. 준호 엄마와는 거의 매일 만나는 사이입니다. 불가피한 사정이 있어서 얼굴을 보지 못하는 날엔 목소리로라도 안부를 확인합니다. 그런데 이틀이나 목소리조차 들을 수 없었습니다. 아무리 인터폰을 해도 전화를 걸어도 아래층에서는 응답이 없었습니다. 가끔 그러기는 했습니다. 어느 날 갑자기 준호 엄마는 어두운 터널 속에 갇혀버린 것처럼 집 안에 틀어박혀서 꼼짝하지 않습니다. 처음에는 몰랐지만 속내를 알고 난 뒤로는 그때가 준호 엄마에게 얼마나 위험한지를 알게 되었습니다. 안타깝게도 그런 준호 엄마를 도울 수 있는 방법은 없습니다. 준호 엄마의 말대로 되도록 빨리 그 터널을 지나가는 것이 가장 좋은 방법입니다. 그때가 언제인지 정확하게 알 수만 있다면 준호 엄마도 견디기가 쉬울 것입니다. 준호 엄마는, 어느 날 갑자기 예감을 갖는다고 말했습니다. 그러면서도 조심스럽게 토를 달았습니다.

"이상하게도 까맣게 잊어버릴 만하면 일이 벌어진다니까."

그 말은 동감합니다. 그동안 지켜보니 준호 엄마가 까맣게 잊어버리고 기분이 말할 수 없이 좋아지면 꼭 며칠 후에 일이 벌어졌습니다. 그럴 것이라고 항상 염두에 두고 있으면 되지 않겠냐는 충고에 준호 엄마는 우울한 표정으로 말했습니다.

"그래도 까맣게 잊어버릴 때가 있으니까 사는 것 같아요. 그래서 일부러 까먹는 것은 아니고 번번이 저도 모르게 무의식적으로 그렇게 되는데, 그게 바로 생존본능이라는 생각이 들어요."

생존본능이라는 말이 그렇듯 엄숙하고 숙연한 것을 그때 비로소 깨달았습니다. 그래서 두 번 다시 그런 충고는 하지 않았지만 어떻게든 준호 엄마를 도와주고 싶은 마음은 더 간절해졌습니다. 어쩌면 그날 준호 아빠의 안부를 물은 것도 그런 제 마음에서 비롯된 무의식적인 행동인지도 모릅니다. 준호 엄마는 또다시 까맣게 잊어버리고 있었지만, 주체할 수 없을 만큼 좋아라 하는 준호 엄마를 보며 불길한 예감을 가졌습니다.

솔직히 고백하자면 그날 그런 예감을 갖기 전에는 은근히 속이 상했습니다. 가끔 벌어지는 일만 아니라면 준호 엄마는 너무나 행복한 사람입니다. 가까스로 서울에 달라붙어 있는 동네의 서른다섯 평 아파트 단지에는 과분할 만큼 부유한 형편이며, 좋은 조건을 갖춘 남편이며, 사립학교에서도 상위권 성적을 놓치지 않는 아이들이며, 마흔 살이 되어가는 나이에도 그렇듯 야한 옷차림을 멋지게 소화시킬 수 있는 아내며, 준호네는 도무지 남부러울 것이 없습니다. 그러니 사람들이 준호 엄마를 질겅질겅 씹어대며 시샘하는 마음을 삭히는 것입니다. 보리수나무 아래에서 득도하신 부처님을 흉내 낼 수조차 없으니 아무리 친하게 지내도 은근히 속이 상할 때가 많습니다.

행복도 그렇지만 남과 비교하기에 따라서 불행은 엄청나게 몸집이 불어납니다. 그래서 어느 날 아침에 눈을 뜨면 밑도 끝도 없이 막막해집니다. 그러면 손가락 하나도 움직일 수 없이 무력해져서 좀처럼 몸을 일으킬 수가 없습니다. 반대로 귀며 눈이며 코의 감각은 빳빳하게 고개를 들고 일어나서 제가 얼마나 불행한지를 깨닫게 해주려고 거울을 들이댑니다. 되도록 그 거울은

보지 말아야 합니다. 보면 볼수록 불행은 확실해집니다. 그런데도 그 거울에서 눈을 떼지 못하고 우울증에 걸리는 어리석은 사람들도 있습니다. 보면 볼수록 확실하게 커지는 불행을 감당할 수 없어서 끝내는 이 세상에서 자신의 존재를 지워버리는 사람들도 있습니다. 조금만 생각을 바꾸면 그런 못난 짓을 하지 않을 것입니다. 저는 들이대는 거울 앞에 재빨리 다른 사람을 세워놓습니다. 그리고 거울 안을 샅샅이 들여다보며 그 사람의 불행을 찾아냅니다. 그러면 다시 아침에 멀쩡하게 일어날 수 있습니다. 그게 바로 준호 엄마가 말하는 생존본능인지도 모르겠습니다.

    아무튼 솔직히 처음에는 준호 엄마와 친해진 것을 후회하기도 했습니다. 거울 앞에 준호 엄마를 세운 뒤로는 마음 놓고 친해질 수 있었습니다. 그런데도 가끔은 그날처럼 행복해서 어쩔 줄 모르는 준호 엄마를 보면 저도 모르게 속이 상하게 됩니다. 준호 엄마가 조금만 상대방의 기분을 헤아려준다면 좋을 텐데, 기분이 좋아지기 시작하면 도무지 감정을 주체할 줄 모릅니다. 그날도 준호 엄마는 백화점에서 사온 수영복을 입고 한 시간도 넘게 온갖 포즈를 보여주면서 깔깔거렸습니다. 너무나 태평한 나머지 여름휴가에 입을 수영복을 5월에 새로 장만한 준호 엄마의 웃음소리는 휴가를 떠나는 날까지 계속될 것 같았습니다. 준호네 식구들이 하와이의 야자수 그늘에 앉아 있을 동안 기껏해야 북한산 계곡에 발을 담그고 앉아 있을 우리 집 식구들의 모습을 지우다가 지쳐서, 애써 추켜올린 입 꼬리가 자꾸만 아래로 처지기 시작했습니다. 얼른 준호 엄마를 거울 앞에 세웠습니다. 그러자 저렇게 좋아라 하면 꼭 일이 벌어졌다는 생각이 떠올랐습니다. 재빨리 머릿속으로 계산을 해보니 그럴 만한 때가 되었습니다. 이번에도 틀림없이 그럴 것이라는 불길한 예감이 들었습니다. 아무것도 모르는 준호 엄마의 웃음소리는 더욱 높아졌습니다. 터질 듯 부풀어 오르는 풍선을 보며 불안해지지 않을 수가 없었습니다. 그 풍선이 터지기 전에 어떻게든 준호 엄마를 도와주고 싶었습니다. 이제 며칠 안에 일은 벌어질 것이고, 어차피 벌어질 일이라면 되도록 빨리 당하고 지나가는 수밖에 없다고 생각했습니다. 하지만 까맣게 잊어버리고 깔깔거리고 있는 준호 엄마를 보고 있자니 불길한 예감을 그대로 털어놓을 수는 없었습니다. 슬쩍 준호 아빠의 안부를 물었던 것은 그렇게라도 번번이 되풀이되는 불행한 과정을 상기시켜 주고 싶었던 궁여지책이었습니다.

그리고도 여간 신경을 곤두세우지 않았습니다. 제 의도가 들어맞았다면 다음 날 아래층에서 차를 마시러 내려오라는 전화가 걸려오지 않아야 했습니다. 종일 가슴을 졸이면서 전화를 받았습니다. 하루 동안 준호 엄마가 잠잠했다고 해서 안심할 수는 없었습니다. 다른 피치 못할 사정으로 전화할 시간도 없을 만큼 바쁠 수도 있을 테니까 그 다음 날까지 기다렸습니다. 그저께 아침에야 먼저 인터폰을 걸었습니다. 준호 엄마의 침울하게 가라앉은 목소리를 듣자 겨우 마음이 놓였습니다. 그런데도 짐짓 놀라는 척했습니다.

"목소리가 왜 그래요? 어디 아파요?"

"아뇨. 그냥 좀······."

"어제 그제 조용하기에 휴가 준비하느라고 목소리 들려줄 틈도 없이 돌아다니는가 했지. 그러다가 몸살 난 거예요?"

"그런 게 아니라…… 좀 피곤해서 그냥 집에 있었어요."

"이틀 동안 쭉 집에만 있었어요?"

"네. 하루인지 이틀인지도 모르고 있었어요."

"굉장히 기분이 좋았잖아요. 그런데 갑자기 왜 그래요? 그런 줄 알았으면 진작 내려가 봤을 걸. 지금이라도 내려가 볼까? 아니. 우리 집에 올라와서 같이 점심이나 먹어요."

"괜찮아요. 그냥 있을게요."

"무슨 일이 있었어요?"

"아직도 모르세요? 가끔 제가 형편없이 기분이 다운되잖아요. 주기적으로 발작하는 사람처럼 말예요. 제가 그런 말을 했을 텐데요."

되도록 감추고 싶은 불행을 내보여준 사람들에게 저는 절대로 지난 일을 먼저 꺼내지 않습니다. 그래서 제게 말하면 그 자리에서 듣고 잊어버린다고 믿게 해줍니다. 친밀함이 유지되려면 두 사람 사이는 공평해야 합니다. 어쩌다가 털어놓기는 했지만 상대방이 내 부끄러운 속내를 알고 있다고 생각하면 아무래도 공평할 수가 없습니다. 상대방이 내보여 준 만큼 내 속내도 내보여 주어야 공평하다고 생각할 수 있습니다. 그 때문에 제게 부끄러운 속내를 내보이는 사람들이 많은지도 모르겠습니다.

"그런 말을 들은 기억은 없어요."

"설사 안 들었어도 이제는 주기적이라는 것을 웬만큼 눈치 챘을 텐데요."

"뭐가 주기적이라는 건데요?"

"정말 모르세요? 하기는 모르시는 게 낫겠어요. 알면 괜히 신경 쓰이지요. 아무튼 피곤해서 그냥 집에 있어야겠어요."

다행하게도 제 의도가 들어맞은 것 같았습니다. 그래도 안심할 수는 없었습니다. 좀 더 준호 엄마를 몰아쳐야 했습니다.

"그래요, 그렇게 해요. 그런데 준호 엄마 목소리가 영 불안하게 들리네요."

"아닌데요. 그럴 리가 있나요."

그러나 금방 준호 엄마의 목소리가 불안하게 흔들렸습니다.

"아니기는, 나까지 불안해지려고 하는데요, 뭘."

"글쎄 아니라니까······."

"아니면 다행이고······."

그쯤에서 물러났지만 그때부터 준호 엄마는 더 불안해지기 시작했을 것입니다. 더할 수 없이 높이 올라갔던 기분이 나락으로 떨어졌어도 준호 엄마는 어떻게든 불안해지지 않으려고 애를 썼을 것입니다. 주기적이라는 말을 하기는 했어도 이번만은 예외일 수 있다고 믿고 싶었을 것입니다. 사실 준호 엄마 자신도 무엇이 주기적인지를 분명하게 판단하지 못합니다. 기분이 좋다가 갑자기 침울해지면서 불안해지는 준호 엄마의 감정 상태가 주기적인 것인지, 그런 뒤에 어김없이 벌어지는 준호 아빠의 고약한 행패가 주기적인 것인지. 도무지 알 수가 없다고 몇 번이나 털어놓았습니다.

"결혼한 지 반년쯤 되었을 때 처음 그랬어요. 주기적으로 그렇다는 것을 알게 된 것은 몇 년이 지난 후였어요. 그때까지는 아무것도 생각할 수가 없었거든요. 한번 그러고 나면 저를 추스르기가 너무나 힘들었거든요. 게다가 그이를 이해하는 것이 더 급했어요. 우습게 들리겠지만, 지금도 저는 우선 그이를 이해하려고 애를 써요. 몇 년 동안 나도 모르게 적응이 되면서 그이가 주기적으로 그렇다는 것을 깨닫게 되었어요. 그러니까 전보다 견디기가 훨씬 쉬웠어요. 그때만 견디면 되니까 내내 불안하지 않게 된 것이죠. 그이가 그러고 나면 다음 날에는 날아갈 것처럼 기분이 개운해졌어요. 그래서 저도 모르게 꽃집으로 들어가죠. 꽃을 안고 집으로 돌아올 때는 눈물이 나도록 행복해요. 그리고 점점 마음이 편안해져요. 이렇게 편할 수가 있나 싶어지면서 괜히 기분이 붕 떠요. 지나치다 싶은 생각이 드는데도 왜 그런지 자제할 수가 없어요. 그게 탈이지요. 그러다가 갑자기 어느 순간에 곤두박질치게 되니까요. 그러면서 괜히 불안해져요. 그리고 걷잡을 수 없이 불안감이 커지죠. 그러면 꼭 그이의 신경을 거슬리는 짓을 하고 말아요. 말하자면 화를 자초하게 되는 거죠. 그래서 결국 다시 또 일이 터지고…… 어느 날 정신을 차리고 생각해 보니까 이제는 내가 주기적으로 그렇게 하고 있었어요. 내가 한번 잘 참아보자 하고 기를 쓰고 노력해 봤지만 어느 순간에 나도 모르게 그렇데 되고 마는걸요. 이젠 정말 모르겠어요. 내가 그래서 그이가 다시 그렇게 되는 것인지, 그이가 그러니까 내가 그렇게 되는 것인지…… 무엇이 주기적인지를 모르겠어요."

차마 준호 엄마에게 말하지는 못했지만, 저는 준호 엄마의 감정 상태가 주기적이라고 생각합니다. 어쩌다 마주치는 준호 아빠를 보면 누구나 그렇게 생각할 것입니다. 마흔세 살의 나이에 그렇듯 반백의 머리가 어울리는 사람은 드물 것입니다. 게다가 적당히 큰 키에 적당히 마른 체격이며 잡티 없이 하얀 얼굴은 준호 아빠의 지적 수준을 그대로 보여줍니다. 하루에 몇 번을 마주쳐도 준호 아빠는 정중하게 고개 숙여 인사하는 것을 생략하지 않습니다. 준호 엄마에게는 미안하지만, 점잖고 품위 있게 정장을 갖춰 입은 준호 아빠 옆에 유별난 옷차림에 모자를 쓴 준호 엄마가 있는 광경을 볼 때마다 어쩔 수 없이 제 판단이 옳다고 생각하게 됩니다.

어제 종일 준호 엄마의 전화를 기다렸지만 아래층은 잠잠했습니다. 하지만 그것이 폭풍 전야의 숨 막히는 침묵이라는 것을 잘 알고 있기에 끈기 있게 기다릴 수밖에 없었습니다. 오늘 아침에는 준호 엄마가 저를 찾을 거라고 짐작했습니다. 더 이상 혼자서는 견딜 수가 없을 것입니다. 어제저녁부터는 준호 엄마 못지않게 저도 초조해지기 시작했습니다. 하루라도 빨리 일이 터지는 것이 준호 엄마의 고통을 그만큼 줄여줄 것이라는 제 의도가 제대로 들어맞지 않을까 봐 걱정한 것입니다. 제 계산으로는 어젯밤에 일이 터졌어야 했습니다. 소리는 위로 올라간다고 합니다. 그리고 우리 아파트의 방음 상태는 1층의 인터폰이 울리니까 꼭대기 18층의 현관문이 열리더라는 우스갯말이 나올 정도로 좋지 않습니다. 그러나 어디에 귀를 붙여도, 아무리 귀를 기울여도 아래층은 조용했습니다. 하루를 더 기다려야 한다고 생각하니 아침에 일어날 때부터 기분이 그다지 좋지 않았습니다. 눈을 뜨면서부터 손가락 하나 까딱하기가 싫었습니다. 오늘

따라 온 집 안에는 먼지가 가득했고, 온갖 냄새가 코를 찔렀습니다. 그래서 준호 엄마의 전화를 받기 전, 미뤄둔 아침 설거지를 뒤늦게 하면서 해넘이에 꽃을 가득 안고 아파트 마당으로 들어서는 준호 엄마를 떠올렸던 것입니다.

"좀 내려와 봐요."
한두 마디 건성으로 안부를 묻더니 밑도 끝도 없이 준호 엄마는 그렇게 말했습니다. 그만큼 절박한 것을 알았지만 모른 척했습니다.
"어쩌지? 다리미질을 끝내야 하는데…… 무슨 급한 일이 있어요?"
"아, 아뇨. 그냥 며칠 못 봐서 차나 같이 마시려고요."
"아, 맞다. 우리 며칠 못 봤지요? 내가 이렇게 정신없이 산다니까."
"그러면 마저 다 끝내고 내려와요."
시작도 하지 않은 다리미질을 끝내기 위해 서성거리다가 조금 전까지만 해도 집 안 곳곳에 널브러져 있던 뿌연 먼지들이 하나도 보이지 않아서 놀랐습니다. 먼지뿐이 아닙니다. 방마다 빨랫감이며 정리해야 할 옷가지들이 발 디딜 틈도 없이 흐트러져 있었는데, 지금은 아무리 보아도 딱히 손을 댈 만한 일감들이 없습니다. 부엌이며 화장실, 심지어 버티칼 블라인더며 벽지에서 맡았던 퀴퀴한 냄새도 사라졌습니다. 그리고 보니 조금 전까지만 해도 온몸을 짓누르던 나른한 무력감도 별로 느껴지지 않습니다. 기분이 좋아서 저도 모르게 좋아하는 노래를 흥얼거리기 시작했습니다. 그러나 초조하게 기다리고 있을 준호 엄마를 생각하면 느긋하게 노래를 다 끝낼 수가 없었습니다.

　준호 엄마는 현관문을 잠그지도 않고 기다리고 있었습니다. 커피 드실래요? 문을 열고 들어서자 주방 쪽에서 준호 엄마의 목소리가 들려왔습니다. 제가 내려오기를 기다리면서 된 김을 뿜어대는 주전자에 서너 번도 넘게 물을 더 부었을 것입니다. 준호네 집에 들어서면 저도 모르게 사방을 두리번거리게 됩니다. 하루 만에도, 아니 어느 땐 반나절 만에도 가구며 물건의 위치가 달라지기 때문입니다. 그런 준호 엄마도 손가락 하나 까딱하기 싫은 때가 있다고 합니다. 준호 엄마는 자신의 기분을 그렇게 나타내기도 합니다. 제 짐작이 맞으면 며칠 만에 와도 자리가 바뀐 것은 없을 것입니다.

　"귀찮아서 아무것도 손댄 것 없어요. 이리 와서 차나 드세요."

　눈치 빠른 준호 엄마가 먼저 식탁 의자를 끌어당겨 앉으며 실토했습니다.

　"하마터면 가스레인지가 터질 뻔했어요. 전화하고 나서 바로 주전자를 올려놓고 몇 번이나 물을 더 부었는지 몰라요. 이번에는 그만 꺼야지 했는데 까맣게 잊어버렸어요. 그 앞에 서 있으면서도 그랬다니까요. 왜 이러는지 몰라요."

　식탁 위에 놓인 꽃무늬 법랑 주전자는 하얀 바탕색을 잃어버린 지가 오래되었습니다. 철수세미로 그을음을 닦아낸 자국이 그대로 남아 있는 거무튀튀한 주전자를 바라보면서 준호 엄마는 한숨을 길게 내쉬었습니다. 언제나 티끌 하나 없이 새것처럼 말짱한 거실이며 방 안의 복잡한 바로크 식 문양의 가구들을 보면 누구도 주방 도구들의 철수세미로도 벗겨지지 않는 그을음을 상상할 수가 없을 것입니다. 아무리 야한 옷도 세련되어 보이게 입을 수 있는 모자 쓴 준호 엄마가 설탕 두 스푼에 크림을 세 스푼이나 넣은 인스턴트커피를 마신다는 것도 상상하기 어려울 것입니다. 그런데 오늘은 설탕도 두 스푼을 넘게 타고 있습니다. 세 스푼, 네 스푼…… 보다 못해 얼른 준호 엄마의 커피 잔을 밀어냈습니다. 준호 엄마가 울상이 된 얼굴로 스푼을 식탁 위에 내동댕이치듯 내려놓았습니다.

"정말 왜 이렇죠? 며칠째 이래요."

"건망증은 우리 나이 주부들 특기잖아요. 무슨 신경 쓸 일이 있었어요?"

"아뇨. 아무 일도 없어요. 그런데 그냥 괜히 엉망진창이 되어 버리네요."

쳐다보는 준호 엄마의 작은 눈이 유난히 깜작거립니다. 다른 사람을 앞에 두고서도 준호 엄마의 눈동자는 좀처럼 얌전히 서 있지 않습니다. 처음 보았을 때 단번에 준호 엄마의 불안한 심리 상태를 눈치 챌 수 있었던 것도 그 때문이었습니다. 웬만해서는 눈을 깜작거리지 않고 한곳을 뚫어지라고 바라보는 편이라서 처음에는 그런 준호 엄마를 보고 있는 것이 여간 고역이 아니었습니다. 상대방을 이해하게 되면 눈에 거슬리는 것이 없어집니다. 그런데 오늘은 좀 심한 편인 데다가 잠시도 몸을 가만히 있지 않고 움직이는 바람에 제 눈까지 따라 움직일 것처럼 헷갈립니다. 눈에 보이는 상태로는 불안감이 거의 막바지에 이른 것 같습니다.

"어쩌면 바로 앞에서 펄펄 끓는 주전자를 보고 있으면서 그럴 수 있죠?"

"딴생각을 한 거지요. 얼마든지 그럴 수 있어요. 그런데 도대체 무슨 생각을 한 거죠?"

그 말에 준호 엄마의 눈동자가 빠르게 움직였습니다. 눈을 깜작깜작하면서 조금 망설이더니 한숨을 앞세우고 말했습니다.

"칼이었어요. 칼을 생각하느라 얼이 빠졌던 것 같아요."

"그건 또 무슨 말이에요?"

"그이가 아무래도 이상해서요."

"준호 아빠가 왜요?"

"또 까맣게 잊고 있었어요. 늘 그렇지 뭐예요. 정말 난 왜 그런지 몰라요."

"뭘 잊어요?"

"하지만 늦게라도 알았으니 그나마 다행이지요. 그날 저한테 그 말을 해주지 않았으면 아직도 태평하게 있었을걸요."

"준호 엄마, 좀 차근차근히 순서대로 이야기를 해봐요."

"내가 지금 굉장히 불안하죠? 솔직히 말해 봐요. 그렇죠?"

조금 망설이다가 천천히 고개를 끄덕거렸습니다. 그러자 준호 엄마의 표정이 울상으로 일그러졌습니다. 준호 엄마의 손을 가만히 쥐면서 나직하게 물었습니다.

"준호 아빠 때문이지요?"

이번에는 준호 엄마가 고개를 끄덕거렸습니다.

"또 그럴 것 같아요? 틀림없어요?"

입 안에 울음을 가득 물고 준호 엄마는 연신 고개를 끄덕거렸습니다.

"어쩌면 좋아. 그러고 보니 그럴 만한 때가 되었군요. 정말 주기적이네요. 그런데 어떻게 알았어요?"

기어코 입 안의 울음을 뱉어 낸 다음에서야 준호 엄마는 조금 진정되었습니다.

"그날 올라가면서 준호 아빠가 괜찮냐고 물어봤잖아요."

"내가 그랬나요? 설사 그랬어도 다른 뜻은 없었을 텐데…… 오해한 것 아니죠?"

"그럼요. 그때까지만 해도 그이는 아무렇지도 않았어요. 아니 그게 아니라 내가 까맣게 잊고 있었던 거죠. 다행히 그날 혜리 엄마가 그렇게 물어봐 준 거예요. 저녁 준비를 하면서 곰곰이 생각해 보니까 왜 그이가 가만히 있는지 이상했어요. 계산해 보니까 그럴 때가 되었는데, 왜 그이가 아무렇지도 않은지……."

"어머나, 그럼 내가 괜한 말을 했구나. 왜 그랬는지 기억도 안 나지만, 아무튼 내가 한 말이 긁어 부스럼 만든 거잖아요."

"그렇지 않아요. 다행이었다니까요. 어차피 당할 일인데 제때 당하는 게 낫지요. 아니면 언제 당할지 몰라서 매일매일 얼마나 불안해야 하는 데요. 그러면서 이렇게 얼굴에 기미가 까맣게 앉은 거예요. 아무도 그게 얼마나 견디기 괴로운지 몰라요. 사형 선고를 받고 기다리는 게 낫지요. 피가 마른다고들 하지만 나는 피가 졸아붙는 것 같아요. 견디다 못해 나중에는 그이한테 제발 얼른 시작하라고 애걸하고 싶어요. 막상 당하면 그때만 견디면 되거든요. 오히려 그때는 마음이 편해져요. 지금 이렇게 기다릴 때는 정말이지 지옥 같아요. 그러니까 자꾸 그이 신경을 건드리게 되나 봐요. 그래서 그이는 그게 다 나 때문이라고 하죠. 처음에는 제 편을 들었는데 이제는 애들도 그래요. 언제나 엄마가 아빠를 그렇게 만든대요. 그래서 무슨 일이 벌어져도 방문 잠그고 이어폰 끼고 꼼짝도 안 해요. 오늘 아침에 큰아이가 그랬어요. 왜 또 아빠를 건드리느냐고……. 또 며칠 계속해서 말끝마다 시비를 걸고 신경질을 부리니까 엄마가 지긋지긋한 거죠."

"그러게 조심하지요."

"저도 알아요. 그런데 조심하려고 하면 할수록 더 불안해져요. 그래서 그이가 나를 부르면 기절초풍하게 되요. 그러면 그이는 기분 나빠지고, 그러면 난 또 더 불안해져서 짜증이 나고, 그러면 괜히 막 신경질을 부리고, 소리를 지르고……. 나도 그렇게 되는 내가 싫어서 죽겠어요."

"그러니까 준호 엄마 말처럼. 차라리 얼른 당하는 게 낫겠네요."

"그럼요, 그럼요. 그게 나아요. 차 더 드려요? 그게 나아요. 어라. 물이 없네. 물 좀 더 끓일게요. 온갖 끔찍한 욕지거리를 들어도 그게 나아요. 얼마나 끔찍한 욕을 하는지, 아무도 그이가 그런 말을 할 수 있을 거라고 상상 못할 거예요. 주전자 꼴이 정말 말이 아니죠? 새로 사야겠어요. 하기는 사면 뭐 해요. 금방 까매질 텐데…… 어쨌든 그래도 그게 나아요."

다시 준호 엄마는 불안해서 어쩔 줄을 모릅니다. 주전자에 물을 부으려다 말고 냉동실 문을 열어젖히고, 도로 식탁 의자로 돌아와 빈 주전자를 찻잔에 기울이고, 커피 병을 빤히 쳐다보면서 커피 병이 안 보인다고 짜증을 부리고, 가스레인지를 켜다 말고 세탁기 안에 구겨져 있는 빨래를 꺼내러 가고, 세탁기 쪽으로 가다 말고 부리나케 뛰어가 벨 소리도 내지 않은 거실의 전화기를 들어올립니다. 그렇게 우왕좌왕하는 동안에도 준호 엄마는 듣거나 말거나 상관하지 않고 연신 씨부렁거립니다.

"눈에 불을 켜고 때려도 그게 나아요. 맞는 건 이제 겁도 안 나요. 어머나, 빨래가 왜 이래? 애들 옷 주머니에 휴지가 있었나 봐. 빨래가 다 하얘요. 일일이 주머니를 다 뒤져서 세탁기에 넣어야 하는 건데…… 아, 정말 얼른 지나갔으면 좋겠어요. 지금이라도 그이가 들어와서 빨리 끝내 버리면 좋겠어요. 죽인다고 칼을 들고 덤벼도 그게 나아요. 안 그래요?"

"그렇겠어요. 정말이지 보기에도 딱해 죽겠네요. 얼른 당하고 말지, 보는 사람도 이렇게 불안한데……."

"그렇죠? 그러니까 어떻게든 오늘은 터져야 해요. 그래야 그이도 제자리로 돌아오지요. 저 사진, 저기 오디오 위에 있는 애들 사진, 잘 나왔지요? 언제였더라? 내가 말 안 했어요? 지난주였나? 아니 그 전주였구나. 안면도 꽃구경 갔을 때 그이가 찍었어요. 연애할 때도 사진을 참 잘 찍어주었어요. 정말 오늘은 터져야 하는데…… 더 이상은 못 견디겠어요. 애걸복걸해서라도 해치워야겠어요. 그게 나아요. 안 그래요? 생크림 케이크 드려요?"

"지금 케이크가 입에 들어가겠어요? 어떻게든 빨리 지나갈 생각을 해야지요. 보는 내가 괴로워 죽겠네요."

"미안해요. 번번이…… 그래도 내가 인복이 있는 사람이죠.

그이 때문에, 아니 나 때문에…… 아니 아무튼 누구 때문이든지, 어디서 오래 살지 못하고 이렇게 전세로 돌아다니지만, 금방이라도 사람들이 알 것 같아 창피해서 되도록 사람들하고 상관을 안 하고 사는데, 그래도 인복이 있어서 혜리 엄마 같은 사람을 꼭 만나게 되요. 그러니까 또 낯선 동네에서 그럭저럭 견디고 살죠. 여기로 이사 오면서 얼마나 불안했는지 몰라요. 너무나 불안해서 그런 요란한 모자를 썼다니까요. 나도 잘 알아요. 이사 오는 날 그런 모자를 쓰는 여자가 나 말고 또 있겠어요? 그런데 혜리 엄마가 뭐라고 했는지 기억나요?"

첫눈에 저는 준호 엄마가 얼마나 불안한 사람인지 알아차렸습니다. 저 대신 거울 앞에 세울 수 있는 사람인 것도 알아보았습니다. 그래서 준호 엄마와 친해질 수 있는 말을 했습니다.

"글쎄요. 워낙 아무 생각 없이 말하니까."

"그렇게 차려입으니까 이사하는 게 힘들어 보이지 않아서 좋다고 했어요. 그 말을 듣고 나니까 얼마나 안심이 되던지요. 나는 역시 인복이 있다고 생각했어요. 그런 인복도 없었으면 언제 당할지도 모르고 있다가……. 참 불쌍해요. 그이만 생각하면 불쌍해요. 자기도 그러고 나면 얼마나 죽고 싶겠어요. 자존심이 유난히 센 사람이라 티를 못 내니 더 괴로울 거예요. 나한테 미안하다는 말도 못 하고. 그러니 가다가다 폭발하는 거지요. 내가 건드리지만 않으면 괜찮을 텐데…… 그러니까 얼른 지나가야 해요. 무슨 수를 쓰더라도 오늘은 해치워야 해요. 오늘 아침에 출근하는 그이 얼굴을 보니까 거의 폭발 직전이었어요. 아, 나 왜 이렇게 불안하죠? 혜리 엄마가 보기에도 내가 끔찍하게 불안하죠?"

정신없이 눈을 깜작거리는 준호 엄마가 너무나 안타까워서 더 이상 보고 있을 수가 없었습니다. 모래 폭풍이 몰아칠 사막 한 가운데에 준호 엄마를 내팽개치고 돌아서는 것 같아서 마음이 괴로웠지만 어쩔 수가 없었습니다. 고작해야 준호 엄마의 바람대로 오늘은 꼭 일이 벌어지기를 바랄 뿐이지, 아무리 친하다고 해도 함부로 남의 가정생활에, 그것도 부부 사이에 끼어들 수는 없습니다.

어쩔 수 없이 그만 위층으로 올라왔지만, 올라와 있어도 마음이며 신경은 온통 아래층으로 쏠려 있었습니다. 밤 9시 뉴스가 끝날 때서야 학원에서 돌아온 큰아이가 안방 목욕탕에서 샤워를 하고 젖은 머리인 채로 거실로 뛰어나왔습니다.

"아래층에서 또 그래. 아저씨가 뭐라고 소리 지르고 아줌마는 비명 지르고, 아휴, 듣기만 해도 소름이 돋아서 제대로 씻지도 못하고 나왔어."

그러자 리모컨을 들고 졸고 있던 남편이 눈을 번쩍 떴습니다.

"또? 한동안 조용하더니 왜 또 그래?"

어느새 남편이 리모컨을 만졌는지 텔레비전은 벙어리가 되었습니다. 그 대신 아래층의 소음이 들렸습니다. 준호 엄마가 도망을 칩니다. 준호 아빠가 쫓아갑니다. 서른다섯 평의 아파트 공간은 너무나 빤합니다. 더구나 아이들 방문은 굳게 닫혀 있습니다. 준호 엄마가 잠근 건넌방 문을 준호 아빠가 부서지라고 두드려댑니다. 견디다 못한 준호 엄마가 방문을 열고 애걸하지만 다시 안방으로 끌려 들어갑니다. 이제 준호 엄마는 준호 아빠가 기진맥진할 때까지 고스란히 견디어내야 합니다. 어느새 텔레비전이 입을 열었습니다. 남편이 텔레비전에 눈길을 던지면서 말했습니다.

"거참, 멀쩡한 사람들이 왜 저러고 살아? 남들보다 많이 배우고 많이 가졌으면 그만큼 잘 살아야지. 쯧쯧쯧······."

어느 틈에 하루 종일 보세 신발을 파느라 짜증스럽게 일그러졌던 남편의 얼굴이 말끔하게 펴져 있었습니다. 그리고 보니 오늘 따라 남편이 꽤 점잖아 보입니다. 박사 출신의 연구원인 준호 아빠보다도 더 점잖아 보입니다.

"준호하고 준영이가 너무나 불쌍하다. 지금 무슨 생각을 하고 있을까? 아마 집에 있기가 끔찍하게 싫을 거야. 언젠가는 가출할지도 몰라."

보기만 해도 저절로 얼굴이 찌푸려지게 하던 큰아이도 웬일인지 오늘따라 꽤 의젓해 보입니다. 공부 잘하는 준호와 준영이가 조금도 부럽지 않습니다.

"그리고 보니 당신이 친하게 지내는 사람들은 다 문제가 있는 것 같네."

남편의 말을 귓등으로 흘리면서 먼저 자러 들어간다고 그만 일어났습니다. 안방에서 벌어지는 일이니 안방에서 들어야 훨씬 잘 들을 수 있습니다.

이부자리를 펴고 불을 끈 뒤에 반듯하게 누웠습니다. 이렇게 편하게 누워서 아래층의 끔찍한 소음을 듣는 것이 준호 엄마에게 미안해집니다. 하지만 내일 해넘이에 준호 엄마가 꽃을 한 아름 들고 아파트 마당에 들어서는 모습을 생각하며 미안한 마음을 달랩니다. 그때 모자 쓴 준호 엄마의 모습은 금방이라도 날아갈 것처럼 가볍고 상쾌해 보일 것입니다. 그러면 제 마음도 더할 수 없이 가볍고 상쾌해질 것입니다. 아래층의 소음은 점점 더 끔찍해집니다. 바로 위층에 사는 제가 하도 천연덕스럽게 시치미를 떼니까 지금까지는 괜찮았지만, 이번에는 다른 사람들도 아래층의 소음을 눈치 챌지 모르겠습니다. 그래서 준호 엄마를 위한 제 노력이 헛수고가 될지도 모르지만, 준호네가 또 다른 전세 아파트로 이사 갈 때까지는 열심히 준호 엄마를 도와주겠습니다. 아무튼 오늘은 왠지 며칠 부족했던 잠을 충분히 보충할 수 있을 것 같습니다.

사막에서 사는 법

1판 1쇄 찍음 2005년 1월 10일
1판 1쇄 펴냄 2005년 1월 15일

지은이 이선
펴낸이 박맹호
펴낸곳 (주)민음사

출판등록 1966. 5. 19. (제 16-490호)
서울 강남구 신사동 506번지 강남출판문화센터 5층 (135-887)
대표전화 515-2000 / 팩시밀리 515-2007
www.minumsa.com

값 9,000원

© 이선, 2005. Printed in Seoul, Korea

ISBN 89-374-8047-6 03810